KB253334

애완견의
법칙

1

애완견의 법칙 1

초판 1쇄 인쇄 2014년 10월 27일
초판 1쇄 발행 2014년 10월 30일

지은이 이현성
발행인 오영배
기획 박성인 **책임편집** 이신옥 · 김보나
표지 · 본문 디자인 신경선
제작 김아름 **일러스트** 신상원

펴낸곳 (주)삼양출판사 · 단글
주소 서울특별시 강북구 솔샘로67길 92
대표 전화 02-980-2112 **팩스** / 02-983-0660
블로그 blog.naver.com/dan_gul
출판등록 1999년 3월 11일 제9-00046호

ISBN 979-11-313-0157-9 (04810) / 979-11-313-0156-2 (세트)

+ (주)삼양출판사 · 단글의 서면 허락 없이는 어떠한 형태나 수단으로도 이 책의 내용을 이용하지 못합니다.
+ 지은이와 협의하에 인지는 생략합니다. 잘못된 책은 구입한 곳에서 바꾸어 드립니다.
+ 이 도서의 국립중앙도서관 출판시도서목록(CIP)은 서지정보유통지원시스템홈페이지(http://seoji.nl.go.kr)와
  국가자료공동목록시스템(http://www.nl.go.kr/kolisnet)에서 이용하실 수 있습니다. (CIP제어번호: 2014029256)

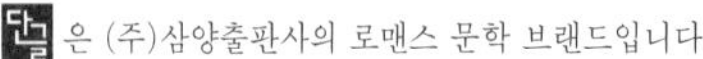 은 (주)삼양출판사의 로맨스 문학 브랜드입니다.

이현성 장편소설

애완견의 법칙

1

단글

| 차 례 |

짖을 땐 큰 소리로 짖지 않는다

성운 출판사에는 '미친개'가 있다.

미친개.

학창 시절 종종 무서운 학생주임 선생님이나 체육 선생님한테 붙는 이 별명은, 회사에선 좀처럼 사용하지 않는 별명이다. 하지만 성운 출판사에는 있다.

태령은 하얗게 질린 얼굴로 성운 출판사의 독보적인 '미친개'를 쳐다봤다. '미친개'는 짖을 준비를 하는 중이었다.

찡그린 미간, 꿈틀거리는 진한 눈썹, 꽉 다물고 있어서 실룩거리는 볼 근육.

준비.

그리고 시작.

“지각? 한태령 씨, 지금 나랑 장난하자는 겁니까?”

성운 출판사 ‘미친개’의 특징 첫 번째.

짖을 땐 절대로 언성을 높이지 않는다.

“입사 일주일입니다. 한창 정신을 차리고 남들보다 일찍 출근해도 부족할 때죠. 그런데 한 시간이나 지각? 이게 말이 된다고 생각합니까?”

“정말 죄송…….”

“내 말 아직 안 끝났습니다. 한태령 씨, 일 잘한다고 해서 스카웃한 겁니다. 우리 출판사에 들어오기에는 부족한 점이 많은데, 일 잘한다는 한 마디 믿고 데리고 왔습니다. 그런데 일주일 만에 지각을 해요? 회사 생활을 한다는 자각이 없습니까?”

“그게…….”

“내 말 아직 안 끝났다고 했습니다. 시간을 지키는 건 사회생활의 기본 중 기본입니다. 면접 때 태령 씨가 뭐라고 했습니까? 회사를 내 것처럼 생각하면서 열정적으로 일하겠다고 하지 않았습니까? 태령 씨가 말한 내 것이라는 게, 내 소유니까 내 멋대로 하겠다는 뜻이었습니까? 그래서 입사 일주일 만에 뻔뻔하게 한 시간이나 늦게 출근을 한 거예요?”

거기까지 말한 우준은 변명을 해 보라는 듯 입을 다물었다. 느릿하고 차갑게 흘러나오는 질책을 듣던 태령은, 우준의 꾸지람이 끝났다는 것도 자각하지 못하고 그의 입술을 물끄러미 응시하고 있었다. 약간 넓고 두툼한 입술이 다시 움직였다.

"남의 입술은 뭘 그렇게 열심히 쳐다봅니까? 한 대 때리고 싶어요?"

그제야 정신을 차렸다.

"아, 아뇨! 제가 어떻게 팀장님 입술을 때리겠어요. 그게 아니라……."

"주제가 벗어났네요, 한태령 씨. 난 지금 왜 지각을 했냐고 묻고 있습니다."

당신이 주제를 벗어나게 했잖아!

라고 외치고 싶은 마음을 억누르고, 태령은 차분히 설명했다.

"동생이 심하게 아파서 병원에 데려다 주고 오느라 늦었습니다. 최유정 대리님께는 연락을 드렸는데, 팀장님 연락처는 몰라서 미리 말씀을 못 드렸어요. 죄송합니다."

"내 연락처를 몰라요? 아직도?"

우준의 목소리가 더 낮아졌다. 태령은 아차 싶었다. 입사한 지 일주일이 지났는데, 상사의 연락처를 모르다니. 명백히 태령의 잘못이다. 입 안이 바싹바싹 말랐다.

"첫날, 회사에 익숙해지라고 일을 주지 않았습니다. 하루 종일 책상에 앉아서 뭘 한 겁니까? 시간이 비면 동료들 연락처 저장해 둬야 하는 거 아닙니까? 최 대리한테 팀원 연락처 명단 작성해서 보내주라고 말해 뒀는데, 못 받았습니까?"

"아, 아뇨! 받았습니다!"

자칫하면 아무 잘못 없는 유정에게 불똥이 튈 것 같아, 태령이 황급히 대답했다.

"죄송합니다. 제가 생각이 짧았습니다. 정말 죄송합니다."

"죄송하다는 말 남발하지 마세요. 진심이 느껴지질 않으니까."

"……."

"출퇴근 시간은 기본적인 약속입니다. 입으로 백날 열심히 하겠다고 말해도, 이런 기본적인 약속을 지키지 않는 이상 내가 어떻게 한태령 씨를 믿고 일을 맡기겠습니까? 안 그래요?"

그게 그렇게 기본적인 약속이라면, 퇴근 시간은 왜 안 지켜주는 건지 묻고 싶었다. 하지만 상황이 상황인지라 태령은 질문을 속으로 삼켰다.

언성을 높이는 것도 아니고, 욕설을 섞는 것도 아닌데 우준의 목소리를 들으면 긴장이 됐다. 어쩌면 주위에서 너무 많은 이야기를 들어 선입관이 작용한 걸지도 모른다는 생각이 들었다. 그래서 그녀는 허리를 펴고 흘끔 우준을 쳐다봤다가, 다시 시선을 피했다.

선입관이 아니다. 역시 무섭다.

원래 쉽게 폭발하고 언성을 높이는 사람들은 다루기가 더 쉬운 법이다. 자기 속마음을 고스란히 드러낸다는 건, 그만큼 순진하다는 뜻이니까. 우준처럼 분노를 가라앉히고 조곤조곤

이야기하는 사람이야말로, 감춰둔 생각이 무궁무진하기에 더 무서울 수밖에 없다.

게다가 태령을 응시하는 우준의 눈빛은,

'찍소리만 해봐. 아주 그냥 진짜 미친개처럼 콱 물어줄 테니까.'

라는 무언의 경고를 내포하고 있었다.

"할 말 없습니까?"

"죄송하다는 말밖에는……."

우준이 원하는 답이 아니었던 모양이다. 우준은 불쾌함을 숨기지 않고 만면에 드러냈다.

"나가봐요."

우준은 더 이상 말을 섞고 싶지 않다는 듯, 책상 위의 원고로 시선을 돌렸다.

"네, 죄송합니다."

태령은 보지도 않는 우준에게 깊이 허리를 숙여 인사하고 팀장실에서 나왔다. 사무실의 직원들이 전부 이쪽을 보고 있다가, 태령이 울지 않는 걸 확인하고는 안도의 한숨을 내쉬었다. 태령의 직속상관인 유정이 다가왔다.

"괜찮아? 괜찮은 거지?"

"네? 아, 네에……."

"정말 괜찮은 거야? 막 회사 관두고 싶거나, 그런 생각이 드는 건 아니고?"

“제가 잘못해서 혼난 건데요, 뭐.”

“정말이지? 괜찮다고 해놓고 이따 집에 가서 사직서 작성하고 그러기 없기다?”

“네, 당연하죠. 절대 안 그래요.”

유정의 호들갑에는 이유가 있었다.

태령이 입사하기 전, 일 년 동안 여덟 명의 신입이 그만뒀다고 한다.

이유는?

더럽고 치사해서. 미친개 때문에 짜증 나서. 숨 막히고 괴로워서.

‘하지만 생각보다는 괜찮던데……’

20살에 사회생활을 시작해서 별꼴을 다 당해본 태령이다. 무언의 경고, 나지막한 꾸짖음은 무섭긴 해도 참지 못할 정도는 아니었다. 자신의 지위를 이용해서 성추행을 하는 인간들보다는 훨씬 낫잖은가.

입사 첫 날 우준을 처음 봤을 때, 태령은 우준이 참 잘생긴 남자라고 생각했다.

요새 TV에 나오는 아이돌처럼 오밀조밀 예쁘장한 얼굴이 아니라, 선이 굵고 강한 남자다운 인상이었다. 짙은 눈썹과 부리부리하고 매서운 눈매, 오뚝한 코와 약간 넓고 두툼한 입술. 애인이 없었으면 한 번쯤 용기를 내서 대시하고 싶을 정도로, 태령의 취향이었다.

우준의 얼굴에 푹 빠져 감탄하는 태령에게, 유정이 경고했다.

"저래 봬도 별명이 미친개야."

유정뿐만이 아니었다. 제2 잡지팀 팀원들이 모두 나서서 미친개의 위험성에 대해 주의를 줬다.

"얼굴 보고 좋아하다가 나가떨어진 여자들이 여럿 되지."

"태령 씨 전에 입사했던 여자애들도 처음에는 좋아했어. 팀장님 잘 생겼다고. 하지만 그 기쁨의 눈물이 공포와 후회의 눈물이 될 줄 누가 알았겠어?"

"성격이 얼마나 지랄 맞은 지, 사장님도 어지간해서는 팀장님을 안 건드려. 아주 독재자야, 독재자."

"나도 입사했을 당시엔 팀장님 좋아했었다? 그때 막 밸런타인데이라서 초콜릿도 드리고 그랬었어. 지금? 말도 마. 팀장님이랑 단둘이 되는 상황을 피하려고, 아주 많은 노력을 하고 있다니까?"

태령은 팀원들의 걱정 어린 조언들을 허투루 받아들여서는 안 된다는 것을, 하루도 지나지 않아 깨달았다.

팀장실은 사무실 구석에 따로 방을 만들어놓은 공간이기에, 밖으로 나가려면 사무실을 가로질러 가야 한다. 우준은 밖으로 나올 때마다 직원들에게 한 마디씩 주의를 줬다.

"책상 꼴이 그게 뭡니까?"

"업무 중에 핸드폰 하지 마세요."

“원고 상태에 신경 안 씁니까?”

태령이 보기에는 아무런 문제도 없어 보이는데, 우준의 눈에는 지적할 거리가 하나씩 발견되는 모양이었다. 유정의 말로는, 우준이 강박증과도 비슷한 완벽주의자라고 했다.

“우리가 뭐라고 할 수도 없는 게, 팀장님이 진짜 완벽하긴 하거든. 책상도 깨끗하게 쓰지, 원고도 엄청 깔끔하게 손보지…… 문제는 자기의 완벽주의를 우리한테까지 강요한다는 거야. 아주 골치 아파.”

그런데도 다들 그만두지 않는 이유는, 배울 게 많은 사람이기 때문일 것이다.

젊은 나이에 성운 출판사에 입사를 해, 이름 없는 출판사를 여기까지 키웠다. 우준이 입사하고 10년. 성운 출판사는 열 손가락 안에 드는 출판사가 되었다.

우준의 첫 시작은 해외 도서팀이었다. 이렇다 할 성과를 거두지 못하는 상태에서, 우준은 입사하자마자 발품을 팔아 작가들을 섭외했다. 국내에 알려지지 않았지만 좋은 작품을 쓴 작가들. 우준이 들여온 작품 중 몇 개가 대박을 터뜨리면서 성운 출판사의 이름이 알려지기 시작했다.

우준은 거기서 안주하지 않았다. 해외 팀의 재정비를 끝낸 우준은 사장에게 부탁해 잡지 팀으로 옮겨왔다. 그 당시에는 하나뿐이었던 잡지 팀에 제2팀을 만들고, 새로운 직원들을 뽑았다. 그리고 ‘Filda’라는 여성 잡지를 만들어 냈다.

여성 잡지 〈필다〉는 '솔직하게, 야하게'를 기본 모토로 삼았다. 20대를 겨냥하고 만든 잡지인데, 의외로 3, 40대 사이에서도 인기가 높았다. 잡지 시장이 한창 어두울 때라서 다들 우려했지만, 현재는 대표적인 여성 잡지로 자리매김을 하게 되었다.

해외 팀에 있을 때부터 출판 업계에 이름을 알린 우준은, 필다를 성공적으로 발행한 이후 전설적인 존재가 되었다. 작은 출판사에서 근무했던 태령도, 우준의 이름 정도는 알고 있었다. 필다를 만들어 낸 우준이 이렇게 차갑고 무서운 사람인 줄은 몰랐지만.

"전 팀장님이 되게 여성스러운 분일 줄 알았어요."

태령의 말에 유정이 알만 하다는 듯 고개를 끄덕였다.

"신입들은 다들 그렇게 생각하더라고. 섬세하고 여성적이고 여자 마음을 잘 이해해 주는 사람일 거라고. 말도 안 되는 소리지. 처음에 팀장님이 새 잡지의 방향성을 이야기할 때, 우리가 얼마나 황당해했는지 모를 거야. 저 미친개 입에서 여자의 마음, 은밀한 속사정 따위의 말이 나오다니! 아직도 그 말들을 들었던 게 현실이었는지 의문스럽다니까?"

휴게실로 태령을 데리고 나온 유정은, 담배를 꺼내 입에 물었다.

"태령 씨 동생은 어때? 많이 아픈 거야?"

"네, 좀…… 몸이 안 좋은 편이라서요."

"그래? 집에 아픈 사람이 있으면 가족들이 참 고생스럽지. 동생은 몇 살이야?"

"저랑 쌍둥이에요."

"어머? 그래? 쌍둥이는 처음 보네. 태령 씨랑 닮았어?"

쌍둥이라고 하면 늘 듣는 질문. 닮았어? 그러면 꼭 하는 대답.

"아니요. 이란성이라서 하나도 안 닮았어요. 걔는 되게 작고 예쁘게 생겼거든요."

"에이, 태령 씨도 예쁘잖아."

모두가 하는 인사치레 '너도 예쁘잖아.'라는 말은, 태령의 동생인 태인을 보면 쏙 들어갔다. 태인은 태령과 쌍둥이는커녕, 자매지간이라는 것도 믿기 어려울 만큼 닮지 않았다. 태령의 키가 175cm, 태인의 키가 160cm. 덩치에서부터 차이가 났고, 얼굴 생김새로 가면 그 차이가 더 심해졌다.

어릴 때부터 운동하는 걸 좋아해서 햇빛 보고 뛰어놀아 얼굴이 까무잡잡한 태령과 달리, 몸이 아파 집에만 있던 태인은 피부가 창백해 보일 정도로 하얬다. 굉장히 말라서 바람만 불어도 쓰러질 것 같았고, 쌍꺼풀이 진하고 큰 눈은 아무것도 모르는 강아지처럼 순수했다.

'얘가 내 쌍둥이 동생이에요.'라고 소개하면 '에이, 설마…….'라는 반응이 돌아오는 게 보통이었다.

"하여간 태령 씨, 앞으로는 조금 주의해 줘. 동생이 아픈 건 어쩔 수 없는 일이라지만, 입사한 지 얼마 안 됐는데 지각을 하면 안 좋아 보이는 게 사실이거든."

"네, 정말 죄송해요."

"집에 태령 씨 말고는 동생을 병원에 데려가 줄 사람이 없는 거야?"

"네, 다들 일을 하셔서……."

"그래. 정말 힘들겠네."

대답은 그렇게 했지만, 사실 태령은 태인이 일부러 태령을 골려주기 위해 그런 짓을 한 게 아닐까 의심이 됐다. 태인이 몸이 약한 건 사실이었지만, 평소에는 굳이 태령에게 병원에 같이 가 달라고 말하지 않는다. 태인과 함께 병원에 가 주는 사람은 늘 어머니였다.

오늘 아침 태인은 언니가 꼭 같이 가줬으면 좋겠다고, 병원 사람들한테 언니가 얼마나 예쁜지 보여주고 싶다고 칭얼거렸다. 회사에 출근해야 돼서 안 된다고 말했지만 막무가내였다. 태인의 일이라면 두 팔 걷고 나서는 부모님은, 회사 때문에 아픈 동생 소원 하나 못 들어 주냐며 태령을 타박했다. 일은 늘 그런 식으로 흘러갔다. 태인은 칭얼거리고, 태령은 타박을 받고.

28년간의 경험으로 인해, 태령은 자신이 무슨 말을 해도 통하지 않으리라는 것을 알고 있었다.

퇴근하고 집에 가서 오늘 상사에게 혼났다는 이야기를 해도, 부모님은 태령의 이야기를 귓등으로도 안 들어줄 것이 분명했다. 부모님의 입장에선 가족도, 세계도 태인을 중심으로 흘러가니까.

"태령 씨, 여러 가지로 힘들겠지만 그래도 마음 단단히 먹어 줘. 팀장님이 저래서 처음에는 괴로워도, 익숙해지면 견딜 만하거든. 같이 있다가 보면 배울 것도 많고. 그러니까 쉽게 그만두기 없기야?"

유정에게는 그게 걱정이었던 모양이다.

그만두다니. 말도 안 되는 소리다.

성운 출판사는 출판 업계에서 일하는 사람들이라면 한 번쯤 꿈꾸는 출판사였다. 학벌과 스펙을 안 본다지만, 성운 출판사의 직원들은 대부분 서울의 상위권 대학을 졸업한 사람들이었다.

태령은 학벌도 없이, 전 편집장의 소개만으로 이 출판사에 들어올 수 있었다. 학벌, 스펙 없는 태령에게는 놓칠 수 없는 기회였다.

"네, 팀장님이 내쫓지 않는 이상은 절대로 그만두지 않을게요."

태령이 당찬 포부를 밝히자 유정이 그것만으로는 안 된다는 듯 손을 저었다.

"팀장님이 내쫓아도 붙어 있겠다는 각오로 일해. 가끔 팀장님의 어깃장을 내쫓는 걸로 착각하는 애들도 있더라고."

"네, 그럴게요."

몇 번이나 열심히 하겠다고 유정을 안심시킨 후에야 사무실로 돌아올 수 있었다. 두 사람이 사무실에 들어섰을 때, 막 우준이 밖으로 나오고 있었다. 우준과 눈이 마주친 태령은 찔끔했다. 늦은 주제에 밖에 나가서 놀고 들어온 걸로 비춰질까 봐 걱정이 됐다. 또 한 소리 들을 것 같아서 시선을 피하는데, 아니나 다를까 우준이 불렀다.

"한태령 씨, 잠깐 들어오세요."

팀원들이 한마음으로 보내는 안쓰럽다는 시선을 뒤로하고, 도살장에 끌려가는 돼지처럼 팀장실로 향했다.

우준은 의자에 바른 자세로 앉아 있었다. 이게 바로 정석이라고 알려주는 듯한, 교과서적인 자세였다. 삐딱하게 앉아 있다고 지적받은 팀원도 있다더니, 과장이 아니었던 모양이다.

"앉아요."

우준은 사무실 구석에 있는 의자를 가리켰다. 태령이 구석으로 가서 우준처럼 바른 자세로 앉자, 우준이 미간을 좁혔다.

"왜 거기 앉습니까? 가까이 와서 앉아요."

우준처럼 교과서적으로 앉아야만 한다는 생각을 하느라, 다른 데까지 생각이 미치지 못했다. 태령은 의자를 우준의 바로 옆까지 바짝 끌어와 앉았다. 우준은 책상 맞은편이 아닌, 바로 옆에 와서 앉은 태령에게 황당하다는 시선을 보내고 있었지만, 태령은 미처 깨닫지 못했다.

"뭐 하는 겁니까?"

"네?"

"지금 뭐 하는 거냐고 물었습니다. 나랑 장난치고 싶은 겁니까?"

"아……."

그제야 태령은 자신이 위치 선정을 잘못했다는 것을 깨달았다. 당황해서 앉은 채로 의자를 뒤로 밀었다. 그런데 다리를 너무 세게 구르는 바람에, 의자가 힘을 이기지 못하고 빠르게 뒤로 밀려났다. 드르륵 굴러가던 의자는 벽에 부딪친 후에야 (쿵!) 멈췄다.

"……죄, 죄송합니다."

태령은 꾸벅 사과를 하고는 엉거주춤 일어나 의자를 책상 앞까지 끌고 왔다.

이렇게 멍청한 짓을 할 때는 차라리 한 소리 해 주었으면 좋겠는데, 우준은 마네킹처럼 가만히 앉아서 태령이 하는 꼴을 지켜보고 있었다. 하긴, 굳이 한 소리 하지 않아도 우준의 눈빛이 모든 것을 말해 준다.

'한심스러운 여자 같으니.'

태령이 자리를 잡자, 우준은 지금까지 본 것을 못 본 척하겠다는 듯 입을 열었다.

"한태령 씨. 전에 있던 출판사에서 해외 도서 관련 일을 했다고 했죠?"

"네."

"정확히 어떤 업무를 했습니까?"

"번역가가 번역한 도서의 번역 상태를 확인하고 교정하는 업무였습니다."

"보니까 토익 성적도 없고, 외국에서 살다 온 기록도 없던데…… 영어 공부를 따로 한 겁니까?"

"네. 독학으로…….."

"본인의 실력이 어느 정도 된다고 생각합니까?"

"그냥 남들 하는 정도는 되는 것 같아요."

"남들 하는 정도?"

우준의 눈썹이 꿈틀거렸다. 마음에 들지 않는 대답이라는 뜻이다. 또 짖을 준비가 시작되고 있다. 좁혀지는 미간, 말을 시작하기 전 꽉 다무는 입술.

"영어를 아주 잘하는 남들이 하는 정도는 된다고 생각합니다."

태령은 우준이 입을 열기 전, 서둘러 덧붙였다.

"일상 회화 가능합니다. 전문 서적이 아닌 일반 소설류는 사전 없이도 읽을 수 있고요. 번역을 해야 하면 사전이 필요하겠지만, 그냥 취미로 읽을 때는 굳이 사전을 찾아보지 않고도 읽습니다."

"그래요."

우준의 표정이 풀렸다. 태령은 속으로 안도의 한숨을 내쉬었다.

"이번에 해외 유명 디자이너 3인의 섹스 라이프를 인터뷰해서 필다에 실을 예정입니다."

"세, 섹스…… 라이프요?"

"왜요? 성희롱적인 발언이라고 생각합니까?"

"아, 아닙니다!"

"성인 대상의 잡지이다 보니 성적인 단어를 많이 사용하는데, 일일이 그렇게 놀라는 반응을 보일 겁니까?"

"아뇨, 그런 거 아닙니다."

그러고 보니, 태령 전에 있던 직원은 이런 걸 가지고 우준이 자기에게 성희롱을 했다며 고소했다고 들었다.

"아무래도 한국은 아직 보수적인 측면이 남아 있어서, 이런 인터뷰를 하면 잘 걸렸다는 듯이 비난을 해 대는 경우가 많아요. 그래서 국내 유명인들은 이 부분에 대해 쉽게 이야기를 하지 못하죠. 그런데 우습게도 해외 유명인들이 하는 발언에 대해서는 아주 관대합니다. 외국인들은 뭘 해도 자연스럽고 굉장하다고 받아들인단 말이죠."

우준이 신랄하게 말했다.

"특집으로 일 년 정도 해외 유명인들의 섹스 라이프, 또는 섹스에 대한 생각들을 인터뷰해서 실을 예정입니다. 작년부터 구상해 왔고 이번에 유명 디자이너 세 명에게서 인터뷰 승낙을 받았어요. 다음 달 중에 프랑스로 인터뷰를 갈 예정입니다.”

“네.”

“자기소개서 보니까 영어, 일어, 불어, 독어. 이렇게 네 개 국어를 할 수 있다고 쓰여 있는데…… 불어 실력은 어느 정도 됩니까?”

“불어도 일상 회화 정도는 할 수 있습니다.”

“그래요. 디자이너 세 명 전부 영어가 가능하지만, 그중 한 명이 프랑스 사람이입니다. 이왕이면 불어로 된 질문을 준비하는 것도 좋겠죠. 한태령 씨에게 맡기는 첫 번째 일입니다. 메일로 디자이너 명단을 보내놓을 테니, 각 디자이너를 일적으로나 사적으로 확실하게 조사한 후 적절한 인터뷰 원고를 작성하세요. 시간은 일주일을 주겠습니다.”

“아, 네!”

“질문 내용이 알차지 않으면 원고는 폐기할 겁니다. 확실하게 하세요.”

안 그래도 이렇다 할 일을 받지 못해 초조하던 참이었는데 큰일을 맡게 되었다. 태령은 기세 좋게 대답하고 팀장실에서 나왔다. 걱정스럽게 쳐다보던 직원들은, 태령의 웃는 얼굴에 놀란 듯했다. 지금껏 팀장실에 들어갔다가 웃으면서 나온 사람을 본 적이 없기 때문이다.

태령은

“드디어 제 일이 생겼어요.”

라고 설명하고 컴퓨터를 켰다. 우준이 말한 대로 메일이 한 통 와 있었다. 그 메일을 확인하기 전에 우준의 번호를 저장했다.

번호 010—xxxx—xxxx. 이름 [팀장님].

[번호 저장 완료했습니다. 열심히 하겠습니다. 앞으로 다시는 지각하지 않겠습니다.]

저장한 기념으로 문자를 쓰기는 했는데, 보내진 않았다. 일일이 보내봐야 좋은 소리를 들을 것 같지도 않고, 오버하는 것처럼 보일 것 같았기 때문이다. 말보다는 행동으로 보여주자.

우준이 보낸 메일에 있는 세 명의 디자이너 중 한 명은, 태령도 이름을 아는 디자이너였고 나머지 디자이너들도 검색을 하면 관련 기사가 여러 개 뜰 만큼 유명한 디자이너들이었다. 이런 유명 디자이너들의 인터뷰를 따온 우준의 능력을, 다시 한 번 실감했다.

'나도 열심히 해서 인정받아야지.'

태령은 마음을 다잡고 디자이너들의 정보를 찾아 사이트를 뒤지기 시작했다.

*　　*　　*

지각을 한 만큼 늦게까지 남아 있었다. 해외 사이트에서 디자이너 미셸 찬에 대한 기사를 찾아 읽던 태령은, 눈이 뻐근해서 잠시 시선을 옆으로 돌렸다. 책상에 놔둔 작은 액자 안에는 태령과 준민이 함께 찍은 사진이 들어 있었다. 3년 전에 놀이 공원에 가서 찍은 사진이다.

'저 땐 참 어렸지.'

얼마 전까지만 해도 월급이 너무 적어서 투 잡을 뛰며 살았다. 밤낮없이 일하느라 피부 관리도 못 하고 잠도 제대로 못 자서, 저 때에 비해 부쩍 늙었다.

관리 안 하면 훅 가는 게 여자 피부라더니 틀린 말이 아니다. 콧등에는 없었던 기미가 생겼다.

'이제 나도 화장을 하고 다녀야 하나?'

준민은 스물여덟 살짜리 여자가 화장을 안 하는 건 예의에 어긋나는 일이라고 태령을 나무랐다. 그러고 보니, 최근에 준민이 태령의 외모를 지적하는 일이 잦았다.

'권태기인가?'

사진 속의 준민을 물끄러미 응시했다. 저 때만 해도 준민은 태령이 세상에서 가장 예쁘다고 해 주었다. 화장을 하지 않아도 예쁜 건 너밖에 없을 거라고 말해서, 태령을 우쭐하게 만들었다.

"월급 도둑……이라고 하죠."

문득 뒤에서 들려오는 소리에, 소스라치게 놀라 벌떡 일어났다. 그 바람에 의자가 뒤로 밀려, 바로 뒤에 서 있던 사람을 가격했다.

“윽…….”

우준이 낮게 신음했다.

“아, 죄송합니다.”

태령이 황급히 사과했지만 우준은 받아주는 대신 지금까지 태령이 보고 있던 액자 안을 들여다봤다.

“남자친굽니까?”

“네에…….”

“멀리 떨어져 있습니까?”

“아뇨. 동네에 사는데요…….”

“그래요.”

남의 사생활에 관심이 없을 것 같은 우준이 애인에 대한 질문을 하는 게 의아했다. 하지만 곧 그 이유가 밝혀졌다.

“그럼 전화해서 만나자고 하면 되지, 굳이 회사에 남아서 사진을 들여다보고 있는 저의가 뭡니까? 지각을 했으니 열심히 하는 척은 해야겠고, 애인은 보고 싶고…… 그래서 엉덩이 붙이고 앉아 시간 때우고 있는 겁니까?”

“아, 아뇨. 그런 게…….”

“그런 걸 두고 월급 도둑이라고 하죠.”

머피의 법칙이라는 게 정말로 있나 보다. 눈이 뻐근해질 정도로 일할 때는 절대 안 나오더니, 잠깐 쉬는 틈에 나오는 건 뭐란 말인가.

“할 일도 없이 남아서 상사들 죄책감 느껴지게 할 생각이라면 관두고 퇴근하세요.”

“전 좀 더…….”

“어서요.”

우준은 변명은 듣지 않겠다, 그 변명이 진실이라고 믿지 않겠다, 라는 태도를 고수했다. 속이 탔지만 어쩔 수 없었다. 그동안의 경험으로 봤을 때, 상사에게 반항을 해서 좋을 건 아무것도 없었다.

태령은 묵묵히 가방을 챙겼다. 우준은 태령의 옆에 서서 감시하듯 그녀를 지켜보고 있었다. 우준의 시선이 따갑도록 느껴져서, 태령은 숨이 막혔다. 가방 안이 지저분한 게 마음에 걸렸다. 깨끗한 거 좋아하는 사람이라고 들었는데, 가방 안을 지적하면 얼마나 수치스러울까.

다행히도 여자의 가방 안을 엿보는 취미는 없는지, 우준은 가방 상태에 대해서는 일언반구도 하지 않았다.

태령은 서둘러 가방을 어깨에 메고 우준에게 인사했다.

“먼저 가보겠습니다.”

“그러세요.”

“저…….”

“뭡니까?”

“팀장님은 퇴근 안 하세요?”

“알아서 하겠습니다. 가보세요.”

“네, 팀장님. 저…….”

또 뭐냐는 듯, 우준이 짙은 눈썹을 움직였다. 태령은 꾸벅 허리를 굽히며 말했다.

"즐거운 저녁 되십쇼!"

"……."

실수했다. 되십쇼라니!

얼마 전까지 알바를 하던 라멘 가게에서 사용하던 말투를 써버렸다.

물밀듯 덮쳐오는 민망함에, 태령은 뒤도 돌아보지 않고 후다닥 사무실을 빠져나갔다.

문이 닫히고 태령의 발소리가 들리지 않게 되자, 우준은 태령의 자리에 앉았다. 그리고 평소와 달리 의자에 편히 등을 기대어 팔짱을 끼고 다리를 꼰 자세로, 액자 속의 연인을 노려봤다.

*　　*　　*

태령은 전철을 타자마자 준민에게 문자를 보냈다.

[나 집에 가는 길. 뭐 해?]

답장은 오지 않았다. 최근에는 문자를 보내면 답장이 너무 늦게 오거나 아예 오지 않는 경우가 많다.

'역시 권태기인가?'

그렇게 생각하니, 처음으로 일을 맡았다는 기쁨은 사라지고 울적함이 싹텄다.

'내가 뭐 잘못한 게 있나? 역시 예쁘게 꾸미질 않아서 그런가?'

태령은 어두운 유리창에 비치는 자신의 모습을 바라봤다.

175cm라는, 여자치고는 큰 키. 까무잡잡하고 거친 피부. 크기는 하지만 매서워 보이는 눈매. 피곤해서 부르튼 입술.

커다란 박스 티셔츠에 물 빠진 청바지. 좋게 봐줘도 여성스럽다고는 할 수 없는 모양새였다.

'이번 달에 월급 받으면 돈 좀 쪼개서 옷이나 살까? 화장품도 좀 사고.'

아침에 일어나서 화장까지 하려면 잠이 더 부족해지겠지만, 그게 준민이 원하는 거라면 해 줄 수 있다. 그동안은 준민이 태령에게 맞춰 주기 위해 노력을 많이 했으니, 이제 태령이 노력할 차례다.

먼저 사귀자고 한 것은 준민이었다. 친구로 지낸 시간이 길었던 터라, 처음에는 준민의 고백을 거절했다.

"넌 남자로 생각할 수가 없어."

별의별 꼴을 다 보면서 지낸 친구와 연인 사이로 지내는 모습은 상상만으로도 닭살이 돋을 만큼 끔찍했다. 하지만 준민은 태령의 생각 이상으로 집요했고 로맨틱했다. 계속되는 고백과 다정함, 부드러운 미소. 태령이 몰랐던 준민의 달콤함이 결국은 승리를 거뒀다.

그렇게 사귄 지가 벌써 4년이다. 처음에는 어색했던 사이지만, 지금은 준민이 옆에 없는 걸 상상하고 싶지도 않다.

태령이 지친 몸을 이끌고 집에 도착했을 때, 부모님은 거실에 나란히 앉아 드라마를 시청하는 중이었다.

"다녀왔습니다."

"그래. 왔니?"

"응. 나 오늘 회사에서……."

"태인이 심장이 더 안 좋아졌다더라."

어머니가 태령의 말을 끊으며 한숨 섞인 목소리로 말했다. 태령은 말을 멈추고 어머니를 물끄러미 응시했다.

"애가 그렇게 아파서 하고 싶은 일들도 못 하고…… 비쩍 말라서 병원만 오가는 걸 보면 가슴이 아파 죽겠어."

"응, 그렇지……."

"넌 정말 행복한 거야. 회사 일 힘들어도 건강한 게 좋은 거라고 생각하고 열심히 해. 투정 부리지 말고."

'투정 안 부렸잖아. 오늘 회사에서 첫 업무를 맡게 됐다고, 기쁘다고 말하려고 한 거잖아. 내가 힘든지, 즐거운지 듣지도 않았잖아.'

태령은 터져 나오려는 비명을 간신히 삼켰다.

익숙한 일이다. 늘 있는 일이고 예상했던 일이니까 화낼 필요 없다.

"태인이도 자기가 원하는 일을 하고 싶을 텐데…… 너처럼 건강하면 걔도 힘든 회사 일이라도 즐겁게 하면서 지내겠지?"

"당신, 애 일하고 왔는데 한탄 좀 그만해. 태령이, 수고했다. 그만 들어가 봐라."

아버지가 말했다.

언뜻 봐서는 태령의 편을 들어 주는 것 같지만, 사실은 아니다. 그저 어머니의 한탄 소리를 듣고 싶지 않은 것뿐이다. 아마 아버지는 태령이 어느 업계에서 일하는지도 관심이 없을 것이다.

"그래, 가 봐. 아, 준민이 와 있다."

"준민이? 준민이가 왜?"

"왜긴. 태인이 아프다니까 와 줬지. 너 정말 좋은 애인 둔 거야. 애인 동생 아프다고 그렇게 와 주는 애가 어디 있겠어?"

"……들어가 볼게요."

더 말을 해봤자 결국은 태인 중심의 이야기가 될 것이다. 태령은 빠르게 거실을 지나 태인의 방으로 향했다.

준민은 태인의 침대 옆으로 의자를 끌어와 앉아 있었다. 태인이 준민을 보며 힘없이 웃었다.

"매번 이렇게 와주고…… 정말 너밖에 없어."

"친구 아프다는데 당연히 와야지. 병원에선 뭐래?"

"심장이 좀……."

태인의 눈에 눈물이 고였다. 태인은 눈물이 떨어지기 전에, 눈을 크게 깜박거리며 눈물을 삼켰다.

"뭐, 항상 이런 식이니까…… 이제 정말 꾀병처럼 보일 것 같다니까."

자조적인 말투에 준민이 고개를 저었다.

"아냐, 꾀병이라니. 누가 그렇게 생각하는데?"

"언니도 그렇고, 희원이도 그렇고……."

"희원이야 원래 그런 놈이잖아. 태령이는…… 이직해서 다른 거 신경 쓸 틈이 없는 거겠지."

"그렇겠지? 내가 언니를 나쁘게 생각하면 안 되는데, 아프니까 별생각이 다 들어. 모두에게 폐만 끼치는 것 같고."

"에이, 난 절대로 그렇게 생각하지 않는다니까!"

확신에 찬 목소리로 말하는 준민을 보며, 태인이 배시시 웃었다. 우윳빛 얼굴에 꽃처럼 해사한 미소가 번지는 것을, 준민은 멍하니 쳐다봤다.

"네가 우리 언니 애인이라서 참 다행이야. 언니는 정말 좋은 남자 만났어."

"……네 친구이기도 하잖아."

"응, 내 친구이기도 하지."

"어디 아프거나 하면 언제든지 연락해. 절대로 귀찮지 않으니까. 알겠지?"

"응, 고마워."

막 그러고 있을 때, 노크 소리가 들렸다.

"태인아."

문 앞에서 들려오는 태령의 목소리에, 준민이 황급히 일어 났다. 그 모습에 태인이 쓸쓸히 웃었다.

"뭐야, 언니 앞에서는 나랑 친한 척하면 안 되는 거야? 우리 언니가 그런 걸로 너한테 화내?"

"아, 아니야. 그럴 리가…… 그냥…… 내가 문 열어주려고."

"그래……."

준민이 태인의 방문을 열었다.

태인과 조금도 닮지 않은 태령이 지친 모습으로 서 있다가 준민을 보고는 환하게 웃었다.

"정말 와 있었네. 태인이 아파서 와 준 거야?"

"응, 많이 아프대서……."

"언니야."

태인이 힘겹게 몸을 일으켰다. 태령이 태인의 침대 옆으로 갔다.

"누워 있어. 저녁은 먹었어?"

"응, 먹었지. 죽 먹었는데 다 토했어."

"억지로라도 먹어보지 그랬어?"

"못 먹겠어. 언니, 지각해서 혼나지 않았어?"

"응, 괜찮아. 심장이 더 안 좋아졌다면서?"

“아냐, 그냥…… 괜찮아. 나보다는 언니가 더 힘들 텐데……
밖에서 돈도 벌어오고.”

“…….”

“나도 얼른 건강해져서 언니처럼 일하고 싶다. 그러면 우리
언니 옷도 사주고 구두도 사주고…… 언니가 나한테 잘해 준
것만큼 다 해 주고 싶어.”

“그래. 기대할게.”

대답하며, 태령은 쓴웃음을 삼켰다.

‘정말로? 정말로 그렇게 생각하는 거야? 그런 거 안 해 줘도
되니까 지금 사는 옷들이나 좀 줄이는 건 어때? 매일 갈아입어
도 다 못 입을 만큼 옷이 있는데, 더 사야 되는 거야? 왜 돈을
버는 건 난데, 옷을 사는 건 늘 너인 거야?’

거기까지 생각을 하다가 간신히 멈췄다. 이러면 안 된다. 몸
이 피곤하니까 자꾸만 안 좋은 생각들을 하게 된다. 몸이 아파
서 제대로 나가지도 못하는 동생이다. 저 핏기 없는 피부가 꾸
며낸 것일 리 없다.

‘나쁜 생각하지 마, 한태령. 동생이잖아. 그것도 쌍둥이잖
아.’

태령은 간신히 미소를 지었다.

“그럼 쉬어. 난 좀 씻어야겠다.”

“어, 그래. 나도 가야겠다. 쉬어, 태인아.”

“응, 잘 가. 언니, 오늘도 수고했어.”

수고했어, 라고 말해 주는 사람은 태인밖에 없었다. 태령은 죄책감을 느끼며 태인의 방에서 나왔다.

"그럼 잘 자라."

태인의 방문을 닫고 돌아선 준민이 말했다. 같이 집 앞까지 나가자는 말도 없었다.

"앞까지 데려다 줄게."

"됐어. 늦었는데. 너도 피곤하잖아."

"괜찮아. 너랑 얘기하는 게 쉬는 것보다 좋아."

태령은 웃으며 준민의 팔에 팔짱을 꼈다. 준민의 팔 근육이 긴장하는 게 느껴졌다. 기분 탓일까? 어째서인지 준민이 자신을 어색하게 대한다는 느낌이 들었다.

준민과 함께 집 밖으로 나왔다. 서늘한 가을 공기가 신선했다. 혼자 걸어올 때는 몰랐는데, 준민과 함께 있어서인지 꽤나 좋은 기분이었다.

"아까 문자했는데."

"아, 그래? 못 봤어."

"취업 준비는 잘 돼가?"

"그냥 그렇지, 뭐."

"요새 취업 힘들다더라."

"그래서 열심히 하고 있어. 왜? 내 실력으로 안 될 것 같냐?"

준민이 예민하게 반응했다.

"아니, 그런 게 아니라…… 너 힘들까 봐……."

“힘든 거 알면 좀 내버려 둬. 지금껏 공부하다가 잠깐 숨 돌리는 건데, 너한테까지 취업 얘기 들어야겠냐? 진짜 지긋지긋하다.”

“……지긋지긋해?”

“그래! 지긋지긋해! 허구한 날 문자로 뭐 하냐고, 어디냐고. 감시하는 것도 아니고 대체 뭐야? 취준생이 갈 데가 어딨고, 할 게 뭐가 있어? 도서관에서 공부한다. 아니면 학교에 있거나. 그렇게 일일이 보고받기를 원해?”

“내가 몇 번이나 문자를 했다고 그래? 점심시간에 한 번, 퇴근 시간에 한 번 하는 게 전부인데. 사귀는 사이에 그 정도도 하면 안 돼? 우리 요새 통화도 거의 안 하는 거 몰라?”

“연락하는 거야 상황에 따라서 달라질 수도 있는 거지. 의무적으로 하루에 몇 번씩 문자하고 통화하고. 사귀면 그래야만 하는 거냐?”

“누가 그렇대? 그래도 하루에 문자 한, 두 통은 친구랑도 할 수 있는 거잖아. 내가 하는 게 그렇게 싫어?”

“네가 날 감시하고 있는 것 같아서 지쳐!”

“내가 왜 널 감시해? 너, 나 몰래 바람피우니?”

“그럴 리가 있냐? 너, 하다하다 이젠 그런 의심까지 하냐? 그거 의부증이야.”

“누가 의심한대? 네가 감시 타령을 하니까…….”

“아, 됐다. 말을 말자.”

준민이 귀찮다는 듯, 태령에게 잡혀 있던 팔을 빼냈다. 온몸으로 거부를 표현하는 것 같아서, 태령은 가슴이 아팠다.

어째서?

"내 문자에 답장 하나 하는 건 힘든데, 태인이 아프다고 하니까 바로 달려와 주네."

저도 모르게 내뱉은 말에 준민의 표정이 험악해졌다.

"야! 너 미쳤냐? 이젠 우리 일에 태인이까지 끌어들여? 아픈 거랑 감시하는 거랑 같냐? 태인이는 아프다잖아. 언제 어떻게 될지 모르는 상황인데, 친구로서 달려와 주는 게 당연한 거지. 그게 잘못한 거냐?"

"……왜 그렇게 화를 내?"

"네가 말하는 게 그렇잖아! 말도 안 되는 걸 가지고 비교를 하니까 그렇지! 넌 네 동생 아픈 것보다 네 문자에 답장 안 하는 게 더 큰일이냐? 너 그렇게까지 매정한 애였어?"

"준민아……."

"아, 됐다. 진짜 그만하자. 너랑 왜 이런 걸로 싸워야 되는 건지 모르겠다."

준민은 더 이상 얘기하고 싶지 않다는 듯 걸음을 옮겼다. 항상 이런 식이다. 다툼이 생기면 준민은 태령의 이야기를 잘 들어 주지 않았다. 전에는 크게 싸운 적이 없어서 별 의미 없이 넘겼던 행동들이, 최근에는 또렷하게 의미를 가지고 돌아왔다.

“준민아. 너, 날 좋아하긴 해?”

준민의 등에 대고 물었다. 준민은 움찔 걸음을 멈췄다.

‘가지 마. 그대로 가지 마.’

태령은 속으로 외쳤다. 하지만 준민은 다시 걸음을 옮겼다.

‘가는구나.’

그렇게 생각한 것은 잠시. 준민이 다시 걸음을 멈추고 홱 돌아섰다. 그리고 성큼성큼 태령에게 다가와 태령을 끌어안았다.

“좋아해. 사랑해. 당연하잖아. 그냥 내가 요새 취업 때문에 좀 예민해져서 그래. 조금만 이해해 주라.”

사람의 마음이란 참 우습다. 사랑하는 사람의 말 한 마디에 세상을 잃은 것 같아지기도 하고, 얻은 것 같아지기도 하니까.

빠르게 변하는 심정에 혼란을 느끼며, 태령은 준민의 어깨에 얼굴을 묻었다.

“응, 나도 너무 닦달하는 것처럼 대해서 미안해. 조심할게. 같이 힘내자.”

*　　*　　*

“태령 씨, 도대체 무슨 짓을 한 거야?”

유정이 눈을 휘둥그레 뜨고, 작은 목소리로 물었다. 태령이야말로 묻고 싶었다.

'내가 대체 무슨 짓을 저지른 거야?'

오늘 아침, 태령은 발걸음 가볍게 출근했다.

어젯밤 준민과 화해를 하고 늦은 시간까지 즐겁게 대화를 하다가 헤어졌다. 권태기 같은 건 없었다. 준민은 그저 취업 고민 때문에 괴로웠을 뿐이었고, 어제 이야기를 하며 풀었다. 그리고 예전과 다름없이 기분 좋게 집으로 들어와 잠이 들었다.

간만에 꿈도 안 꾸고 푹 잤다. 그래서 일찍 일어났는데도 몸이 개운했다. 태인이 병원에 데려가 달라는 말도 안 해서 일찍 출근할 수 있었다.

출판사의 누구보다도 일찍 출근했을 거라고 생각했는데, 엘리베이터 앞에 눈에 익은 뒷모습이 보였다. 혹시나 싶어서 걸음을 멈추고 지켜보노라니, 역시나 그 사람이었다.

서우준.

엘리베이터를 기다리는 모습마저 교과서적이었다. 짝다리를 짚지도 않았고, 허리를 구부정하게 구부리고 있지도 않았다. 원래 저 정도로 키가 크면 자세가 나빠서 허리가 휠 법도 한데, 우준의 뒷모습은 그야말로 마네킹이었다.

같은 엘리베이터에 타고 싶지 않아서 한 차례 먼저 보낼 생각이었다. 엘리베이터가 1층에 도착했고 우준이 거기에 탔다. 그리고 버튼을 누르기 위해 돌아선 우준은, 멀찌감치 떨어져서 자신을 구경하고 있는 태령을 발견했다.

태령은 쥐구멍이 있다면 거기에 어떻게든 몸을 비집고 들어가고 싶었다. 멍청하게 버튼을 누르기 위해 돌아설 거란 생각을 못 하다니!

"안 탑니까?"

우준이 열림 버튼을 누르고 물었다.

"타, 탑니다!"

태령은 얼른 달려가 엘리베이터에 탔다.

"오늘은 일찍 출근했네요."

버튼을 누르며 우준이 말했다.

"네, 잠을 잘 잤거든요. 동생도 오늘은 괜찮고……."

"기분이 좋아 보입니다."

"네. 어제 남자친구랑 화해를 해서요."

"그래요."

"저, 말씀하신 디자이너들 찾아봤는데요."

"업무는 업무 시간에 말하세요. 맡긴 일의 진행 사항에 대해서는 오늘 오후에 보고 받겠습니다."

"아, 네에……."

또 오버했나 싶어서 가슴을 졸였다.

사무실에는 아무도 없었지만, 다행히 우준은 바로 팀장실로 들어갔다.

책상에 앉은 태령은 퇴근할 때와 뭔가 바뀌었다는 느낌을 받았다. 컴퓨터가 켜지는 동안 둘러본 결과, 바뀐 게 하나 있었다.

"이게 왜 엎어져 있지?"

태령과 준민의 사진이 담긴 액자가 앞으로 엎어져 있었다.

"아, 어제 가방 메면서 건드렸나 보네."

대수롭지 않게 생각하고 액자를 바로 놔뒀다. 책상이 잘 정리되어 있나 확인한 후에, 어제 찾아낸 것들을 정리하기 시작했다. 오늘 오후에 진행 사항을 보고하게 되었으니, 우준이 깜짝 놀랄 정도로 제대로 보고할 계획이었다.

곧 팀원들이 하나둘 도착했고, 출근 시간이 되기 10분 전에 모두가 와서 앉았다. 지각한 사람은 하나도 없었고, 업무 시간 전부터 다들 자기 일을 하느라 바빴다. 간간이 사적인 짧은 대화가 오갔지만 거슬릴 정도는 아니었다.

9시 30분. 우준이 불현듯 사무실로 나왔다.

"각자 책상 위에 있는 개인 비품, 전부 치우세요."

갑작스러운 명령이었다.

"개인 비품이요?"

"거울 같은 거요?"

지금까지는 없던 일인지, 다들 어리둥절한 표정으로 물었다. 우준은 두 번 말하지 않겠다는 듯,

"회사에서 지급한 물건 이외의 개인 비품, 전부 치우세요. 버리든지, 서랍 안에 집어넣든지. 10분 후에 확인하겠습니다."

하고는 팀장실로 들어갔다.

"뭐야? 개인 비품은 갑자기 왜?"

"우리 마누라 사진 붙여놓은 것도 다 떼어야 하나?"

"갑자기 왜 저래? 왜 갑자기 짖는 거야?"

"어제 사장님한테 까였나?"

"요새 까일 일 없잖아. 새로 하는 기획 중에 특별한 것도 없
고."

"그런데 왜 저러지? 거울 좀 놔둔다고 일 못 하는 것도 아닌
데."

"뭔가 단단히 꼬였나봬."

다들 투덜거리면서도 우준의 말에 따랐다. 이것저것 가져놓
을 게 없었던 태령은 액자만 서랍에 집어넣으면 끝이었지만,
다른 직원들은 여기저기 널려 있는 개인 비품을 치우느라 한
참이 걸렸다. 정확히 10분 후, 우준이 나와서 사무실을 한 바
퀴 돌았다. 다행히 지적을 받은 사람은 없었다.

우준의 짖음은 거기서 끝이 아니었다.

10시 5분. 또 우준이 사무실로 나왔다.

"한태령 씨. 신발 구겨 신고 있지 마세요."

이번에 우준은 태령만 지적했다. 신발을 구겨 신는 건 자주
지적하는 일인지, 다들 대수롭지 않게 넘겼다. 태령도 신발을
제대로 신었을 뿐, 그 이상으로 생각하지 않았다.

10시 25분. 사무실로 나온 우준이 태령에게 말했다.

"한태령 씨. 복장 상태가 너무 불량합니다. 내일부터는 옷

좀 다려 입고 다니세요."

이번 지적은 대수롭지 않게 넘길 수가 없었다. 우준이 들어가자마자 유정이 황당하다는 표정을 지었다.

"아니, 대체 후드 티셔츠를 어떻게 다려 입고 다니라는 거야?"

"……정장을 입으라는 말씀을 돌려서 하신 게 아닐까요?"

"팀장님은 뭘 돌려 말하는 사람이 아니야. 괜히 미친개겠어? 짖을 땐 확실히 짖는다고."

"그럼 역시 후드 티셔츠를 다려 입는 방법이 있나 본데요?"

그래서 팀원들은 잠시 하던 일을 멈추고, 다려 입는 후드 티셔츠를 검색했다. 당연히 검색에 뜨는 것은 없었다.

11시 20분. 우준이 지적했다.

"한태령 씨. 머리 상태 확인하세요."

유정이 서랍에 넣어뒀던 거울을 꺼내줬고, 태령은 머리카락 몇 가닥이 이마로 흘러내린 것을 확인할 수 있었다. 태령은 투덜거리며 머리를 바짝 쓸어 올려 묶었다.

그리고 현재. 12시, 점심시간. 카디건을 걸치고 나온 우준이 태령의 옆을 지나가며 말했다.

"한태령 씨, 너무 말랐습니다. 점심은 제대로 챙겨 먹어요."

모두의 입이 쩍 벌어질 만큼 어이가 없는 일이었다.

"태령 씨, 도대체 무슨 짓을 한 거야? 팀장님이 왜 태령 씨의 지방 상태까지 걱정을 해?"

"……그러게 말이에요."

태령은 중얼거리며 휴대폰을 꺼냈다. 그리고 어제 [팀장님]으로 저장한 이름을 바꿨다. [미친개]

점심을 먹으면서 환영회에 대한 이야기가 나왔다.

"태령 씨 들어왔는데 환영회 해야지. 벌써 일주일이나 됐는데 아직도 못 했네."

"그러게요. 태령 씨, 술 잘 마셔?"

"못 마시진 않아요."

"이야, 그럼 진짜 잘 마신다는 거네."

"아뇨, 잘 마시는 건 아니고……."

"잘 마시는 사람이 나 잘 마셔요, 하진 않지. 그럭저럭 마셔요, 이러는 사람들치고 못 마시는 사람 못 봤다."

"맞아, 맞아. 그럼 얘기 나온 김에 오늘 어때요? 마감 멀었으니까 오늘이 딱 좋을 것 같은데."

"그럴까? 태령 씨, 오늘 저녁에 약속 있어?"

"약속이 있는 건 아닌데…… 정말 환영회를 해 주시는 건가요? 저 때문에 다들 모이시는 거면 좀 죄송해서."

"에이, 죄송하긴. 이참에 우리도 회사 돈으로 저녁 먹는 거지."

점심시간 내내 어디서 환영회를 할지에 대해 이야기했다. 슬슬 회사로 돌아가야 할 때쯤, 유정이 말했다.

"그런데 우리 팀장님도 불러야 하나?"

"명색이 신입 환영회인데, 안 부르면 좀 그렇지 않을까요? 사장님은 안 부르더라도 팀장님은 불러야 할 것 같은데……."

"역시 불러야겠지?"

환영회에 대해 신나게 이야기하던 사람들은 어디로 간 건지, 다들 어두운 표정으로 태령을 쳐다봤다. 태령은 설마…… 하는 기분으로 그들의 시선을 모르는 척하려고 했지만, 늦었다.

"태령 씨가 팀장님 초대해."

유정이 말했다.

"제가요? 제 환영회인데요? 제 입으로 제 환영회에 오시라고 해요?"

"응. 요샌 자기 피알 시대잖아. 자기 환영회 정도는 알아서 초대해야 진정한 요새 젊은이지."

그럴 리가 있겠습니까?

반박할 말이 태산같이 많았지만, 선배가 하라면 해야지.

"오늘 팀장님이 태령 씨한테 하시는 걸 보니, 태령 씨한테 관심이 많은 것 같아. 태령 씨가 부르면 오실 거야."

"그래요, 태령 씨. 자신을 가져요."

"자기 환영회 초대하는 건데 짖진 않겠지?"

"설마…… 초대하는 사람 민망하게 짖기야 하겠어?"

모두의 이야기를 듣다 보니 걱정이 되기 시작했다. 도대체 우준이 무슨 짓을 하기에 다들 이렇게 걱정스러운 표정으로 이쪽을 쳐다보는 걸까?

점심 먹은 게 얹힐 것 같았다.

"걱정 마, 태령 씨. 잘할 수 있을 거야."

"그래. 팀장님은 짖긴 해도 물진 않거든."

"그런데 저번에 사장님한테 화낼 때 봤어? 저러다 물겠구나 싶더라."

"아, 그땐 진짜 무서웠지. 그 투견 있잖아. 그거 생각나더라니까? 그 커다란 개."

"사람이 언성을 안 높여도 물어 죽일 것처럼 보일 수도 있다는 걸, 우리 팀장님 보고 알았어."

"어후. 그때만 생각하면 진짜 소름이 끼친다."

이 사람들이!

도대체 초대를 하라는 건지 말라는 건지 모르겠다. 태령은 잔뜩 긴장한 채 회사로 돌아왔다.

당장 오늘 저녁에 회식이 있으니, 적어도 4시 전까지는 우준에게 알려야 했다. 하지만 물어 죽이네, 투견이네 하는 소리를 들었는데 용기가 날 턱이 없다. 우준을 '내 환영회'에 초대해야 한다는 생각 때문에 일이 손에 잡히질 않았다. 그래서 오늘 오후 중에 우준에게 보고를 해야 할 것이 있다는 것도 깜빡 잊었다.

심장이 쿵쾅쿵쾅 뛰었다. 뭐라고 말해야 하지? 언제 들어가서 말해야 하지? 어떻게 말을 꺼내야 하지? 수많은 고민들로 골치를 앓느라 시간이 가는 줄도 몰랐다.

오후 3시 30분. 우준이 태령을 불렀다.

"한태령 씨, 들어오세요."

와, 할 말이 있다는 걸 어떻게 안 걸까? 소리를 높이지 않고 짖는 기술 이외에, 사람 마음을 읽는 기술까지도 갖고 있나 보다. 태령은 감탄하며 팀장실로 들어갔다. 뒤에서 유정이 작은 목소리로 "화이팅!"하고 외쳤다.

"앉으세요."

이번에는 실수하지 않고 의자를 책상 맞은편으로 끌어가 앉았다. 우준은 바른 자세로 앉아 태령을 응시했다.

태령의 옷매무새를 지적해도 할 말 없을 만큼 잘 다린 흰 셔츠, 남색 카디건. 태령의 머리 상태를 지적해도 수긍될 만큼 한 올도 남김없이 뒤로 넘긴 머리.

'저 헤어스타일 때문에 나이가 들어 보이는 것 같아.'

상황과 전혀 어울리지 않는 생각을 하고 있는데, 우준이 말했다.

"보고하세요."

"네, 팀장님. 오늘 오후 7시에 길 건너에 있는 고깃집에서 제 환영회를 할 예정입니다. 팀장님도 오셔서 자리를 빛내 주세요."

수십 번 연습한 말을 기계적으로 내뱉었다. 우준은 표정의 변화 없이 태령을 물끄러미 응시하고 있었다. 대답은 없었다. 이런 상황은 시뮬레이션하지 못했다. 시뮬레이션 속에서는 대답을 하거나 화를 내거나 둘 중 하나였는데.

예기치 못한 상황으로 치닫게 되자, 태령은 당황했다.

"저, 그러니까…… 이 건너에 삼겹살 파는 가게요. 거기서 제 환영회를 하기로 했습니다. 회사 사정을 생각해서 비싼 걸 먹진 않기로 했어요. 거기 일 인분에 5천원이거든요. 요새 돼지고기 가격을 생각하면 정말 파격적인 가격이라고 생각합니다. 그래 봐야 냉동이긴 하겠지만, 전 냉동이나 생이나 그 맛이 그 맛이더라고요. 아, 혹시 팀장님은 냉동 삼겹살은 안 드시나요?"

"……가리는 거 없습니다."

다행히 우준의 대답이 돌아왔다.

"다행이네요. 저도 음식은 별로 안 가리거든요. 그럼…… 오실 건가요?"

"갔으면 좋겠습니까?"

"그런 건 아닌…… 헉!"

시뮬레이션했던 것들을 뒤지는 것에 정신이 팔려, 저도 모르게 진심을 내뱉고 말았다. 호통이 돌아올 줄 알았는데, 의외로 우준은 침착했다.

"그럼 꼭 갈 필요 없겠네요."

"아, 아뇨! 제가 말실수를 했습니다, 팀장님! 꼭 오셨으면 좋겠어요! 정말요! 제발요!”

다급한 마음에 벌떡 일어나서 외쳤다. 그런 태령을 조용히 바라보던 우준이 턱으로 의자를 가리켰다.

“앉으세요, 한태령 씨.”

“오신다고 대답해 주시면 앉겠습니다.”

초조한 마음에 협박까지 하고 말았다.

미쳤니, 한태령?

태령은 그럴 수만 있다면 자신을 한 대 쥐어박고 싶었다.

기분 탓인지, 우준의 입가가 살짝 올라가는 것처럼 보였다. 하지만 역시 잘못 본 것이 분명하다. 우준은 얼음장 같은 눈빛으로 태령을 노려보며 말했다.

“가서 자리를 빛내줄 테니, 앉으세요.”

“네, 감사합니다.”

얼굴이 화끈거렸다. 귓불까지도 뜨거웠다. 태령은 도망치고 싶었다. 오늘 아침 바보처럼 다 보이는 곳에 서서 우준의 뒷모습을 지켜보다가 걸렸을 때보다 훨씬 더 창피했다.

쥐구멍! 왜 이 회사에는 쥐구멍이 없을까?

“그럼 보고하세요.”

난데없는 말에 태령은 멀뚱멀뚱 우준을 쳐다봤다. 우준의 짙은 눈썹이 가운데로 모였다. 미간이 좁아지며 깊은 주름이 생겼다. 짖기 직전이다!

위기에 몰린 태령은 그제야 우준이 말한 ‘보고’가 무엇인지 깨달았다. 오늘 아침 우준은 오후에 디자이너 인터뷰 작성 진행 사항에 대해 보고하라고 했다. 그런데 이 멍청한 사원은 자기 환영회에 오라는 소리나 하고 앉아 있었던 것이다.

창피함에 작은 신음이 흘러나왔다.

"잊고 있었습니까?"

"……죄송합니다."

"그 죄송하다는 소리, 어제부터 계속 듣는 것 같습니다. 어제 죄송하다고 했으면 오늘은 정신을 똑바로 차려야 하는 거 아닙니까? 어제는 지각을 한 걸로 죄송하다고 한 거니, 오늘은 다른 걸로 죄송하다고 해도 괜찮다고 생각한 겁니까?"

"……."

"회사가 놀이텁니까? 적당히 와서 팀원들이랑 수다나 떨다가 시간 되면 돌아가는, 그런 곳이라고 생각하는 겁니까?"

"그렇게 생각하지 않습니다."

"그렇게 생각하지 않는다는 사람이 자기 보고할 사항을 새까맣게 잊고 있었다고 하는 겁니까, 지금? 보고하라고 한 게 어제 일입니까? 오늘 아침에 얘기했습니다. 그걸 잊는 건, 정신을 다른 데 팔고 있거나, 회사 일을 중요하게 생각하지 않거나, 아니면 머리가 아주 많이 나쁜 거겠죠. 아니면 세 개 전부입니까?"

반박할 말이 없었다. 우준이 하는 말이 다 옳았다.

울고 싶은 이유는, 우준의 말이 심해서가 아니라 자신이 한

심해서였다. 열심히 하겠다고 몇 번이나 다짐했으면서 바보 같은 짓을 했다. 환영회 같은 것보다 더 중요한 것을 새까맣게 잊고 있었다. 이보다 더한 소리를 듣는 대도 할 말이 있을 턱이 없다.

"난 머리가 나빠도 성실한 사람이 좋습니다. 머리가 나쁜데 성실함도 없는 사람을, 왜 써야 하는지 모르겠네요. 내가 한태령 씨를 우리 팀에서 써야 할 이유가 뭡니까? 한 번 얘기해 보세요."

우준이 처음으로 태령의 앞에서 다리를 꼬았다. 하지만 태령은 그 사실에 놀라기보다는, 머릿속의 생각을 정리하기 시작했다.

자신이 한심스러운 만큼 제대로 된 모습을 보여야 한다. 바보 같은 행동을 했으니, 그걸 무마시킬 것을 보여줘야만 한다.

"가방 디자이너 미쉘 찬은 어린 시절 가정환경이 좋지 않았습니다. 아버지의 가정 폭력 때문에 병원에 실려 간 적도 여러 번 있었습니다."

간신히 어제 조사한 내용을 끄집어냈다. 잠깐 말을 끊고 우준의 표정을 살폈다. 별말 없는 것을 계속하라는 뜻으로 받아들였다.

"미쉘은 열두 살에 집을 나와 노숙을 하며 아르바이트를 시작합니다. 노숙을 하는 동안 사람들이 메고 다니는 가방에 흥미를 느꼈고, 돈이 생기는 대로 종이와 펜을 사서 닥치는 대로 그림을 그리기 시작했습니다. 종이가 없을 때는 나뭇가지로 땅바닥에 그렸고요. 미쉘의 은인인 할리와의 인연은 운명적으로 시작이 됐습니다."

태령은 차분하게 미쉘 챤의 일생을 읊었다. 세 디자이너 중 유일하게 홀로서기를 한 사람이어서, 이야기가 길었다. 미쉘 챤의 근황에 이르렀을 때는 시간이 한참 지나 있었다.

"미쉘 챤이 자유로운 성생활을 즐기기는 하지만, 그보다는 미쉘 챤의 살아온 인생에 대해 다뤄보는 것도 좋을 것 같다는 생각을 했습니다. 역경을 극복하고 현재의 위치에 있게 된 스토리는 2, 30대 청년들에게는 자신을 돌아볼 계기를 만들어 줄 것 같고, 40대에게는 감동을 안겨 줄 것 같습니다. 역경도 있고 극복하는 과정도 있고, 그 가운데에 로맨스도 있으니 독자들에게도 좋은 반응이 있지 않을까요?"

"그게 필다의 방향성과 맞는다고 생각합니까?"

"네. 필다가 단순히 성생활만 다루는 잡지가 아니니, 미쉘 챤의 인생 이야기가 다른 방향으로 나갈 우려는 없다고 생각됩니다. 게다가 너무 가볍게 섹슈얼한 부분만 건드리는 것보다는, 가끔 진지하게 인생을 생각하게 만드는 인터뷰를 싣는 것도 괜찮을 것 같고요."

"너무 가벼운 인터뷰가 실렸다는 게, 필다에 대한 한태령 씨의 감상입니까?"

"아…… 그런 것까진 아닌데……."

"필다를 읽어본 적은 있습니까?"

"면접 전에 일 년 치를 다 사서 읽었습니다."

"가볍던가요?"

"……."

"솔직하게 말해 보세요. 화내지 않을 테니까."

아무리 그래도 책임자를, 그것도 필다를 만든 사람을 앞에 두고 마냥 솔직하게 말할 수는 없었다. 태령은 한참 망설이다가 어렵게 입을 열었다.

"가볍다, 무겁다, 라는 부분은 독자에 따라 달라진다고 생각합니다. 제게는 조금 가볍게 느껴졌습니다. 진솔한 이야기가 담겨 있지만, 성생활의 솔직함만을 추구하다 보니 오히려 과장된 가벼움을 보인다는 느낌도 받았고요. 가끔 이렇게 자유로운 사람들이 어떤 인생을 살아왔는지, 어떻게 이렇게 자유로운 생각을 할 수 있게 됐는지 다뤄 주면 좋을 것 같다는 생각이 들었습니다."

"그래요."

거기까지였다. 우준은 태령의 감상에 대해 가타부타 말이 없었다. 태령은 곧 터질 폭발물을 앞에 둔 심정으로, 우준이 다시 입을 열기를 기다렸다.

한참 후, 우준이 말했다.

"나가보세요."

"……네."

역시 솔직한 감상을 말하는 게 아니었다.

'넌 아직 덜 컸어, 한태령.'

자신을 책망하며 나가는 태령의 등에, 우준의 목소리가 부딪쳐왔다.

"회식 장소는 출판사 옆에 있는 한우 전문점으로 하세요. 난 가리는 건 없지만 냉동 삼겹살보다는 한우를 좋아합니다."

＊　　　＊　　　＊

[준민아. 나 오늘 회식해서 늦게 끝나.]

팀원들과 함께 한우 전문점으로 향하며, 태령은 준민에게 문자를 보냈다. 기대하지 않았지만 막상 답장이 오지 않으니 가슴이 답답했다.

'공부하느라 바빠서 그런 거니까 이해해야지. 연락에 너무 연연하면 답답한 애인이 되는 거야. 입장을 바꿔서 생각해 봐.'

하지만 입장을 바꿔서 생각해도, 준민의 행동이 완전히 이해되는 건 아니다. 바쁘기로 말하자면 태령도 마찬가지였다. 아니, 오히려 준민과 비교도 할 수 없을 만큼 바빴다.

오전 8시에 일어나 씻고 출근. 오후 7, 8시 퇴근. 9시부터 1시까지 아르바이트. 집에 와서 4, 5시까지 공부. 또 8시에 기상. 하루 3, 4시간만 자는 삶을 8년간 해 왔지만, 준민과 만나거나 연락하는 시간이 아까운 적은 없다. 일을 하다가 지칠 때 듣는 준민의 목소리가 좋았고, 화장실에 갈 때마다 문자를 보내는 게 즐거웠다.

'남자랑 여자랑 다른 거겠지. 원래 똑같지 않잖아.'

"그런데 팀장님이 웬일이래? 회식으로 한우 먹는 건 처음이네."

유정의 밝은 목소리에 정신을 차렸다.

"그러니까요. 팀장님, 무슨 일 있나? 회식할 땐 길 건너 삼겹살이 기본이었는데."

"아니면 감자탕을 먹거나."

"그거 아닐까요? 앞으로 죽을 때까지 굴릴 테니, 그 전에 한우라도 먹어라."

"아! 그래, 맞아. 그런 건가 보다! 웬일이야, 태령 씨. 단단히 걸렸네."

"아하하……."

도대체 우준은 어떻게 살아온 걸까?

우준이 태령을 아껴서 한우를 먹이는 거라고 생각하는 사람은 단 한 사람도 없었다. 팀원들은 태령이 출근 후 몇 번이나 본 '불쌍해.'라는 시선을 보내고 있었다.

정작 이야기의 주인공인 우준은 일을 마무리 짓고 오겠다고 해서 자리에 없었다.

"안 올걸."

태령의 잔에 술을 따라주며, 유정이 말했다.

"팀장님이 회식 참가하는 일, 거의 없거든. 우리가 마지막으로 회식을 한 게…… 2년 전인가?"

"필다 판매량이 1위 찍었을 때지? 그때도 안 오려고 했는데 사장님도 참석해서 어쩔 수 없이 오신 거잖아."

"팀장님 안 오셔도 너무 서운해 하지 마. 차라리 안 오시는 게 나은 거야. 팀장님 오시면 분위기가 장난 아니거든."

"정말 장난 아니죠. 북극을 가도 그렇게 춥진 않을 거예요."

우준의 부재를, 모두가 기뻐했다. 주위에서 따라주는 술을 홀짝홀짝 받아 마시다 보니 취기가 올랐다. 한우는 달콤할 정도로 부드러웠다. 입안에서 살살 녹는 한우를 실컷 먹고 있는데, 문자가 왔다.

'준민인가?'

사실 술을 마시면서도 온 신경은 휴대폰으로 향해 있었다. 어쩌면 준민에게서 문자가 올지도 모른다는 생각 때문이었다.

하지만 문자를 보낸 사람은 태인이었다.

[언니야. 나 아프다고 준민이가 꽃 사다 줬어.]

그리고 첨부 파일.

태인이 프리지아 꽃다발을 들고 환하게 웃는 사진이었다. 셀카가 아니었다. 아마도 준민이 찍어준 사진일 것이다.

심장이 쿵 내려앉았다. 그리고 동시에 지끈거리는 통증이 찾아왔다.

‘왜? 나한테 답장할 시간은 없고, 태인이한테 꽃 사줄 시간은 있니?’

소중한 동생이 아프다고 잘해 주니까 기뻐해야 마땅하다. 하지만 옹졸한 마음은 그렇게 교과서적으로 돌아가지 않았다. 가슴이 쓰리다. 쓰리고 쓰려서 입안에 남은 소주의 향기마저도 그 쓴 맛이 더했다.

갑자기 취기가 확 올라오며 어지러워졌다. 토하고 싶었다. 그리고 울고 싶었다.

‘술 때문에 그래. 너무 감정적이 됐어.’

이성적으로 생각하면 이해할 수 있는 일이다. 태인은 몸이 약하다. 언제 어떻게 되어도 이상하지 않을 상태다. 준민은 태령의 연인이기 이전에 태인의 친구이기도 했다. 친구로서 태인의 상태가 걱정이 되는 게 당연하다. 당연하다. 당연하다. 당연하다.

당연하다는 말을 버퍼링했지만 조금도 당연하게 생각되지 않았다.

‘잘못된 거야. 이건 아니야. 하지만…… 태인이는 내 동생이잖아. 준민이도 내 연인이기 전에 나랑 친구이기도 했고. 날 배신할 리가 없어. 절대로.’

머리가 핑글핑글 돌았다. 혼란스러운 마음이 도는 것처럼, 눈앞의 사물들도 돌았다. 여기가 어디인지, 저기가 어디인지 알 수 없을 정도로 빙글빙글.

“태령 씨, 괜찮아? 취했어?”

유정의 걱정스러운 목소리가 아주 먼 곳에서 들려왔다.

“우리가 너무 따라 줬나 본데요? 혼자서 거의 두 병을 마셨어요.”

“어쩌지? 태령 씨, 힘들면 좀 기대 있어. 갈 때 깨울게.”

여러 목소리가 섞였다.

“네가 여자로 보여.”

이곳에 있을 리 없는 준민의 목소리도 섞여 있었다.

“널 사랑한다는 말을 하고 있는 거야.”

4년 전, 준민의 고백을 받았던 그날. 그날의 향기가 나는 듯했다.

*　　*　　*

우준은 태령이 미쉘 찬에 대해 제안한 사항을 고민했다. 태령이 정확한 부분을 짚었다. 최근에 필다에 대한 부정적인 피드백의 대부분은 ‘너무 가볍다.’였다.

처음에는 거의 최초로 성적인 부분을 다루는 잡지라는 점에서 이슈를 불러일으켰다. 지금도 꾸준히 높은 구독률을 유지하고 있긴 하지만, 그 이상으로 높아지진 않았다. 얼마 전 야심 차게 준비한 ‘톱스타의 은밀한 이야기’는 기대에 미치지 못했다.

'살아온 방식이라……'

힘들게 살아온 걸로 따지자면 우준도 미쉘 챤 못지않았다. 돈 많고 성격 좋고 아이를 사랑하는 부모와 만날 확률은 거의 제로에 가깝다. 누구나 힘들게 살고 있을 텐데, 남의 힘든 인생을 잡지로 읽는 것이 과연 즐거울까?

우준으로서는 납득하기 힘든 감정이었다. 하지만 아예 무시할 수도 없었다. 필다는 약간의 변화가 필요했다.

'디자이너 세 명을 넣으면서 한 명만 진지하게 빠지는 건 말이 안 돼. 하려면 미쉘 챤을 따로 빼야 할 텐데…… 따로 특집을 내야 하나? 그럼 다른 디자이너랑 비교가 돼서, 다른 디자이너들이 불쾌해할 수도 있어.'

고민을 하다 보니 시간이 많이 지났다. 더 늦으면 회식에 참석할 수 없을 것이다.

"우준아, 뭐 하냐?"

사장이 조심성 없이 문을 열고 들어왔다. 우준은 의자에 앉아 사장을 노려봤다.

"사장님, 들어오실 땐 노크하세요."

"애들 다 퇴근했을 때는 봐줘라, 좀."

사장인 최양석은 우준의 오랜 술친구이자 은인이었다. 사람들은 나이 차이가 많이 나는 우준과 양석이 술친구라고 하면 의아하게 생각했다. 의아한 건 우준도 마찬가지였다.

오래 전 일하던 곳에서 우연히 양석과 만나게 됐다. 손님과 종업원 관계로 만났는데, 어느 날인가 갑자기 출판사에서 일해보지 않겠냐는 제안을 받았다.

택배부터 공사장까지 안 해본 일이 없던 우준에게, 책상에 앉아서 할 수 있는 일은 뜻밖의 기회로 다가왔다. 우준은 받아들였고, 양석에게 도움이 되고자 잠자는 시간도 줄이고 일했다.

그동안 수많은 메이저 출판사들이 놀랄 만큼 많은 연봉을 제시하며 스카웃을 하려고 했지만, 단 한 번도 응하지 않은 것은 양석에게 입은 은혜 때문이었다. 양석이 아니었다면, 우준이 번듯한 책상에 앉아 일을 할 수 있는 기회는 생기지 않았을 것이다. 양석은 초짜인 우준이 공격적인 시도를 할 때도 믿고 내버려 두었다.

"애들 신입 환영회 하러 갔다는데, 넌 여기서 뭐 해?"

"슬슬 가 보려고요. 사장님은 뭐 합니까? 토끼 같은 자식들 내버려 두고."

"어휴. 말도 마. 내 자식들이지만 참 답이 없어. 미운 일곱 살이라는 말이 괜히 생긴 게 아니더라. 우준아. 넌 늦게 결혼해라. 그리고 애는 한 명만 낳아."

"결혼과 육아는 알아서 할 테니 관심 끄세요."

우준은 차갑게 대꾸하고 일어났다.

"신입은 어때? 일 좀 시켜봤어?"

"네. 나쁘지 않습니다."

"응? 나쁘지 않다고? 서 팀장 입에서 나쁘지 않다는 말을 끌어내? 그거 최고의 칭찬이잖아."

"그런 뜻으로 한 말은 아닙니다. 아직 부족한 게 많아요."

"신입인데 당연하지. 전에 있던 출판사라고 해 봐야 작은 곳이니까 뭘 제대로 배우지도 못했을 거고."

"누가 가르쳐 줘야 배우는 타입이 아닙니다. 스스로 찾아서 공부하는 타입이지."

"……그래?"

사장이 의아한 표정을 지었다.

"표정이 왜 그렇습니까? 제가 못 할 말 했습니까?"

"아니…… 네가 누굴 그런 식으로 평가하는 건 처음 봐서…… 왜 그래? 설마 서우준, 너…… 그런 거야?"

"……뭐가 그런 겁니까?"

"역시 그런 거구만. 그런 식으로 신입에 대해 깊이 파헤쳐서 더 격렬하게, 더 집요하게 괴롭히려는 거야!"

"……."

"관둬, 서 팀장. 이제 사람 구하기도 힘들어. 신입 들어오면 한 달도 못 돼서 나간다는 소문이 쫙 퍼졌어. 소개를 부탁하는 것도 이젠 민망할 지경이야."

"……."

"제발 내 얼굴 봐서라도 신입한테 가혹하게 대하지 마. 부탁이야."

거의 애원하듯 말하는 양석에게, 뭐라 대답해야 할지 알 수 없었다. 우준은 입술만 달싹거리다가 고개를 젓고는, 양석의 앞에서 도망치듯 회사를 빠져나왔다.

주인이 울 땐 눈물을 핥아 준다

회식 자리는 파하기 직전이었다.

"2차 가자."

"근데 정작 우리의 신입이 자고 있잖아."

"그러게 처음부터 너무 술을 먹였어요. 선배가 주는 술이라고 거절도 못 하고 마셨을 텐데……."

"하긴…… 초반에 너무 달리게 했지. 태령 씨한테 미안하네. 내일도 출근해야 하는데……."

"태령 씨 어떡하지? 깨워도 안 일어나는데?"

"여차하면 우리 집 데려가서 재워도 되고. 어차피 나 혼자 사니까."

유정이 대수롭잖다는 듯 말하다가, 입구에 서 있는 우준을 발견하고는 입을 살짝 벌렸다.

"팀장님?"

그 말이 총 쏘는 소리라도 되는 듯 다들 화들짝 놀라는 반응을 보였다. 왜들 저러는 걸까?

"여, 여긴 어떻게 오셨어요?"

"한태령 씨가 자리를 빛내달라고 초대했어요. 오면 안 되는 자리였습니까?"

"아, 아뇨. 너무 안 오셔서 안 오시려는 줄 알고…….""

"한태령 씨한테 술 많이 먹였습니까?"

우준의 시선이, 구석에 기대어 잠든 태령에게로 향했다.

"네, 제가 초반에 너무 따라 주는 바람에…….""

"그래요. 한태령 씨 가족들한테 내가 연락할 테니 다들 2차 가보세요."

"하지만…….""

"팀원 뒤처리하는 것도 팀장의 업무라면 업무겠죠. 가보세요."

다들 흘끔 서로의 눈치를 살폈다. 그러다가 하나둘씩 일어났다.

"정말 괜찮으시겠어요? 우리 집에서 재워도 되는데…….""

"최유정 씨라면 자기 딸이 입사한 지 얼마 되지도 않았는데 취해서 외박하는 꼴을 보고 싶겠어요?"

"그렇진 않죠."

"가보세요."

"넵! 가보겠습니다!"

유정도 술을 많이 마신 건 마찬가지인지, 평소에는 안 하던 경례까지 붙이고 다른 팀원들과 함께 가게를 나갔다. 시끌벅적하던 공간이 순식간에 고요해졌다. 우준은 신발을 벗고 들어가 태령의 옆에 앉았다.

쭉 뻗은 긴 다리, 늘씬한 허리와 단단해 보이지만 마른 어깨. 달걀형의 작은 얼굴 안에는 서구적으로 커다란 눈코입이 조화롭게 자리를 잡았다. 감은 눈 아래로 늘어진 속눈썹은 연필을 얹어도 될 만큼 길었다.

우준은 무감정한 얼굴로 태령의 잠든 얼굴을 확인한 후, 휴대폰을 찾았다. 휴대폰은 태령의 손에 쥐어져 있었다. 세게 잡고 있지 않아서 쉽게 빼낼 수 있었다. 우준이 휴대폰을 빼내는 동안, 태령은 미동조차 하지 않았다.

패턴 설정이 되어 있지 않아 화면을 터치하자 바로 화면이 떴다. 누군가에게 온 문자를 보고 있었는지, 문자 화면이 떠 있는 상태였다.

[언니야. 나 아프다고 준민이가 꽃 사다 줬어.]

새하얀 얼굴의 미녀가 노란색 꽃 한 다발을 안고 환하게 웃고 있었다.

'동생인가? 그러기엔 안 닮았는데…… 아는 동생인가?'

보낸 사람 이름은 [한태인]이었다.

‘이름으로 봐서는 동생이 맞나 보군.’

뒤로 가기 버튼을 눌렀다. 보려고 한 건 아닌데, 태인이 보낸 문자 바로 아래에 [내사랑]이라는 이름으로 보낸 문자가 있었다. 보낸 문자의 내용은, [준민아. 나 오늘 회식해서 늦게 끝나.]였다. 보낸 문자가 겉으로 뜨는 걸 봐서는, 답장이 오지 않은 것 같다.

우준은 무심히 통화 버튼을 눌렀다. 1번 버튼을 길게 누르자 [내사랑]에게 전화가 걸렸다. 통화 연결음이 가는 걸로 봐서 휴대폰이 꺼진 상태는 아닌데, 상대는 전화를 받지 않았다. 혹시 다른 일을 하고 있나 싶어서 두어 번 더 전화를 걸었지만, 역시 [내사랑]은 전화를 안 받았다.

‘애인이란 놈이 뭐가 이래?’

이번에는 단축 번호 2번을 눌렀다. [원]이라는 이름이 떴다. 다행히 [원]은 바로 전화를 받았다.

[령, 뭐야? 회사 이제 끝났냐?]

친구인 듯, ‘원’의 말투는 거침이 없었다.

“한태령 씨 상사입니다. 한태령 씨 친구분 되십니까?”

‘원’의 대답은 바로 들려오지 않았다. 잠깐의 시간이 지난 후, ‘원’이 한결 낮아진 목소리로 대답했다.

[네. 태령이 친구 윤희원입니다. 태령이한테 무슨 일 있습니까?]

걱정이 가득 담긴 어조였다. 애인은 어떤지 모르겠지만 친구는 잘 둔 것 같다.

"한태령 씨가 취해서 잠들었습니다. 회사 옆에 있는 가게인데 지금 데리러 오실 수 있습니까? 한태령 씨 집에서 멀면 택시를 태워서 보내려고 하는데…….."

[아! 아닙니다. 20분이면 도착합니다. 제가 금방 가겠습니다!]

희원이 다급히 말했다. 희원이 출판사의 위치를 안다기에, 고깃집 이름을 알려주고 끊었다. 우준은 태령의 옆에 팔짱을 끼고 앉아 다리를 길게 뻗었다.

우준도 큰 키인데, 태령의 다리는 우준만큼이나 길었다. 여자치고 큰 키라고 생각했는데 정말 다리가 길다. 출판사 직원보다는 모델을 하는 게 나았을지도 모르겠다.

우준은 벽에 뒤통수를 기대고 아까 하던 미쉘 챤 특집에 대한 생각을 계속했다. 이렇게 할까, 저렇게 할까 고민을 하다 보니 시간이 빠르게 흘러갔다.

문이 열리는 소리와 함께 싹싹해 보이는, 화려한 생김새의 사내가 들어왔다. 연극을 하면 왕자님 차림이 잘 어울릴 것 같은 남자였다. 사내는 가게 안을 쭉 둘러보더니 태령을 발견하고는 성큼성큼 다가왔다.

"태령이 데리러 왔습니다. 윤희원입니다."

희원이 꾸벅 인사를 했다. 한량 같은 생김새와는 달리 예의가 발랐다.

“서우준입니다. 한태령 씨 팀의 팀장입니다.”

“수고가 많으십니다. 태령이가 원래 이렇게 술이 약하지가 않은데…… 많이 마셨나요?”

희원이 안으로 들어와서 자연스럽게 태령의 허리와 다리 아래로 손을 넣었다. 우준은 도와주기 위해 손을 뻗었다가 생각을 바꾸고 도로 손을 거뒀다.

“글쎄요. 늦게 합류해서 잘 모르겠네요.”

“태령이가 일은 잘 하나요?”

“나쁘지 않습니다.”

사장이 말한 대로 우준에게 있어서 최고의 찬사였다.

“다행이네요. 아마 앞으로는 아주 잘 하게 될 겁니다. 노력파거든요.”

희원이 자랑스레 말했다.

“네, 압니다.”

“……아신다고요?”

“사람 보는 눈이 있으니까 이 자리까지 올라온 겁니다.”

“아아. 그러시겠네요. 되게 젊어 보이시는데 대단하세요. 성운 출판사의 팀장님이시라니. 그…… 필다 만든 분이시라면서요? 팀원으로 일하게 됐다고, 태령이가 자랑 많이 했습니다.”

희원은 붙임성이 있었다. 그리고 힘이 굉장히 좋았다.

술 취한 사람은 아무리 작고 가벼워도 번쩍 들기 힘들다. 하지만 희원은 키가 큰 태령을 아무렇지도 않게 안아 들었다. 태

령이 목을 가누지 못하자 웃챠웃챠 움직여 머리를 가슴에 기
대게 하는 재주까지 선보였다.

"택시 잡아드리겠습니다."

우준은 희원보다 앞서서 밖으로 나갔다. 이 시간에는 택시
가 잘 잡히지 않는다. 한참 손을 흔들어서야 간신히 택시를 잡
았다.

우준은 바지 주머니에 손을 찔러 넣고 서서, 희원이 택시에
태령을 태우는 걸 지켜봤다. 그러다가 문득 생각나, 희원에게
물었다.

"한태령 씨 애인, 준민이란 남자 아십니까?"

"아, 네. 압니다."

"어떤 사람입니까?"

희원은 태령을 잘 앉힌 후, 돌아서서 우준과 눈을 맞추고 진
지하게 대답했다.

"쓰레깁니다. 급으로 따지자면 음식물 쓰레기."

*　　*　　*

아침에 눈을 뜨고 방에서 나오자마자, 엄마에게 등짝을 맞
았다. 안 그래도 숙취 때문에 머리가 아픈데, 등까지 맞으니
두통이 더 심해졌다.

"너는 이것아! 동생이 아파서 저리 누워 있는데 술 처마시고

남자 등에 업혀서 들어와? 정신이 있는 애야, 없는 애야? 동생 보기 미안하지도 않아?”

“아프잖아! 태인이한테 미안할 게 뭐가 있어? 일하다가 보면 그럴 수도 있는 거지.”

“일하다가 늦는 게 아니라 술 처마시고 늦은 거니까 문제지! 언니라는 년이 아픈 동생은 안중에도 없고…….”

“안중에 없긴 뭐가 없어! 태인이 생각하니까 돈 버는 거 아냐. 내가 번 돈 중에 대부분이 태인이한테 나가는 거 몰라?”

“이 기집애가 뭘 잘 했다고 큰소리야, 큰소리가! 아주 엄마 때리겠다? 응?”

“아, 비약 좀 하지 마. 내가 엄마를 왜 때려? 아침부터 자꾸 큰소리치고 때리니까 아파서 그러지.”

“이게 뭐가 아프다고 그래? 아파도 태인이보다 아프겠어?”

“아, 쫌! 내가 아팠으면 좋겠어?”

“아주 말하는 것 좀 봐?”

“그만 좀 해! 씻어야 돼!”

태령은 신경질적으로 문을 닫고 들어갔다. 엄마가 악쓰는 소리가 들려왔지만 얼른 샤워기를 틀어 소리를 지웠다.

그놈의 태인이, 태인이.

아픈 사람도 서럽겠지만, 아프지 않은 사람도 서럽긴 마찬가지다. 특히나 아픈 사람을 위해 뭐든 희생할 것을 강요당하는 상황이라면 더더욱.

샤워를 하다 보니 회식 때의 일이 조금씩 떠오르기 시작했다. 즐거운 분위기, 홀짝홀짝 받아마시던 술, 그리고 태인에게서 온 문자.

'아, 그래. 그 일이 있었지.'

취했을 때는 몰랐는데 깨고 나니 다시 심장이 욱신거렸다.

'나야말로 비약하는 거야. 준민이는 그냥 태인이 아프니까 챙겨주는 건데…… 나, 진짜 옹졸하다.'

태령은 작게 한숨을 쉬며 샤워를 끝냈다. 밖으로 나오자 엄마가 아침을 준비하고 있었다. 아침은 된장찌개였다.

"먹고 갈 거지?"

"응. 속 쓰려."

"그러게 술 좀 작작 마시고 다녀. 한창 안 마신다 싶더니……."

"뭘 그렇게 마셨다고 그래? 가끔 희원이랑 준민이랑 같이 마신 게 단데."

"집에 혼자 있는 태인이 기분도 좀 생각해 봐."

"그래서 애들 만날 땐 자주 데리고 나가잖아."

"나가면 뭐해? 태인이는 술도 못 마시는데……."

"알았어. 조심할게. 엄마, 근데 어제 나 누가 데려다줬어? 혼자 들어왔어?"

"희원이가 안고 왔더라. 애가 안 그렇게 생겼는데 힘은 어찌나 좋은지……."

“희원이가? 어떻게 알고 데리고 왔지?”

“네 상사가 연락했대. 그…… 팀장이라나?”

“티, 팀장님이? 팀장님이 희원이한테 연락을 했다고? 나 데리고 가라고?”

정신이 확 들었다.

“왜 소리를 지르고 그래?”

“아니…… 아…….”

태령의 얼굴에서 핏기가 가셨다. 정신을 잃기 전에 우준을 본 기억이 없어서, 우준은 회식에 오지 않은 줄 알았다. 그런데 왔던 모양이다. 그렇다면 우준이 본 태령의 모습은, 그새 술에 취해 너부러져 있는 모습이었을 것이다.

그제는 지각을 했고, 어제는 팀장실에서 바보 같은 짓을 한 후에 만취한 모습까지 보였다.

‘나한테서 학을 뗐을 거야.’

오늘부터 우준이 태령을 혐오스럽게 본다고 해도, 태령은 할 말이 없었다.

‘아, 진짜…… 좋은 모습을 한 번도 못 보여주네.’

태령은 밥을 먹는 둥 마는 둥 하고 집을 나섰다. 전철을 타고 가는 길에 희원에게 감사 문자를 보내는 걸 잊지 않았다. 답장은 바로 돌아왔다.

[언제든 불러라. 형이 데리러 가주마. 오늘도 수고.]

희원의 문자를 보자 웃음이 나왔다.

[그래, 너밖에 없다.]

[최고지?]

[응. 윤희원 최고!]

두통이 조금 가셨다.

금요일의 출근 지하철은 피곤함과 기쁨이 공존한다. 일주일의 업무에 대한 피곤함, 내일부터 쉬는 날이라는 기쁨. 태령도 내일은 푹 잘 수 있다고 생각하니, 입가에 웃음이 번졌다.

성운 출판사에 입사를 하면서 평일 야간 알바와 주말 오전 알바를 관뒀다. 성운 출판사의 연봉이 전에 다니던 출판사보다 더 높았기 때문이다.

'내일은 늦게 일어나야지.'

성운 출판사에서 근무를 한 지 일주일 남짓. 지난주 주말에 늦게 일어날 때는 정말 꿈을 꾸는 것 같은 기분이었다. 자명종 소리를 신경 쓰지 않고 푹 잘 수 있다니! 태어나서 처음 있는 일이었다. 주말 오후 5시까지 여유롭게 자기 시간을 가질 수 있다는 것이 태령에게는 커다란 기쁨이었다.

그러나 금요일이라는 즐거움은 출판사 건물 로비에 들어서면서 깨끗이 사라졌다. 오늘도 엘리베이터 앞에 서 있는 우준과 마주치고 말았다.

'대체 팀장님은 왜 저렇게 일찍 출근하는 거야?'

같은 엘리베이터를 타는 게 민망해서 숨을까 하다가, 생각을 바꾸고 쭈뼛쭈뼛 다가갔다. 태령이 옆에 섰는데도 우준은 돌아보지 않았다.

"안녕하세요."

기어들어가는 목소리로 인사했다.

"네, 좋은 아침입니다."

우준은 전혀 좋은 아침인 것 같지 않은 목소리로 대답했다. 서늘하게 가라앉은 음성이 평소보다 차게 느껴졌다. 역시 어젯밤 만취한 꼴을 보인 것이 마이너스로 작용한 것 같다.

"어젯밤엔…… 감사했습니다."

"뭐가요?"

"네?"

"뭐가 감사하다는 건지 모르겠네요."

"아…… 어젯밤에 제 친구한테 연락해 주셨다고…….."

"그게 기억납니까?"

"아, 아뇨. 기억이 나는 건 아닌데…….."

"기억도 못 하는 일로 굳이 감사 인사를 할 필요는 없습니다."

"……네. 죄송합니다."

"일일이 사과하는 습관도 버리세요."

"네…….."

우준과 대화를 할 때면 유독 긴장하게 되는 이유가 뭔지 모르겠다. '팀장님'이라는 직함 때문만은 아닌 것 같다. 우준에게서는 알 수 없는 오라가 풍겼다. '잘해라. 잘못하면 물어뜯을 거다!'라는 오라.

엘리베이터가 유독 느리게 움직인다. 마른침을 꼴깍꼴깍 삼키며 어서 층에 도착하기를 기도했다. 기도하고 또 기도하는데, 바른 자세로 서서 층수 알림판을 확인하던 우준이 덤덤하게 말했다.

"엘리베이터가 멈췄습니다."

"……네?"

"건물이 오래돼서 가끔 이런 일이 생기네요. 혹시 폐쇄공포증 있습니까?"

"아뇨, 그런 건 아닌데…….."

"기다리다 보면 작동할 겁니다."

"아, 네에…….."

엘리베이터가 작동을 멈췄다. 이런 일은 처음 경험한다. 영화 같은 데서 그런 상황에 처한 사람들을 보면 패닉에 빠져서 우왕좌왕한다. 태령은 그런 것을 볼 때마다 자신도 똑같을 거라고 생각해 왔다.

하지만 이번에 생각을 바꿨다.

멈춘 엘리베이터에 누구와 함께 있느냐에 따라서 반응이 달라진다.

무서워하는 것이 당연한 상황인데, 황당할 정도로 담담한 우준 때문에 무서워하는 게 사치스러운 감정인 것처럼 생각됐다. 여기서 오두방정을 떨면 우준에게 더 미운털이 박힐 것 같

다는 두려움과 긴장이 커서, 멈춘 엘리베이터에 대한 공포는
싹틀 생각조차 하지 않았다.

그저 멍하니 멈춘 숫자를 응시했다.

'엘리베이터가 멈췄어. 와, 그런데 이렇게 안 무섭다니…….'

아주 오랜 시간이 지난 것 같은데, 엘리베이터는 움직일 생
각을 하지 않았다.

"저…… 너무 오래 멈춰 있는 것 같은데요."

조심스러운 말에 우준이 답했다.

"1분도 안 지났습니다."

"아, 네에……."

우준과 단둘이 보내는 시간은, 숨이 막힐 정도로 느릿하게
흘러갔다. 엘리베이터에 갇힌 지 한 시간은 된 것 같은 기분인
데, 아직 1분밖에 안 지났다니.

'정말일까?'

라는 생각에 휴대폰으로 시간을 확인했다. 정말로 시간이
많이 지나진 않은 것 같다.

"나한테 그렇게 신뢰가 없습니까?"

태령의 생각을 기가 막히게 눈치챈 우준이 정면을 응시한
채 물었다. 태령은 소스라치게 놀라 들고 있던 휴대폰을 떨어
뜨렸다. 태령의 반응에도 우준은 그녀에게 눈길도 주지 않았
다.

'팀장님 시야는 360도인가……!'

돌아보지도 않고 태령의 행동을 알아채는 우준의 능력이 놀
라울 지경이었다. 휴대폰을 주워들고,

"아닙니다."

웅얼거렸더니,

"거짓말도 습관입니다."

라는 대답이 돌아왔다. 정말 대하기 어려운 사람이다.

'내가 왜 이 엘리베이터를 타서는!'

태령은 할 수만 있다면 닫힌 문을 억지로 열고 엘리베이터
밖으로 뛰쳐나가고 싶었다. 엘리베이터 안의 공기가 점점 사
라지는 듯한 느낌이 들었다.

"저…… 팀장님은 애인 있으세요?"

움직일 생각 없는 층수만 보는 것이 무료하고 답답해서, 우
준과의 대화를 시도했다.

"한태령 씨랑 개인적인 잡담을 나누고 싶은 생각 없습니다."

차가운 대답이 돌아왔다. 태령은 민망함에 얼굴이 화끈 달
아올랐다. 더더욱 도망치고 싶어졌다.

'쥐구멍!'

엘리베이터도 멈추는 건물에 쥐구멍 하나 있을 법도 하건
만, 아무리 둘러봐도 쥐구멍은 보이지 않았다. 그때, 우준이
덧붙였다.

"하지만 아직 업무 시간 전이니 가벼운 사담을 나누는 건 괜
찮겠군요. 한태령 씨는 어때요? 애인과는 잘 지내고 있습니

까?”

우준이 이런 질문을 할 줄은 몰랐다. 태령은 잠깐 뒤통수를 맞은 기분으로 우준을 쳐다보다가 서둘러 대답했다.

“네, 잘…… 지냅니다.”

“그렇습니까? 애인이 밤일을 합니까?”

“밤일이요? 아뇨, 취업 준비 중인데…….”

“어젯밤에 한태령 씨 데려가라고 전화를 걸었는데, 전화를 안 받더군요.”

“아…… 공부하느라 바빠서 그럴 거예요. 요새 많이 스트레스를 받는 것 같더라고요.”

정면을 향하고 있던 우준의 얼굴이 천천히 움직여 태령을 향했다. 선이 굵고 강한 느낌의 잘생긴 얼굴이 무언가 못마땅한 듯 살짝 일그러졌다.

부리부리한 눈매 안에 갇힌 검은 눈동자가 태령의 머릿속을 파헤치고 들어왔다. 꿰뚫는 듯한 눈동자라는 게 이런 걸 두고 말하는 거구나, 라는 생각이 들었다.

그 눈동자는 언제 그랬냐는 듯 다시 정면으로 돌아갔다.

“착하다……라는 말을 듣는 걸 좋아합니까?”

뜬금없는 질문에 태령이 눈을 크게 떴다.

“생각이 깊다. 착하다. 유독 그런 소리를 듣고 싶어 하는 사람들이 있죠. 그걸 ‘착한 아이 콤플렉스’라고 합니다.”

담담한 어조였지만 비난을 받는 기분이 들었다. 울컥, 속상함이 밀려왔다.

'왜 이런 소리를 들어야 하지? 아침 출근길에 엘리베이터가 고장이 나서 갇히게 됐고, 침묵이 무거워서 가벼운 대화를 할 요량이었는데…… 어째서 콤플렉스 운운하는 소리까지 들어야 하는 거지? 아무리 팀장이라지만 친하지도 않은 사이에 갑자기 콤플렉스 운운하며 지적을 해 대는 건 너무한 거 아냐? 자기가 그렇게 잘났어? 남의 콤플렉스를 아무렇지도 않게 지적할 만큼, 그렇게 완벽한 거야?'

"심하시네요." 혹은 "그런 콤플렉스 없습니다." 따위의 대답을 하려고 했다. 하지만 태령은 그간의 사회생활로 쌓은 인내심을 발휘해, 입 안에서 맴도는 말을 간신히 삼켰다.

위잉.

엘리베이터가 다시 움직이기 시작했다.

"다시 움직이네요."

태령은 아무 말도 못 들은 것처럼 중얼거렸다. 우준의 대답은 없었다.

드디어 사무실로의 긴 여정이 끝났다. 엘리베이터가 멈추고, 문이 열렸다. 우준은 바로 내리지 않았다. 꿰뚫는 듯한 날카로운 눈동자가 아까처럼 느릿하게 태령을 향했다. 깊고 어두운 늪 같은 눈으로, 우준은 태령을 응시했다.

눈을 피하고 싶었다. 우준의 눈동자에는 무언가가 있다. 단순히 '미친개'의 눈빛이 아니다. 더 진지하고 더 깊은, 더 크고 더 강한 무언가가 우준의 눈동자 안에 존재했다. 아니, 어쩌면 우준이 무언가 그 자체일지도 모르겠다. 정체를 모를 그것.

"착한 아이 콤플렉스를 고치려면 자신을 좀 더 신뢰해야 합니다. 한태령 씨는 자신감을 좀 가질 필요가 있겠군요. 자신감을 가져도 될 상태고요."

묵직한 말을 던진 우준은 아무 일도 없었다는 듯 훌쩍 엘리베이터를 빠져나갔다. 태령은 멍하니 우준의 널찍한 등을 응시했다. 방금 우준이 한 말의 의미를 완전히 파악할 수가 없었다.

'자신감을 가져도 될 상태라고……? 그 말은 즉…….'

기다리다 지친 엘리베이터 문이 닫히기 시작했다. 태령은 황급히 열림 버튼을 눌렀다. 그리고 우준의 등에 대고 물었다.

"팀장님, 저…… 잘 하고 있나요?"

우준은 대답하지 않았다. 하지만 아주 살짝 고개를 끄덕거렸다. 그렇게 해석하고 싶은 눈의 착각인지는 모르겠지만, 태령은 그렇게 받아들였다.

나, 아주 미운털이 박힌 건 아닌가 봐.

*　　*　　*

짤막한 단발에 베이비 펌을 한 여자는 귀엽다기보다는 섹시한 이미지였다. 검은 스타킹에 허벅지가 트인 빨간색 H라인 스커트, 브이 라인이 깊이 파인 회색 티셔츠. 출판사 직원치고는 화려한 차림의 여자가 사뿐사뿐 사무실로 들어오는 것을, 태령은 놀란 눈으로 바라봤다.

'누구지?'

출판사 근무라는 것이 옷차림이 중요한 것이 아니다. 하루 종일 책상 앞에 앉아서 모니터를 보고 있으려면 온몸이 뻑적지근해져서, 입사 초기에는 정장을 입고 다니던 사람들도 어느새 추리닝이라고 불러도 될 법한 차림새로 출근을 하게 된다. 중요한 손님을 만날 때가 아니라면 다들 일하기 편한 차림으로 출근을 하기 때문에, 태령은 저렇게 잘 차려 입은 사람이 성운 출판사의 직원일 거라고는 생각하지 못했다.

"휴가 끝나자마자 일 났구만. 남의 팀 사무실은 왜 들락거려?"

웬일인지 유정의 빈정거리는 목소리가 들려왔다. 성격 좋은 유정이 빈정거리는 건 처음 들었다.

"어머, 최 대리님. 말씀이 심하시네. 같은 출판사 직원끼리 우리 팀, 남의 팀이 어디 있어? 서로 잘 되면 좋은 거지."

베이비 펌의 여자는 한쪽 입꼬리를 올리며 비웃듯 대꾸했다.

"자기 잘 되고 싶은 거겠지. 그렇게 입는다고 우리 팀장님이 눈길이나 줄 것 같아? 우리 팀장님은 로봇이야. 감정 없는 로봇. 인간미 없는 석상. 가끔 짖는 미친개."

유정은 우준에 대한 칭찬인지 비난인지 모를 말을 내뱉었다. 베이비 펌의 여자는 여전히 고자세였다.

"세상에 숨 쉬고 밥 먹는 로봇이 어디 있어? 사람이라면 누구나 진심 어린 정성에는 무너지는 법이야. 그리고 최 대리님. 직장 생활 몇 년 차인데 아직도 직급을 몰라? 다른 팀이기는 해도, 나 팀장이야. 최 대리님이 그런 식으로 막말을 하면 안 되는 사람이란 뜻이지."

"지랄하네."

유정이 가볍게 받아쳤다. 베이비 펌의 여자가 눈썹을 치켜올렸다.

"말조심해, 최 대리님. 제멋대로 행동하다가 훅 가는 수가 있어."

"누가 보면 네가 이 회사 사장인 줄 알겠다. 요새는 사장도 직원들 마음대로 못 자르는 거 몰라?"

유정이 톡 쏘는 말에 베이비 펌 여자는 대꾸할 말을 찾지 못한 듯 입술만 달싹거리다가, 팀장실로 또각또각 걸어갔다. 베이비 펌 여자가 팀장실로 들어가는 모습을 노려보던 유정은 기분 상한 표정으로 담뱃갑을 집어 들고 밖으로 나갔다.

"누구래요?"

태령이 누구에게랄 것도 없이 물었다. 3년 선배인 유진이 작은 목소리로 설명했다.

"정미혜. 1팀 팀장이야. 최 대리님 라이벌."

"라이벌이요?"

저쪽은 팀장인데 라이벌이라고 표현하는 게 이상했다.

"입사 동기인데 원래 사이가 안 좋았나 봐. 원래 정 팀장님도 2팀 팀원이었는데, 2년 전에 1팀 팀장이 된 거야. 그때 최 대리님한테 먼저 제의가 들어왔었거든. 근데 최 대리님은 우리 팀장님 아래서 더 배우고 싶다고 거절했고, 그 다음으로 정 팀장님이 제의를 받고 오케이를 한 거지. 최 대리님이 수락했으면 최 대리님 자리였을 것을 자기가 꿰찬 주제에, 최 대리님 앞에선 저렇게 고자세를 취해서 속을 긁어요."

사람 좋은 유정이 유독 날을 세운 것이 이해가 됐다. 입사 동기인 데다가 사이도 안 좋은 사람이, 높은 직급으로 올라갔다고 사사건건 콧대를 세우면 속이 상하기도 할 것이다.

"게다가 정 팀장님이 우리 팀장님 좋아하거든. 우리 팀에 있을 때부터 장난 아니었어. 사내에서 저렇게 노골적으로 남자 꼬시는 사람은 처음 봤다니까?"

"우리 팀장님을 좋아한다고요?"

태령은 기함을 토했다.

"그래, 나도 처음 알았을 땐 태령 씨 같은 반응이었지. 마음이 바다 같이 넓은 건지, 사람 보는 눈이 없는 건지…… 진짜 이해가 안 된다니까."

"그러게 말이야. 팀장님이 일 배우기에는 좋은 사람이지만, 애인 삼기에는 좀…… 그런 사람이잖아. 몇 년 동안 저렇게 애정 공세를 하면 받아 줄 법도 한데, 우리 팀장님은 눈썹 하나 까딱 안 하고. 진짜 목석이야, 목석."

"나 같으면 더러워서 때려치웠을 텐데……."

"근데 진짜 팀장님의 어디가 좋은 건지 모르겠네. 정 팀장 정도면 웬만한 남자는 다 만날 수 있지 않나? 얼굴도 예쁘고 몸매도 좋은데…… 대체 왜 팀장님한테 저렇게 목을 매는 건지 모르겠단 말이야."

"어때, 태령 씨. 여자인 태령 씨가 봤을 때 우리 팀장님한테 헤어 나올 수 없는 매력이라는 게 있는 것 같아?"

너도나도 떠들던 팀원들이 동시에 태령을 쳐다봤다. 갑자기 주목을 받은 태령은 눈을 동그랗게 뜨고 고개를 저었다.

"아뇨, 없는데요."

너무 솔직한 반응을 보였나 싶어서 금방 후회했지만, 다행히도 팀원들은 크게 받아들이지 않았다.

"그치? 없지?"

"뭐, 덩치 크고 얼굴 나쁘지 않으니까 첫인상은 괜찮을지 몰라도…… 결벽증이 있는 사람은 좀 그렇잖아."

"같이 일하다 보면 성격 알게 되고, 성격 알게 되면 연애할 만한 사람이 아니라는 게 드러날 텐데…… 그래도 포기 안 하는 정 팀장이 참 용하단 말이야."

일적인 면에서는 우준을 깎아내리지 않았던 팀원들이지만, 개인적인 부분으로 들어가자 가차 없이 우준을 평가했다. 이렇게 무참히 까이는 우준이 안쓰러울 지경이었다.

그렇다고 해서 우준을 감싸 줄 말이 떠오르는 건 아니었다. 태령만 해도 우준이 같이 있기 답답한 사람이라는 것을, 오늘 아침에 새삼 실감했기 때문이다.

엘리베이터가 작동을 멈춘 순간에도 흔들림 없이 정자세로 서 있고, 답답할 정도로 대화가 이어지지 않는 사람. 대화 좀 될까 싶었더니 남의 콤플렉스를 과감하게 지적하는 사람.

그런 사람은 연애 상대로는 최악이다. 연애라는 것은 좀 더 마음을 편하게 해 주는 사람과 해야 하지 않을까?

'하긴…… 나도 지금은 편한 상태가 아니지.'

준민만 생각하면 가슴이 답답했다. 사랑하기 때문에 그의 작은 행동을 크게 해석하는 것뿐이라고 포장을 하지만, '정말 그럴까?'라는 의문이 생긴다. '헤어질 때가 된 건가?'라는 생각이 들다가도, 준민이 다정하게 안아주었던 것을 떠올리면 그런 생각이 사라진다.

'요새는 내 마음을 나도 모르겠어.'

직장을 다녀서 다행이고, 바빠서 다행이었다. 집에 있는 상태였다면 이런저런 괴로운 상상을 하느라 허송세월을 보냈을 것이다.

태령이 준민을 생각하는 동안, 우준은 '향수 냄새'에 대해 생각하고 있었다.

향수 냄새라는 것은 도무지 익숙해지지 않는다. 〈필다〉를 만들면서 유명한 여자들을 만날 일이 많았다. 그들 중에 대부분이 향수를 뿌리고 나왔다. 진한 향이 나는 사람도 있었고, 연한 향이 나는 사람도 있었다. 어떤 향이든, 우준을 괴롭혔다.

후각을 괴롭히는 향수라는 것을 왜 뿌리는 건지 알 수 없다. 애초에 오물 냄새를 약간이나마 없애기 위해 만들어진 것이 향수다. 이제 이 세상은 오물에 덮인 거리에서 벗어났다. 그렇다면 향수 역시 목적을 상실했으니 사라져야 마땅한 것이 아닐까.

그런데 왜 향수는 여태껏 남아 있어서 수많은 여성들의 소비를 조장하고, 수많은 사람들의 후각을 괴롭히는 걸까?

"단 거 싫어한다고 하셔서 이걸로 사왔어요."

미혜는 해사한 미소를 지으며 길고 좁은 쇼핑백을 우준의 책상 위에 올려놨다. 미혜가 가까이 오자 향수 냄새가 더 짙어졌다.

"매번 이런 걸 사올 필요는 없다고 했는데요."

"비싼 것도 아니고, 그냥 팀장님 생각나서 사왔어요. 잘 봐달라고 뇌물로 드리는 거 아니에요. 그냥 개인적으로 드리는 거지."

"그렇다면 더더욱 받을 수 없겠군요. 난 정 팀장을 내 개인적인 삶에 들이고 싶은 생각이 없습니다."

"어휴. 꼭 그런 식으로 말씀하시더라. 그냥 팀장님한테 배운 것도 많고 해서, 감사한 마음으로 드리는 거니까 받아 주세요. 뭐랄까. 학교로 치면 은사? 존경하는 선생님께 제자들이 가끔씩 찾아가서 선물 드리는 게 나쁜 건 아니잖아요.”

“내가 왜 정 팀장 은사가 되는 건지 모르겠군요. 정 팀장을 가르친 기억이 없습니다.”

“전 배운 기억 있어요.”

미혜는 애교스럽게 대꾸하며 의자를 끌어왔다. 의자에 앉자 허벅지에 꽉 끼는 치마가 위로 올라가며, 육감적인 다리가 드러났다. 다른 남성이었다면 대놓고 보진 못해도 몇 번씩 훔쳐볼 만큼 탐스러운 다리였다. 하지만 우준은 눈길도 주지 않았다.

“할 말 있습니까?”

우준의 두툼한 입술 사이로 흘러나오는 음성은 낮고 무감정했다.

“이번 기획 중에 프랑스 디자이너가 있다고 들었어요. 도움 좀 드릴 수 있을 것 같아요.”

“어떤 도움이죠?”

“프랑스에 아는 사람이 있어요. 한국인인데 프랑스에서 10년을 넘게 살아서 불어 실력이 상당해요. 프랑스 문화에 대해서도 빠삭하고. 인터뷰하러 프랑스로 가실 거죠? 같이 가요. 제가 그 사람 소개시켜 줄게요.”

“사양하겠습니다.”

“너무 딱 잘라 사양하신다. 제가 팀장님한테 뭘 바라는 것도 아닌데…… 진짜 순수하게 도와 드리고 싶어서 그래요. 유명한 사람들, 콧대 높잖아요. 자칫 잘못해서 신경 건드리면 인터뷰 무산될 거예요. 우리도 한 번 그런 일 있었거든요.”

“우리 팀은 그런 일 없을 겁니다. 정 팀장은 내가 그런 부분도 신경 쓰지 않을 거라고 생각한 모양이죠? 내 능력이 의심됩니까?”

“의, 의심이라니요? 제가 어떻게 팀장님을 의심하겠어요? 전 그저…… 정말 도와 드리고 싶어서 그러는 거예요.”

“날 정말 도와주고 싶다면, 내가 일할 수 있게 그만 나가줬으면 좋겠군요. 그리고 앞으로 이런 걸 사들고 와서 내 시간을 방해하지 마세요. 업무 시간에 개인적인 일을 하는 거, 좋아 보이지 않습니다.”

4년 동안의 공략에도 달라진 모습을 전혀 보이지 않는 우준의 태도에, 미혜가 입술을 비쭉거렸다. 그래도 우준은 반응을 보이지 않고 차가운 눈으로 문 쪽을 응시했다. 그만 저 문으로 나가, 라는 의미였다.

미혜는 더 이상 앉아 있다가는 봉변을 당하리라는 것을 알았기에, 서둘러 일어나 옷매무새를 점검하고는 또각또각 팀장실을 가로질러 걸어갔다. 그리고 팀장실을 나가 문을 닫으며 흘끗 우준의 모습을 훔쳐봤다. 혹시라도 자신을 지켜보고 있지 않았을까 하는 기대 때문이었다. 그러나 우준의 시선은 이미 모니터를 향하고 있었다.

'하여간 진짜 목석이라니까. 쪽팔리게.'

우준의 앞에서는 태연한 척했지만, 우준이 서늘한 반응을 보일 때마다 어찌나 민망한지 모른다.

'아, 진짜 어떻게 해야 넘어오는 거야? 도대체 뭘 더 해야 되는 거지? 능력 있어, 몸매 돼, 얼굴 예뻐. 뭐 하나 빠지는 게 없는데 저 인간은 왜 저렇게 반응을 안 보이는 거냐고!'

미혜는 2팀 팀원들의 시선을 느끼며 사무실을 나갔다. 다행히 나갈 때는 얄미운 유정을 마주치지 않았다. 하지만 1팀 사무실에 들어가기 전 들른 화장실에, 유정이 있었다.

손을 씻던 유정이 세면대 거울로 미혜를 쳐다봤다.

"또 까였지?"

"안 까였거든?"

"지랄한다. 표정 보면 딱 답이 나오는구만."

"야! 너 팀원들 앞에서 나한테 그따위로 말하는 버릇 좀 고쳐!"

"버릇? 같은 나이에 입사 동기인데 버릇은 뭔 놈의 버릇?"

"난 팀장이잖아!"

"우리 팀 팀장이면 당연히 대우를 해 주지. 근데 넌 우리 팀 아니잖아."

"같은 회사잖아!"

"그게 그렇게 엿 같으면 사장님한테 말해서 날 자르든가, 아니면 네가 나가든가."

"아, 진짜 욕 나오게 하네."

"꼭 어휘력 딸리는 애들이 욕을 하더라고."

"얄미운 기집애."

유정은 처음부터 미혜와 안 맞았다. 입사 첫날부터 이미지 관리를 하고 상사에게 잘 보이기 위해 애쓰던 미혜와 달리, 유정은 덤덤히 자기 일만 했다. 상사에게 사근사근 대하지도 않았고, 회의를 할 때 자기 할 말을 다했다.

'저러다 잘리겠지.'라고 생각했는데, 의외로 그 솔직함과 대담함이 인정을 받아, 젊은데 능력 있는 친구라는 평가를 받았다. 1팀 팀장 제의를, 유정이 먼저 받았다는 것도 마음에 들지 않았다.

"미친개는 게이인 게 분명해."

미혜는 콧등에 파우더를 찍어 바르며 말했다.

"게이는 무슨."

"그렇잖아. 나 정도 되는 여자가 4년을 부딪치는데 꿈쩍도 안 하는 걸 보면 게이야, 게이."

"논다. 그냥 네가 미친개 취향이 아닌 거겠지."

"내가 이 남자, 저 남자 다 만나 봤어도 내가 취향이 아닌 남자는 없더라. 남자는 일단 여자 얼굴 보고, 그 다음에 몸매 보고, 마지막으로 성격을 보거든? 게다가 난 능력까지 있고."

"성격에서 까였나 보지. 네 성격, 개차반이잖아."

“야!”

“이것 봐. 조금만 불리하면 언성 높이고.”

“담배나 끊어.”

“대꾸할 말 없으니까 주제 변경이냐?”

“이번 신입은 어때? 여자야?”

“여자지. 여성 잡지인데 여자가 별로 없으니 어떻게든 여자를 뽑아야지.”

“얼마나 갈 것 같아?”

“글쎄. 의외로 그만두지 않을 것 같기도 해. 애가 당차 보이더라고. 그동안 애들이랑 좀 다르더라.”

“그래? 요새 애들, 사회생활 쉽게 생각하잖아. 쉽게 생각하고 걸음마를 떼자마자 만난 게 미친개니…… 버티기 쉽지 않지.”

“아예 초짜는 아냐. 경력으로 뽑았어. 사장님이 다른 데 소개 부탁해서 소개 받았나 봐.”

“나이는?”

“스물여덟.”

“예뻐?”

“아까 못 봤어? 내 옆자리인데.”

“네가 하도 난리쳐서 누굴 볼 틈이나 있었겠니?”

“예뻐. 모델 같아.”

“예쁘다고? 그럼 안 되지. 걔가 미친개한테 관심 갖는 거 아</p>

냐?”

미혜가 펄쩍 뛰자 유정이 피식 웃었다.

“에이, 그럴 일 없어. 걔 남자 친구 있더라. 잘생겼던데. 많이 좋아하는 것 같고. 그런 애 두고 굳이 미친개를 좋아할 이유가 없지.”

“그래? 그럼 됐고.”

“얘는 좀 버텼으면 좋겠다.”

“초짜 아니라며. 일만 좀 잘하면 미친개가 짖진 않겠지. 잘하는 사람한테 짖는 사람은 아니잖아.”

“그거야 그런데…… 어제 말이야. 좀 이상한 일이 있었거든.”

“무슨 일?”

유정은 어제 우준이 보인 이상 행동에 대해 설명했다. 갑자기 나와서 일 열심히 하는 태령을 계속 지적했고, 심지어 지방 상태까지 지적했다고. 게다가 회식 장소를 한우 전문점으로 바꾸고, 늦게나마 회식에 참석했다는 놀라운 사실 또한 전했다.

“뭐야? 미친개가 신입한테 관심 있는 거 아냐?”

미혜가 장소도 잊고 버럭 외쳤다. 유정이 한심하다는 듯 미혜를 노려봤다.

“목소리 좀 낮춰, 기집애야.”

“야, 어떻게 그래? 내가 사랑하는 남자가 딴 여자한테 관심을 보이는데!"

"그런 거 아니거든? 우리 팀 추측으로는, 아무래도 팀장님이 집요하게 괴롭혀서 태령 씨를 쫓아내려는 것 같아."

연애에 관심 없는 유정이나 남자 팀원들은 모르겠지만, 미혜는 촉이 섰다. 4년 동안 한결같이 바라보던 남자다. 만약 태령을 쫓아내고 싶었다면 다른 방법을 사용했을 것이다.

미혜는 부글부글 끓는 속마음을 감추며 아랫입술을 질끈 깨물었다. 속도 모르는 유정은 미혜의 어깨를 툭툭 치며, "여행 선물은 없냐? 그래도 입사 동기인데."라는 소리나 해댔다. 미혜는 짜증스럽게 유정의 손을 뿌리치고 화장실에서 나갔다.

"야, 왜 또 우리 사무실로 가?"

뒤따라 나온 유정이 뭐라 했지만 들리지 않았다. 하이힐 소리를 세차게 울리며 2팀 사무실 앞으로 간 미혜는, 창문을 통해 안을 들여다봤다. 유정의 옆자리.

태령을 발견했다.

눈에 띄는 여자였다.

그런 여자가 있다.

교과서적으로 예쁘게 생긴 것은 아니지만 유독 사람의 시선을 끄는 여자. 또렷한 이목구비는 아니지만 이상하게도 한 번 돌아보게 되는 여자.

그런 여자는 아주 못생겼거나, 아니면 아주 매력적이거나. 둘 중에 하나다.

태령은 매력적인 여자였다.

유정이 '모델 같다.'고 한 말의 의미를 알 것 같았다. 정말 모델 같다. 싸구려 옷을 걸쳤는데도 빛이 났다.

그때, 팀장실에서 우준이 나왔다.

"한태령 씨, 잠깐 들어오세요."

우준이 부르자 태령이 벌떡 일어났다.

마른 몸매, 그리 크지 않은 가슴, 서양인처럼 긴 다리.

"뭘 그렇게 훔쳐봐?"

귓가에서 유정의 목소리가 들렸다. 미혜는 소스라치게 놀라 유정을 노려봤다.

"야, 사람 귓가에 대고 말하지 좀 마."

"남의 사무실 훔쳐보니까 그렇지. 태령 씨 보고 있었지?"

"그렇다면 어쩔래?"

"괜한 생각하지 마. 미친개가 태령 씨한테 관심을 갖다니…… 그거 진짜 오버다? 미친개가 사람이냐? 로봇이지. 그런 인간적인 감정을 가질 리가 없잖아. 그리고 괜히 태령 씨 괴롭히거나 하지 마라? 미친개 때문에 그만두는 거라면 모르겠지만, 네가 괴롭혀서 그만두게 되면 진짜 가만 안 둔다."

"하? 가만 안 두면 뭘 어쩔 건데?"

"무슨 짓을 해서라도 1팀 팀장 자리를 빼앗아 주지."

*   *   *

우준의 시선을 견디기 힘들었다. 가만히 응시하는 그 눈빛이 태령의 속을 꿰뚫어 보는 것 같았다.

'너 지금 애인 생각하고 있지?'

그렇게 묻는 것만 같아서, 태령은 변명해야만 한다는 충동에 시달렸다. 입 안의 도톰한 살을 잘근잘근 깨물고 있는데, 우준이 입을 열었다.

"한태령 씨가 말한 것을 생각해 봤습니다."

혼란스러웠다. 내가 무슨 말을 했더라? 또 말실수 했나?

"미쉘 챤에 대한 태령 씨의 생각, 상당히 괜찮은 것 같군요."

"제 생각이요?"

"그래요. 어제 이야기한 부분이요."

"아아."

이제 막 들어온 신입사원에 불과한 태령의 이야기를 허투루 들어 넘기지 않았다는 사실이 놀라웠다. 유명 디자이너 3인의 솔직담백한 일상에 대한 기획을 낸 건 우준이다. 그런 우준의 입장에선 태령이 자신의 기획에 지적을 한 것과 마찬가지일 텐데도, 우준은 기분이 상한 기색이 없었다.

우준이 달리 보였다. 젊은 나이에 높은 위치에 앉아 있을 수 있었던 건, 우준의 저런 부분 때문이리라. 배워야 할 자세다.

"미쉘 챤이 허락만 한다면 태령 씨가 이야기한 대로 진행을 해봅시다."

믿을 수 없었다. 이야기를 해본 것뿐인데, 그것이 실제로 진행되다니.

멍하니 처다보는 태령에게, 우준은 계속해서 말했다.

"개인사를 특집으로 다룬다고 하면 미쉘 챤 입장에서는 껄끄러울 수도 있습니다. 미쉘 챤이 납득할 수 있도록 특집 목적을 분명히 해서 접근할 필요가 있어요. 태령 씨가 낸 기획이니, 태령 씨가 정리해서 보고해 주세요."

"제가요?"

"못 하겠습니까?"

"아니요. 할 수 있습니다."

"외부 유출이 되지 않도록, 일단은 팀원들 간에도 비밀로 하고 준비를 하세요. 미쉘 챤에게 기획서를 보여 주고 오케이하면 그때 발표하도록 합시다."

"네!"

"준비 기간은 얼마나 필요하겠습니까?"

"내일까지 해서 올리겠습니다."

의욕이 너무 앞섰다. 아니나 다를까. 우준은 한심하다는 듯 태령을 응시했다.

"일주일 안에 준비해서 보고하세요. 뭐든 서둘러서 좋을 건 없습니다."

"네, 죄송합니다."

"이런 일로 일일이 사과하지 말고요. 나가보세요."

"감사합니다, 팀장님."

나가기 전 인사를 하는 태령에게, 우준은 의아하다는 표정을 지었다.

"저한테 이런 큰일을 맡겨주셔서요."

태령이 설명하자 우준이 단호하게 말했다.

"할 수 있을 거라고 생각했기 때문에 맡긴 겁니다."

"네, 그렇게 생각해 주신 게 정말 감사해요."

이번에도 태령은 웃는 낯으로 팀장실에서 나왔다. 두 번이나 웃는 얼굴로 나온 태령의 모습에, 팀원들은 다들 놀라워했다. 하지만 이번엔 그 이유를 설명할 수가 없었다. 우준이 팀원들 간에도 비밀로 하라고 당부했기 때문이다.

아무 이유도 없이 웃는 태령을 보며, 제2 잡지팀 팀원들은 생각했다.

'팀장님한테 하도 물려서 정신이 나가기 시작한 게 분명해.'

늦은 시간까지 남아서 미쉘 챤의 마음을 동하게 할 만한 기획 목적에 대해 고민을 했다. 다들 퇴근을 하고 혼자 남아 있는데, 사무실 문이 열리며 제1 잡지팀 팀장이라는 미혜가 들어왔다. 우준에게 볼일이 있나 보다, 생각하는데 미혜는 팀장실로 가지 않고 태령의 옆자리에 와서 앉았다. 유정의 자리였다.

"신입이라며?"

고깝다는 말투였다.

"네, 안녕하세요."

“난 정미혜야. 제1 잡지팀 팀장.”

“네, 말씀 많이 들었습니다. 전 한태령이라고 합니다.”

“얘기 많이 들었어? 내 욕?”

“에이, 욕이라뇨.”

“다들 뭐래? 남자한테 미친 여자래?”

“아뇨, 그런 거 아니에요.”

당황해서 두 손을 저으며 말했지만 미혜는 듣지도 않았다.

“뭐, 상관없어. 원래 사람은 인생에 있어서 가장 중요한 걸 하나씩 두는 법이잖아. 내 인생에서 가장 중요한 건 사랑이야, 사랑. 서 팀장님을 향한 사랑.”

부끄러운 말을 아무렇지도 않게 하는 사람이다. 태령은 회사에서 처음 만난 후배에게 사랑 타령을 하는 미혜에게 놀라움을 느꼈다. 하지만 미혜는 태령이 생각하는 것 이상으로 뻔뻔했다.

“첫눈에 반했어. 서 팀장님, 정말 멋있잖아. 딱 내 이상형이거든. 능력 있고 잘 생긴 남자. 남들은 미친개라고 하지만, 미친개면 어때? 돈 잘 벌고 잘 생겼는데. 게다가 여자 문제로 속 썩일 것 같지도 않고. 4년 동안 꾸준히 좋아했어.”

거기까지 말한 미혜는 갑자기 고개를 홱 돌려 태령을 뚫어져라 응시했다. 어떻게 생각하느냐, 라는 눈빛이었다.

“네에.”

대꾸할 말이 떠오르지 않았다. 미혜는 상관없다는 듯 어깨를 으쓱하고는 말했다.

"누구한테도 뺏길 생각 없어. 서 팀장님은 내 거야."

뺏을 생각도 없는데.

태령이 어색하게 웃었지만 그것만으로는 대답이 되지 않는지, 미혜가 태령의 허벅지를 꽉 잡았다.

"같은 회사 직원이랑 이런 문제로 부딪치고 싶지 않아. 팀장님한테 딴마음 가지면 가만……."

'안 둘 거야.'라는 말은 하지 못했다. 팀장실 문이 열리며 우준이 밖으로 나왔기 때문이다.

우준은 예의 그 무심한 눈으로 사무실을 둘러보다가 태령과 미혜에게서 시선을 멈췄다. 그리고 인상을 찌푸렸다.

"정 팀장이 왜 여기에 있습니까?"

불쾌감이 묻어나오는 목소리였다. 그런 목소리에도 미혜는 기분 상한 표시를 하지 않고 미소를 지었다.

"신입한테 이것저것 가르쳐 주려고요."

얼굴이 참 두꺼운 사람이다.

본인 앞에서 낯빛 하나 안 바꾸고 거짓말을 한 미혜는 살며시 일어났다. 그리고 더없이 다정한 선배의 눈빛을 보내며 태령의 어깨를 톡톡 두드렸다.

"그러니까 태령 씨. 앞으로 잘 지내자."

"네에……."

어색하게 대답하는 태령에게 '서 팀장님, 건드리면 죽는다.'

라는 경고의 미소를 남긴 미혜는, 호호 웃으며 사무실을 나갔다. 태령은 멍하니 미혜의 늘씬한 뒷모습을 응시했다. 에너지가 넘치는 사람이다. 그런 사람이 있다. 싫다기보다는 당혹스러워서 할 말을 잃게 만드는 사람. 미혜가 그런 사람이었다.

"퇴근 안 합니까?"

차디찬 음성에 정신을 차렸다. 태령은 닫힌 문에서 눈을 떼고 우준을 돌아봤다. 우준은 인간미 없는 무표정한 얼굴로 태령을 쳐다보고 있었다.

'내가 이 사람을 뺏고 싶어 할 리가 없잖아.'

애초에 이런 로봇 같은 사람을 좋아하는 미혜의 정신세계가 궁금할 뿐이다.

"지금 하려고요. 팀장님은 안 하세요?"

"지금 하는 중입니다."

라고 대답하며, 우준은 들고 있는 가방을 흘끗 쳐다봤다. '이것 봐라, 퇴근하는 차림 아니냐.'라는 듯한 행동이었다. 사소한 행동 하나까지도 질책하는 듯 느껴져서, 태령은 괜히 뜨끔했다. 우준을 앞에 두면 자신이 눈치 없는 사람이 된 것 같은 느낌이 든다.

퇴근하는 중이라던 우준은 움직일 생각을 하지 않았다. 태령은 가방을 챙기며 흘끔흘끔 우준의 위치를 살폈다.

'설마 같이 퇴근하려는 건 아니겠지?'

오늘 아침 엘리베이터를 같이 탔을 뿐인데도 숨이 막혔던 기억이 생생하다. 그 일을 또 한 번 경험하고 싶은 생각은 없었다. 그러나 우준은 정말로 같이 퇴근하려고 하는지 움직이지 않았다. 우준의 시선은 태령의 손으로 향해 있었다.

'유리관에 갇혀서 생활하는 개미가 이런 기분일 거야.'

라고 생각하며, 태령은 손을 바삐 움직였다. 가방을 챙기는 둥 마는 둥 하고 일어났다. 그제야 우준이 사무실을 가로질러 걸어왔다. 워낙 덩치가 커서 그런지, 평범하게 움직이는데도 굉장히 크게 움직이는 것처럼 보였다. 제풀에 놀라 몸을 움츠렸지만 우준은 본 체도 안 하고 태령을 스쳐 지나갔다.

아, 또 같이 내려가게 생겼구나.

태령은 크게 낙심했지만 표정을 관리하고 우준의 뒤를 따라갔다. 엘리베이터가 멈추지 않기만을 바랄 뿐이다.

엘리베이터는 6층에 멈춰 있었다. 우준이 먼저 타고 태령이 그 뒤에 탔다. 문이 닫히는 시간이 억만 년보다 길게 느껴졌다.

문이 닫히자마자 우준이 물었다.

"내가 무섭습니까?"

생각지도 못한 질문에 태령은 쉰소리로 되물었다.

"엑?"

우준은 살짝 미간을 좁히며 태령을 돌아봤다.

"내가 무섭냐고 물었습니다."

당연히 무섭죠!

라는 대답을 꿀꺽 삼키고 거세게 고개를 저었다. 강한 부정은 긍정이라고. 너무 고개를 저어서 질끈 묶은 말총머리가 휘모리장단에 맞춰 휙휙 돌아가는 태령의 모양새는, 그야말로 딱 공포에 질린 사람의 그것이었다. 태령도 그것을 깨닫고는 얼른 고갯짓을 멈췄지만 이미 늦었다.

"왜 무섭습니까?"

우준은 이미 태령이 자신을 무서워한다고 결론 내렸다.

"아뇨, 무섭다니요. 에이, 안 무서워요. 제가 어떻게 팀장님을 무서워하겠어요? 절대요. 무서워하면 같이 일 못하죠. 무서워하는 것과 존경하는 건 다르다고 생각합니다. 전 팀장님을 존경하고 있고요."

이번에도 너무 강한 부정이었다. 태령은 주책맞은 입술을 때려주고 싶었지만, 별수 없었다. 누구라도 우준의 앞에 서면 긴장할 것이고, 긴장한 사람은 바보 같은 짓을 하기 마련이다. 그 누가 태령을 비난할 수 있겠는가.

"날 존경하는 이유가 뭡니까?"

우준이 날카로운 질문을 던졌다. 이것 역시 예상 못한 질문이다. 태령은 '갈수록 태산'이란 속담의 깊은 의미를 다시금 실감하며 입술을 달싹거렸다. 이런 봉변에 던져 넣은 우준에게 원망스러운 마음까지 생겼다.

'팀장님은 왜 나에게 이런 시련을 주시는 거예요! 내가 뭘 잘못했다고요!'

따지고 보면 잘못한 게 한두 가지가 아니다. 지각도 했고, 만취한 모습까지 보였다. 눈엣가시처럼 여겨질 만도 하지.

저 혼자 따지고 저 혼자 납득한 태령은 할 수 없이 대답했다.

"필다를 창간하셨잖아요. 젊은 남성이 여성이 좋아할 만한 부분을 노려서 성공적으로 잡지를 만들어 냈다는 게 존경스럽습니다. 게다가 필다 첫 출시일 당시는 잡지 쪽이 많이 어려웠던 때라서 다들 부정적인 반응이었는데, 보란 듯이 성공을 거뒀고요. 몇 년이나 쭉 이끌어 갈 수 있다는 부분이 대단하게 느껴집니다."

자기 칭찬을 하는 데도, 우준은 민망한 기색 없이 담담히 태령의 이야기를 들었다. 그러더니 물었다.

"그뿐입니까?"

여기서 더 하라고?

태령은 자기 칭찬을 요구하는 우준의 태도가 황당했지만 그 마음을 겉으로 드러내지 않았다.

상사가 원한다면 황천의 물도 떠다 주자는 각오로 살아온 인생이 10년이다. 서당 개도 3년이면 풍월을 읊는다는데, 알바 2년, 직장인 8년의 세월을 살아왔다. 서당 개 따위에게 질 수는 없다.

"이번에 제가 미쉘 챤에 대해 드린 말씀에 대해 진지하게 생각해 주신 것도 존경스러웠습니다. 아무리 다른 데서 일한 경력이 있다지만, 잡지 쪽으로는 초짜나 다름이 없고 스펙도 안 좋은데. 그런 직원의 이야기를 진지하게 들어 주는 상사는 찾아보기 힘들거든요. 하지만 팀장님은 제가 이제껏 만나온 상사들과는 달랐습니다. 이래서 이렇게 높은 위치까지 올라오셨구나, 하고 감탄했습니다.”

우준의 대답은 들려오지 않았다. 더 하라는 뜻인 모양이다. 태령은 머리를 쥐어짰다.

“외모도 한 가닥 하신다고 생각합니다. 일단 그 어깨 넓이가 굉장해요. 출판사 편집장이라고 하면 약간 마르고 책벌레 같은 모습을 연상하게 되는데, 팀장님은 흡사 운동선수 같으세요. 모르는 사람이 보면 농구 선수라고 생각할지도 모르겠습니다.”

여전히 우준은 아무 말도 없다.

“그 짙은 눈썹도 아주 좋습니다. 선이 굵어서 상당히 남성스럽게 생기셨는데, 짙은 눈썹 덕분에 인상이 훨씬 강해 보여요. 요새는 찾아보기 힘든 남자다운 얼굴이죠. 하지만 가장 매력적인 건 팀장님의 입술인 것 같습니다. 살짝 두툼하고 넓은 게 키……”

‘키스를 부르는 입술이에요.’

라는 말을 하려다가 정신을 차렸다.

‘내가 뭔 소리를 하는 거야!’

아무리 칭찬을 하라고 했어도 미혼 남성 상사에게 ‘키스를

부르는 입술' 따위를 운운하는 것은 성희롱이라고 해도 할 말
이 없다. 태령은 그 전에 정신을 차린 자신에게 감사하며, 말
을 이었다.

"키가 크시네요."

그리고 우준을 쳐다봤다. 우준의 표정은 볼 수 없었다. 우준
이 반대쪽으로 고개를 돌리고 있었기 때문이다.

'왜 저러지?'

의아하게 생각하며 엘리베이터 층수를 확인했는데 1층에
도착해 있었다. 아마 도착한 지 꽤 된 것 같다.

"내립시다."

우준이 말했다. 정면을 응시한 우준의 얼굴엔 아무것도 담
겨 있지 않았다.

'이 출판사엔 뻔뻔한 사람들만 있나 봐.'

미혜도 그렇고, 우준도 그렇고 얼굴이 참 두껍다. 자기 칭찬
을 저렇게 했는데도 당연하다는 듯 받아들이다니.

'나 같으면 민망해서 고개도 못 들 텐데. 뭐, 저래서 성공한
걸지도.'

태령은 좋을 대로 해석하며, 우준의 뒤를 따라 내렸다.

엘리베이터만 같이 타면 되는 줄 알았는데 지하철까지 동행
했다. 전철역까지 걷는 동안 우준은 한 마디도 하지 않았다.

우준의 옆에서 걸어가며 느낀 건데, 우준은 시선을 끄는 사
람이었다. 걷는 내내 사람들이 한 번씩 돌아보는 게 느껴졌다.

한 여자는 노골적으로 미소를 보내기까지 했다.

'그래, 잘생긴 얼굴이긴 해.'

보편적으로 널린 미남은 아니지만 눈에 띄긴 한다. 우준에게 목을 매는 미혜의 마음도 조금은 이해할 수 있었다.

다행히 우준과는 반대쪽 전철을 타야 했다. 카드를 찍고 들어가는 태령의 등에 대고 우준이 말했다.

"나도 존경하는 사람이 있습니다."

이미 개찰구 안으로 들어와 버린 태령은, 우준이 할 말이 남은 것 같아 도로 나가려 했다. 하지만 우준이 한 손을 슬쩍 들어 태령을 막았다. 그대로 서서 들으라는 듯 손을 든 채로, 우준이 말했다.

"힘들게 일을 하다가 잠깐 짬이 나는 틈에 자기 미래를 위해 공부하는 여자입니다. 그 여자는 다이아몬드보다 더 빛이 나서, 좀처럼 눈을 뗄 수가 없더군요."

'어쩌라는 거지?'

태령은 어떡해야 하나 싶어 우준을 쳐다봤다. 뭔가 대답을 바라는 걸까? 대단하네요, 라고 추임새를 넣어야 할까?

하지만 우준은 아무것도 기대하지 않은 듯, 자기 할 말을 마치고는 휙 돌아섰다. 넓은 등, 단단해 보이는 어깨. 퇴근길의 지친 뒷모습들과 달리 힘 있어 보이는 등을 보며, 태령은 처음으로 딴생각을 했다.

'내 남자친구의 뒷모습이 저러면 정말 멋있겠다.'

　　　　*　　　*　　　*

　그런 걸 목격할 생각은 없었다. 연구실에서 보고서를 쓰다가 조금 늦게 집으로 돌아가던 희원은 주먹을 꽉 움켜쥐며 걸음을 멈췄다. 정말이지 저런 걸 목격하고 싶지 않았다.

　부랄 친구라고 할 만한 친구들이 몇 명 있다. 여자이긴 해도 태령이 그러했고, 쓰레기이긴 해도 준민이 그러했다. 태인은 친구 축에 들지도 않았다. 처음부터 희원과는 안 맞는 타입이라서, 태령의 쌍둥이 동생임에도 불구하고 친해지질 않았다.

　친구의 연인이 내 친구다. 내 친구가 자기 연인을 배신하고 다른 여자와 키스를 한다.

　그런 걸 목격했을 땐 어떤 반응을 보여야 하는 걸까?

　첫 번째, 달려 나가 주먹을 날린다.

　두 번째, 사진을 찍어 증거를 남긴 후 친구에게 고자질한다.

　세 번째, 모르는 척한다.

　네 번째, 경찰에 신고한다.

　희원은 그 어느 것도 하지 않고 묵묵히 두 사람의 모습을 응시했다. 준민과 태인은 한두 번이 아닌 듯 능숙하게 서로의 목과 허리를 감고 농밀한 키스를 나누고 있었다. 저러다가 길바닥에 드러누워 일을 치르려는 게 아닌지 의심이 될 정도였다.

　지긋지긋하다고 생각될 만큼 길게 키스를 나눈 후, 태인이 먼저 준민의 가슴을 밀어냈다. 애틋하게 바라보는 준민의 볼

을, 태인이 살며시 쓰다듬었다. 준민은 웃었고 태인 역시 서글
프게 웃었다.

저 미소다. 희원은 태인의 저 미소가 싫어서, 태인과 친해질
수가 없었다.

남자들의 애간장을 녹이는 미소. 자기가 원하는 것은 전부
손에 넣을 수 있을 거란 본심을 감춘 미소. 하지만 남자들은
절대로 눈치채지 못하는 미소. 희원만이 눈치챈 미소.

태인이 들어가는 걸 확인한 후에야, 희원은 첫 번째 반응을
선택했다. 달려 나가 주먹을 날린다.

태인이 들어간 후에도 애달프게 닫힌 문을 바라보는 준민
의 턱에, 망설이지 않고 주먹을 꽂아 넣었다. 이래 봬도 어릴
적엔 권투를 했던 몸이다. 떠억. 주먹을 날린 희원이 듣기에도
아픈 소리가 울리며, 준민이 뒤로 나가떨어졌다.

갑작스러운 공격에 준민은 반항할 정신도 없는 듯 바닥에
나뒹굴며 신음을 흘렸다. 희원은 거기서 멈추지 않았다.

준민에 대한 안쓰러움 따위는 남아 있지 않았다. 두 친구가
있고, 그중 한 친구가 쓰레기다. 그렇다면 깨끗한 친구를 위해
쓰레기는 버려 주는 것이 옳다.

준민은 사정없이 내리꽂히는 발길질을 피하기 위해 이리저
리 굴렀지만, 희원의 다리가 더 빨랐다. 한참 동안 맞던 준민
이 간신히 몸을 일으켰다. 피투성이가 된 얼굴이 씩씩거리며
희원을 노려봤다.

"왜 그래, 이 새꺄!"

준민이 손등으로 피를 훔치며 욕설을 내뱉었다. 희원은 대답 없이 주먹을 날렸다. 이번에는 명치였다.

쿨럭. 쿨럭.

허리를 굽힌 준민이 배를 부여잡고 새된 기침을 내뱉었지만, 불쌍하다는 생각은 들지 않았다.

"이 미친 새끼. 넌 좀 맞아야 돼."

희원은 나직하게 중얼거리며 준민의 머리를 잡고, 무릎으로 배를 찍어 올렸다.

"먼저 태령이 좋다고 따라다닌 건 너야. 태령이가 싫다는데도 어떻게든 꼬신 건 너라고, 이 새꺄. 근데 이제 와서 이게 뭐 하는 짓이야? 애인 동생을 건드려? 취업 준비 한다더니, 거기서 대가리에 이런 걸 쑤셔 넣어 주나 보지? 응?"

"놔!"

간신히 호흡을 되찾은 준민이 거칠게 희원의 손을 뿌리쳤다.

"네가 뭘 알아!"

준민이 괴롭게 일그러진 얼굴로 외쳤다.

"나도 괴로워! 나도 괴롭다고!"

"네가 뭐가 괴로워? 두 여자 양팔에 끼고 있는 새끼가 괴롭다는 말은 처음 들었네. 몰래 만나려고 대가리 굴리느라 괴롭냐? 안 쓰던 대가리 이리저리 굴리려니까 멀미 나서 괴로워?"

“태령이만 네 친구냐? 나도 네 친구야!!”

“태령이가 너랑 사귀기 전엔 너도 내 친구였지. 이런 쓰레기인 줄 몰랐으니까. 믿어온 친구가 쓰레기였다는 사실을 알게 된 내 마음을, 너는 아냐? 속았다는 사실을 알았을 때, 위자료를 청구해야 하나 말아야 하나 고민했던 내 마음을, 너는 아냐고.”

“야, 윤희원! 넌 남의 마음도 모르면서 함부로 지껄이지 마. 당사자도 아니잖아!”

“당사자지. 네가 이런 쓰레기일지도 모른다고 짐작은 하고 있었는데, 태령이를 확실하게 말리지 못했으니까. 친구가 쓰레기 속에 들어가는데 말리지 못한 벌은 어디서 받아야 하냐?”

“내 마음 모르면서 함부로 지껄이지 말라고!”

준민이 희원의 멱살을 잡았지만, 희원은 눈 한 번 깜빡하지 않았다.

“난 원래 태인이를 사랑했어. 너도 알잖아!”

“그래, 알지. 그러던 놈이 갑자기 태령이한테 사귀자고 하니, 뭔 바람이 불었나 싶었지.”

“그런데 왜 그땐 안 말렸는데? 그때 태령이를 말리면 되지, 왜 그땐 가만히 있다가 이제 와서 이 지랄이야!”

“지랄? 지금 나한테 하는 소리야? 너 그때 나한테 뭐라고 했어? 답이 없는 긴 짝사랑을 하다 보니 지쳤다며? 태인이 만나러 죽자고 드나들다 보니, 태령이의 활발한 매력이 눈에 들어왔다며? 그래서 마음이 태령이한테 향하게 됐다며? 진심이었다며?"

마지막에는 언성이 높아졌다. 준민은 이런 순간에도 태인이 걱정되는지, 흘끔흘끔 닫힌 문을 살폈다. 그 꼴이 얄미워, 희원은 준민의 볼을 주먹으로 때렸다.

"내가 동네북이냐?"

"동네 쓰레기지."

"너……."

"의심은 했지만 태령이가 싫다는데도 졸졸 따라다니는 걸 보면서 생각을 고쳤지. 아아, 얘가 진짜로 태령이를 좋아하게 됐나 보구나. 그때 네 모습 보면 누가 안 그렇다고 생각하겠냐? 사랑에 눈이 먼 놈처럼 태령이를 따라다녔는데. 그런데 그게 개수작이었다는 걸, 얼마 전에 알게 됐지."

불과 몇 달 전에 알게 되었다. 태인과 함께 집 앞을 걷던 준민을 목격했다. 준민은 행복해 보였고, 태인을 향해 애정이 넘치는 시선을 주고 있었다. 서로의 머리를 쓸어주기도 하고, 옆구리를 쿡쿡 찌르기도 하는 모습은 딱 사랑에 빠진 연인의 모습이었다.

그 순간에 깨달았다.

아아, 내가 속았구나. 이준민이 진심으로 한태령을 좋아했던 게 아니구나. 한태인을 좋아하는데 차마 고백할 수가 없으니까, 한태령을 통해서 한태인을 보려고 했던 거구나. 그렇게 한태인과 가까워지기 위해 한태령을 이용한 거구나.

그때부터 고뇌에 찬 나날이 시작되었다.

한태령에게 말을 해야 하나, 모르는 척 넘어가야 하나.

말하고 싶었다. 그러나 말할 수 없었다. 태령은 진심으로 준민을 사랑한다. 아픈 동생만 챙기는 냉랭한 가족, 언니의 것은 다 빼앗는 욕심 많은 여우 태인. 그런 사람들 사이에서 준민은 태령이 기댈 수 있는 따뜻하고 넓은 나무였다.

준민이 있기에 태령은 지친 생활 속에서도 웃을 수 있었고, 힘을 낼 수 있었다. 그런 태령에게 어떻게,

"사실 준민이는 네 동생을 가까이서 보기 위해 널 사랑하는 척한 거였어."

라고 말할 수 있겠는가?

할 수 없었다. 준민이 차가워진 것 같다며 한숨을 내쉬는 태령에게는, 절대로 이야기해 줄 수 없었다.

희원은 준민에게 멱살이 잡힌 채로 성큼성큼 걸어갔다. 준민은 희원의 기세에 밀려 멱살을 놓지도 못한 채 뒤로 밀려났다. 준민의 등이 차가운 벽에 낳았다. 희원은 짓누르듯 준민을 내려다봤다.

"태령이한테 헤어지자고 해. 태인이 얻었으면 됐잖아."

"안 돼. 헤어지자고 못 해."

"왜 못 하는데?"

"태인이가 좋아하는 건, 태령이 애인인 이준민이야. 태령이

랑 헤어지면, 태인이는 날 봐 주지 않을 거야.”

“너……!”

“난 태령이랑 못 헤어져. 절대로.”

“내가 말할 거야.”

“그래, 해.”

준민이 비릿하게 웃었다.

“할 수 있으면 해 봐. 태령이는 나 없이 못 살아. 너만 욕먹고 끝날걸?”

“너…… 내가 왜 사람들한테 친절하게 대하는지 아냐?”

“뭐?”

“사람은 언제 죽을지 모르거든. 내가 퉁명스럽게 대했는데 오늘 사고로 죽어버리면, 평생 그 행동을 후회할 것 같고 슬퍼할 것 같아서. 그래서 난 기본적으로 사람한테 친절하게 대해.”

희원이 준민의 손을 세게 잡아 떼어 냈다. 우두둑. 뼈가 부딪치는 소리가 들렸다. 준민은 고통스러운 듯 오만상을 찌푸렸지만 비명을 지르진 않았다. 이것 역시 태인을 의식해서일 것이다.

희원은 그런 준민을 내려다보며 작게 속삭였다.

“넌 오늘 죽어라. 그러면 난 내일 개운할 것 같으니까.”

* * *

태령은 멍하니 사무실에 들어왔다. 텅 빈 사무실은 불도 켜지 않아 어두웠지만 아무래도 상관없었다. 태령의 눈앞은 어둠, 그 자체였으니까.

어째서 회사로 돌아온 건지 모르겠다. 충격을 받았을 때 찾을 사람도 없었고, 갈 만한 곳도 없었다. 집과 멀어져야 한다는 생각뿐이었다. 정신을 차려 보니 회사 앞이었고, 쓴웃음을 지으며 엘리베이터를 탔다.

아아. 난 갈 곳도 없구나.

애인에게 배신당했다는 것을 알았을 때 갈 곳이 회사밖에 없다니. 아무리 열심히 살면 뭐 하나. 이런 순간에 함께할 사람 한 명 없는데. 별 볼일 없는 인생이다.

나름 사교적으로 살아왔는데 불현듯 전화해서 나와 달라고 부탁할 사람이 없었다. 그나마 희원이 있었는데, 희원에게마저 배신을 당했다.

'잘못 들은 걸지도 몰라.'

태령은 눈을 감고 아까의 상황을 떠올렸다.

집을 향해 걷는 중이었다. 휴대폰으로 음악을 들으며 걷다가, 집에 들어가기 전 준민에게 전화를 해볼까 싶어서 이어폰을 뺐다. 잘하면 잠깐 얼굴을 볼 수도 있겠지 싶었다.

잠시 걸음을 멈추고 휴대폰을 조작하는데 골목길 꺾어진 곳이 시끄러웠다. 아는 목소리들이 들려왔다. 준민, 그리고 희원. 거친 목소리들이 오고 갔다. 믿을 수 없는 내용들이 귓속을 파고들었다.

꿈을 꾸는 거라고 생각했다. 어쩌면 환청을 듣는 거라고. 준민과의 사이가 고민이 되다 못해 환청까지 듣게 된 거라고 생각했다. 골목길 끝에 다다라 슬쩍 집 앞을 확인했을 때, 피투성이가 된 준민과 희원을 발견했다.

준민은 막 그 이야기를 하고 있었다.

"태인이가 좋아하는 건, 태령이 애인인 이준민이야. 태령이랑 헤어지면, 태인이는 날 봐주지 않을 거야."

그 전에 희원이 뭐라 뭐라 한 것들은 그리 크게 다가오지 않았다. 하지만 준민의 입에서, 준민의 목소리가 만들어 낸 그 문장은 날카로운 단도가 되었다. 아니, 장검이 되었다. 길고 긴 장검이 되어 태령의 몸을 사정없이 베었다. 피부와 근육과 뼈를 베다 못해 심장까지 베었다. 심장은 너덜너덜 피투성이가 되어 바닥으로 떨어졌다. 태령은 자신의 조각 난 심장이 굴러가는 걸 보면서도 잡을 생각을 하지 못했다.

"할 수 있으면 해 봐. 태령이는 나 없이 못 살아. 너만 욕먹고 끝날걸?"

준민의 목소리지만 준민의 것 같지 않았다. 어쩌면 태령이

준민의 것이라고 믿고 싶지 않았던 것뿐일지도 모르겠다. 그건 준민의 목소리가 확실하고, 준민의 마음이 확실하다. 준민은 그렇게 말했다. 협박 때문이 아니라 진심으로.

'그래서였구나.'

처음에 준민이 태령에게 사귀자고 했을 때, 이상하다고 생각하기는 했다. 준민이 이야기해 온 이상형과 태령은 너무도 달랐기 때문이다. 사실 태령은 키가 너무 커서, 남자들에게 인기가 별로 없었다. 그런데도 집요하게 사랑 고백을 해 오는 준민을 이해할 수가 없었다.

하지만 이젠 이해하겠다. 태인 때문이었다. 태령을 사랑해서가 아니라 태인을 사랑하기 때문에, 준민은 그런 행동을 했던 것이다.

태인은 작고 사랑스럽고 보호 본능을 자극하니까. 태령은 아무리 때려도 쓰러지지 않을 것처럼 보이지만, 태인은 바람만 불어도 허물어질 것 같으니까. 그러니까 태령은 좀 상처 받아도 될 거라고, 준민은 그리 생각했을 것이다.

그렇다면 준민의 생각이 옳았다.

태령은 사랑하는 애인에게 배신을 당한 이 순간에도 눈물이 나지 않았다.

그런 상황에서 태인은 어떻게 행동했을까? 울면서 준민의 가슴팍을 톡톡 두드렸을까? 비운의 여주인공처럼 혼절했을까? 자신의 추종자들에게 전화를 걸어 한탄을 했을까?

태령은 그 어느 것도 할 수 없었다. 이놈의 건강한 몸은 혼절할 기미를 보이지 않았고, 눈물은 나오지도 않았다.

'왜 눈물이 안 나지?'

놀라울 정도로 멀쩡하다. 사람이 너무 큰 충격을 받으면 아무 행동도 못한다더니, 태령이 딱 그 상황이었다. 그저 가슴이 찢어지게 아플 뿐, 눈물은 흐르지 않는다. 차라리 절규하며 펑펑 울면 속이라도 시원할 것 같은데, 절규조차 안 나온다.

'어쩌지? 이런 상황에선 대체 어떻게 해야 되는 거지?'

늘 속으로만 삭혀 왔다. 부모님에게 서운해도, 친구들에게 섭섭해도 겉으로 드러내지 않고 웃으면서 지냈다. 하지만 이런 상황에서도 그렇게 행동하고 싶진 않다. 나 상처 받았어, 나 아파. 그렇게 알려 주고 싶은데 알려 줄 사람도 없고, 알려 줄 방법도 모르겠다.

'난 이 어두운 데서 혼자 뭘 하고 있는 거지?'

늘 어두웠다. 남들은 밝은 성격이 태령의 장점이라고 말했지만, 사실은 늘 어두웠다. 단 한 번도 제멋대로 행동해 본 적이 없다. 아픈 동생을 위해 모든 것을 포기해야 했다. 동생의 병원비 때문에 대학도 가지 못했다.

태령이 하고 싶었던 것 중 이루어진 것 단 하나가 바로 이 회사에 들어오게 된 것이다.

'아아, 그래서 난 여기로 온 거구나.'

단 하나 마음대로 할 수 있는 곳. 신입이 내는 소리도 귀담아 들어 주는 곳.

그래서 멍한 와중에 이곳을 찾아온 모양이다. 이곳은 이야기를 들어 주는 사람이 있으니까.

'갈 곳이 회사뿐이라니. 진짜 별 볼일 없는 인생이네.'

자조하며 쓴웃음을 지으려고 했지만 그마저도 나오지 않았다. 태령은 두 손으로 얼굴을 감쌌다.

이러고 있으면 눈물이 날까? 엎드려야 눈물이 날까?

참고 삼키는 동안 눈물이 메말라 버린 모양이다. 조금도 나오질 않는다.

"태인이가 좋아하는 건, 태령이 애인인 이준민이야.
태령이랑 헤어지면, 태인이는 날 봐주지 않을 거야."

준민의 목소리가 머릿속에서 떠나질 않는다.

언젠가 그런 이야기를 들은 적이 있다.

"인간은 우울한 쪽으로만 생각하려는 경향이 있대."

지금이 딱 그런 순간인 모양이다. 따지고 보면 희원은 태령에게 말하지 못했을 뿐, 태령의 편을 들어 줬다. 태령을 위해 아낌없이 주먹을 날려 주는 친구가 있다는 건 기쁜 일이다. 하지만 그런 생각보다는 '희원이도 알고 있었어.'라는 생각만 든다.

내 하나뿐인 소중한 친구도 연인의 배신을 알면서 모르는 척했던 거야.

그렇게 생각하니 입 안이 너무 써서 침조차 삼킬 수가 없었다. 태령은 두 손으로 얼굴을 가린 채 고개를 뒤로 젖히고 가만히 앉아 있었다.

문 열리는 소리는, 아마도 잘못 들은 것일 테다. 사무실에 남아 있을 사람은 아무도 없으니까.

"한태령 씨?"

들려오는 목소리도 환청일 테다. 우준은 아까 함께 퇴근했으니까.

"불도 안 켜고 뭐 합니까?"

달칵.

스위치 올라가는 소리와 함께 손가락 사이로 빛이 들어왔다. 그제야 태령은 자신이 들은 게 환청이 아니라는 걸 깨닫고는 벌떡 일어났다.

"팀장님?"

사무실 입구, 스위치 옆에 우준이 서 있었다. 퇴근할 때와 똑같은 차림새로.

우준은 이 시간에 사무실에 있는 태령 때문에 놀란 듯했지만, 놀란 건 태령도 마찬가지였다.

"팀장님이 왜 여기에…… 계세요?"

"할 일이 남아서 돌아왔습니다."

"아까요?"

"네. 태령 씨는 왜 돌아왔습니까?"

"저도 할 일이……."

'아아, 눈물이랑 나는 정말 안 맞나 봐.'

태령은 말을 잇지 못했다. 혼자일 때는 바싹 마른 듯 흐르지 않던 눈물이, 한없이 높은 상사를 앞에 둔 지금 예고도 없이 흘러내렸기 때문이다. 비운의 여성처럼 사락사락 서글프게 흘러내리는 게 아니라, 멋없이 주룩주룩 흘러내렸다. 줄줄줄.

그래서 태령도 비운의 여성을 따라 하기보다는, 엄마한테 떼쓰다가 혼난 아이처럼 손등으로 눈물을 쓱 닦아냈다. 한 번으로는 부족해서 두 번, 세 번, 네 번. 보다 못한 우준이 책상 위의 티슈를 뽑아 다가왔다.

태령이 손을 내밀었지만, 우준은 그 손을 슬며시 옆으로 치우고 티슈를 태령의 눈가에 댔다. 눈물을 닦아주는 우준의 손길은 섬세하고 조심스러웠다.

태령은 우는 것도 잊고 우준의 얼굴을 멀거니 쳐다봤다. 우준은 잔뜩 미간을 좁히고 있었다. 일을 방해받아서 짜증 난 걸까?

하지만 우준의 눈치를 살필 기분이 아니었다. 우준의 행동 때문에 놀라기는 했어도 가슴이 아픈 건 여전하다. 심장에 거친 돌멩이 몇 개가 박혀 있는 아픔이다.

"무슨 일 있습니까?"

멈출 생각하지 않는 눈물을, 우준은 지치지도 않고 닦아줬다.

“아뇨, 아무 일 없습니다.”

“한태령 씨는 아무 일 없어도 눈물을 짜내는 여잡니까?”

“아뇨, 그런 건 아닙니다.”

“그럼 모순이네요. 무슨 일입니까?”

찡그린 얼굴과 달리 짜증이 묻어나오는 목소리는 아니었다. 오히려 다정하게 들릴 정도로 낮고 부드러웠다.

그래서 마음이 풀어졌나 보다. 평소에 연락을 하며 지내는 사람들에게도 하지 못할 말을, 우준에게 하고 말았다.

“남자 친구가 제 동생을 좋아한대요.”

울음에 찬 목소리는 태령 자신도 듣기 싫을 만큼 떨렸다. 우준은 대답하지 않았지만 더 이야기하라는 듯 눈짓을 했다.

“남자 친구가요. 제 동생을 사랑해서 저랑 사귄 거래요. 제 동생 가까이 두고 보려고. 절 이용한 거죠. 절 이용한 거예요.”

“……”

“원래 그래요. 제 동생은 몸이 약하고 예쁘고 작고 말랐고…… 그래서 다들 제 동생을 좋아해요. 제 동생이 원하는 건 다 해 주려고 하고. 그래서 제 남자 친구도 그랬나 봐요. 저는 상처 안 받으니까요. 그런 일로 상처 받지도 않고 기절하지도 않으니까요. 어떤 일이 있어도 튼튼하고 씩씩하니까, 이용해도 될 거라고 생각했나 봐요. 저는…… 아프지 않으니까요…… 무슨 짓을 당해도…….”

눈물을 닦아 주던 손이 떨어져 나갔다. 허전했다. 티슈 너머로 느껴지는 손길이 따뜻했는데. 혼자가 아닌 것 같아서 좋았는데.

아쉬움은 길지 않았다. 우준은 태령의 손목을 살짝 잡아 그대로 밀었다. 작은 힘에 밀려 태령은 균형을 잃고 의자에 주저앉았다. 왜 그러냐는 듯 올려다봤다. 눈물이 앞을 가려서, 우준의 얼굴이 뿌옇게 보였다. 우준의 표정이 잘 보이지 않았다.

"별로 튼튼한 것 같진 않네요. 이렇게 작은 힘에도 떠밀리는 걸 보면."

"아니에요. 전 정말 튼튼해요. 감기도 잘 안 걸리거든요. 게다가 어릴 때 운동도 했고…… 얼굴 새까만 게 다 밖에서 뛰놀아서 이렇게…….

이번에 말을 잇지 못한 것은 눈물 때문이 아니다. 얼굴에 내려앉은 티슈 한 장 때문이었다.

"난 지금 태령 씨 얼굴이 안 보입니다."

그러시겠죠. 티슈로 제 얼굴을 덮어버렸으니.

"태령 씨도 내 얼굴이 안 보이겠죠."

드르륵.

의자를 끌고 오는 소리가 들렸고, 우준이 그 의자에 앉는 소리도 들렸다.

"아무도 얼굴을 못 볼 때는 약한 소리를 해도 괜찮습니다."

덤덤히 흘러나오는 음성이 박힌 돌 하나를 빼냈다.

"해 보세요. 난 부하 직원이 사적인 일로 약한 소리하는 걸 듣는 게 좋습니다."

"지루할 거예요."

"괜찮습니다. 남의 사적인 얘기 듣는 것처럼 재미있는 건 없으니까."

진심일까?

궁금했지만 티슈 때문에 우준의 얼굴을 볼 수가 없었다. 손목 위에 우준의 손가락이 닿았다. 아주 작은 부분에서 시작한 따뜻함이 느릿하게 번지기 시작했다. 신기한 일이다. 이런 작은 접촉에도 따뜻함이 느껴지다니.

"해 보세요. 날 없는 사람이라고 생각하고."

"하지만 제 팔을 만지고 계시잖아요."

"싫습니까?"

"아니요."

붕붕 고개를 젓다가 티슈가 바람에 날려갔다. 우준의 얼굴이 보였다. 진지하고 깊은 눈동자 안에는 뭐라 표현할 수 없는 다정함이 담겨 있었다. 눈물 때문에 잘못 본 것일지도 모르겠지만, 적어도 태령의 눈에는 그리 보였다.

"티슈, 또 줄까요?"

우준이 물었다. 태령은 그 말에 대답하는 대신, 이제껏 누구에게도 토로하지 못했던 깊은 상처를 끄집어냈다.

"저는요. 어릴 때부터 제가 원하는 걸 한 번도 가져본 적이 없어요."

희원에게조차 하지 못한 말이다.

"제 동생은 저랑 쌍둥이에요. 저는 태어날 때부터 4.5킬로. 동생은 2.3킬로. 전 젖을 안 줘도 될 만큼 건강했는데, 제 동생은 약했어요. 심장도 약하고, 신장도 약하고. 엄마는 동생을 약하게 낳은 당신을 탓하면서, 한편으로는 저도 탓했어요. 제가 동생의 영양을 다 빼앗은 탓에 동생이 약해진 거라고. 그래서 저는 동생에게 전부 양보해야만 했어요."

어릴 적부터 세뇌를 당하듯 듣고 살았던 이야기들. 어렸기에 그렇구나, 하고 받아들여야만 했던 이야기들. 세뇌를 당했기에 당연한 거라고 생각했던 이야기들.

"당연한 거라고 생각했어요. 저 자신도. 동생은 정말 아팠으니까요. 너무 하얗고 작거든요. 맛있는 것도 동생이 먼저, 예쁜 옷도 동생이 먼저. 동생 병원비 때문에 부모님이 맞벌이를 하셔도 돈이 없었죠. 그래서 저는 주위에서 받아온 옷들만 입었어요. 남자애들 옷을 입기도 하고, 찢어진 가방을 매기도 했죠. 그래도 괜찮았어요. 제가 동생 영양소를 다 빼앗아가서 동생이 아픈 거니까. 전 당연히 동생을 위해 희생을 해야만 했죠. 그래요. 지금도 그렇게 생각해요. 그게 나쁜 게 아니라고 생각해요."

하지만 괴로웠다.

"친척들을 만나도 동생은 공주님 소리를 들으면서 예쁨을 받았어요. 원래 예쁜데다가 예쁜 옷을 입고 있으니까…… 하지만 전 아니었죠. 사내애들 옷에 키만 멀대 같이 크고. 게다가 밖에서 뛰놀아서 얼굴은 새까맣고, 무뚝뚝하고. 예쁨을 받을 타입이 아니었어요. 제가 봐도 전 별로거든요. 그래도…… 친척들이 동생만 우리 공주님, 우리 공주님 하면서 안아 줄 때는…… 속상하더라고요. 저도 여자인지라…… 우습죠?”

우준은 웃지 않았다.

“중학생이 됐어요. 친구들이 생겼죠. 동생은 아파서 출석률이 안 좋았어요. 여자애들은 이상하게 동생을 별로 안 좋아했고…… 그래서 엄마는 절 나무랐어요. 동생 좀 잘 챙기고, 동생 아픈데 친구들이랑 어울리는 척하고 다니지 말라고. 집에서 아파하는 동생 마음도 생각하라고. 그래서 저는 친구들과 마음껏 놀 수 없었어요. 그런 와중에도 친해진 게 준민이랑 희원이에요. 정말 친했죠. 음담패설을 해도 이상하지 않을 사이였어요. 그리고 저는 고등학생이 됐어요.”

태령은 다양한 방면으로 전부 잘했다. 공부도 잘했고, 운동도 잘했다. 그래서 체육 선생과 담임이 싸우기도 했다. 담임은 이공계 대학에 보내겠다고 하고, 체육 선생은 체육계로 보내야만 한다고 하고. 태령의 성적으로라면 서울의 상위권 대학을 노려도 충분했다.

“하지만 갈 수 없었어요. 동생 병원비 때문에 제 학비를 낼 수가 없는 상황이라고, 부모님이 이해해 달라고 하더라고요.

그래서 담임이 부모님을 불러서 장학금으로도 갈 수 있는 대학들을 말해 줬어요. 담임 앞에서는 생각해 보겠다고 했지만, 집으로 돌아온 부모님은 저한테 네 생각만 하지 말고, 집안 사정도 생각하라고 하더라고요."

동생의 병원비로 나가는 돈이 장난이 아니다. 그러니까 네가 조금만 이해하고 같이 돈 좀 벌어다오. 그래도 네가 언니인데 동생이 죽는 꼴을 보고 싶진 않잖니. 저러다가 큰일이라도 터지면 큰돈이 필요할 텐데, 그때 모르는 척할 생각이냐. 그렇다면 넌 인간도 아니다. 아무리 짐승이어도 혈육에 대한 애정은 있는 법이다. 하물며 너는 쌍둥이인데, 그렇게 매몰차게 굴고 싶냐.

"저는요. 싫다는 말도 안 했거든요. 이해할 생각이었거든요. 그런데 부모님은 제가 대답하기도 전에 그렇게 말씀하시더라고요. 부모님 입장에서는 저도 마음에 걸리고, 동생도 마음에 걸리니 앞뒤 생각 안 하고 열심히 피력하신 거겠지만…… 아팠어요. 여기가."

태령은 자신의 가슴 위에 손을 얹었다.

"그래도 열심히 살았어요. 하고 싶은 게 있어서 공부도 했고요. 그러다가 준민이가 절 사랑한다고, 사랑한다고…… 그렇게 따라다녀서 사랑도 했어요. 처음에는 준민이가 따라다녀서 시작한 사랑인데요. 어느 순간 저도 걜 사랑하게 됐어요. 그 애가 좋고 좋아서…… 일 때문에 지쳐서 집에 돌아가는

길이면, 힘내라고 잘될 거라고 말해 주던 그 애가 너무 좋아
서………."

기분 탓일까?

손목을 누른 우준의 손에 힘이 들어간 느낌이 들었다. 하지
만 우준의 얼굴은 여전히 무표정했다.

목소리가 떨려 말을 잇지 못하는 태령을, 우준은 무심히 응
시하며 물었다.

"슬픕니까?"

"네."

"화납니까?"

"화요? 제가 화를 낼 상황은 아닌 것 같은데요."

"왜 그렇게 생각하죠?"

"……준민이가 저 같은 걸 좋아할 리가 없는데…… 처음부
터 의심을 안 한 제 잘못이죠. 태인이가 제 옆에 있는데, 어떻
게 준민이가 절 좋아할 수가 있겠어요?"

"한태령 씨는 역시 착한 아이 콤플렉스군요."

"……."

"화내세요."

"……화 안 내요."

"나한테라도 화내세요."

"제가 왜 팀장님께 화를 내요?"

"슬픔에 잠긴 사람한테 콤플렉스 운운했다. 이런 식으로 화

내면 될 거 아닙니까?”

도리어 우준이 화를 냈다.

“하지만…….”

“하지만이 아닙니다. 화를 낼 상황입니다. 지금 태령 씨 말대로라면 사기를 당한 사람이 죄가 있다는 말이 됩니다. 태령 씨는 사기를 친 사람보다 사기 당한 사람이 주의를 하지 않은 죄가 더 크다고 생각합니까?”

“그런 건 아니에요.”

“그렇다면 태령 씨 말이 모순이네요. 의심을 안 한 태령 씨에게 무슨 잘못이 있습니까? 속일 생각을 한 사람이 잘못이지.”

“…….”

“화를 내세요. 욕을 하고요. 아니면 당장 불러내서 뺨이라도 때려 줘요.”

“그런 건…… 하고 싶지 않습니다.”

어느새 눈물이 멈춰 있었다. 가슴의 통증도 아까보다 덜했다. 또렷하게 보이는 우준의 얼굴은 약간 일그러져 있었다.

“그럼 용서할 겁니까?”

“팀장님을요?”

“한태령 씨 남자친구 말입니다.”

“……모르겠어요. 전 어떻게 해야 될까요?”

관계없는 사람에게 묻고 말았다. 하지만 우준은 ‘왜 나한테 그런 걸 묻습니까?라고 대답하지 않았다. 의외로 진지하게 고민을 하다가 일어났다.

"다 울었으면 나랑 어디 좀 갑시다."

"어딜……?"

"따라오세요."

강압적인 어투에, 신입 사원의 본능이 튀어나왔다. 태령은 애인에게 배신을 당해 슬픈 상태라는 것도 잊고 벌떡 일어나 우준의 뒤를 따라 나갔다.

회사는 아마도 높은 성이었던 것 같다. 회사를 나가 밤거리에 발을 디디는 순간, 아픔과 그리움이 밀려왔다. 이런 밤거리를, 준민과 손을 잡고 걸었었다. 언젠가는 길거리에서 작은 머리핀을 산 적도 있다. 닭 꼬치도 먹었었고, 쇼윈도에 보이는 커플링들을 보며 살까 말까 고민하기도 했었다.

태령은 무심코 손가락을 만졌다. 그때 산 커플링은 여전히 태령의 손가락에 끼워져 있었다.

또 왈칵 울음이 터져 나왔다. 엉엉 우는 여자와 함께 거리를 걷는 게 달갑지 않을 텐데도, 우준은 가타부타 말이 없었다. 지나가던 사람들 몇몇이 태령을 돌아봤다. 하지만 태령은 창피하다는 생각을 할 여유가 없었다.

슬프고 슬펐다. 준민과 걸었던 밤거리의 추억이 떠올라 가슴이 미어졌다.

우준이 택시를 잡았다.

"죄송해요. 자꾸…… 울어서…….”

"태령 씨는 웃을 때 남한테 미안해합니까?"

"네? 아뇨…… 웃을 땐…….”

"그렇다면 우는 걸로 일일이 미안해하지 마세요.”

어떻게 생겨 먹은 사고방식인지는 모르겠지만, 어쨌든 고마웠다. 택시 기사는 분위기가 심상치 않음을 느꼈는지, 백미러로 흘끗흘끗 뒷좌석의 분위기를 살폈다. 무거운 침묵 사이로 간간히 시끄러운 엔진음이 스치고 지나갔다.

어딘지 모르겠지만 커다란 건물 앞에 도착했다. 아무 데서나 흔히 볼 수 있는 네모반듯한 건물이 아니라, 예술적으로 만든 부채꼴 모양의 건물이었다. 밤거리에서, 그 건물은 가장 밝게 빛나고 있었다.

"이 건물의 디자이너가 누군지 아십니까?"

우준이 건물을 올려다보며 물었다.

"모릅니다.”

태령이 솔직하게 대답했다. 그러자 우준이 말했다.

"나도 모릅니다.”

"……네에.”

"이 건물을 만든 사람이 누군지 아십니까?"

"……모릅니다.”

"내가 만들었습니다.”

깜짝 놀랐다.

젊은 나이에 이 업계에서 잘 나가는 사람이라는 건 알았지만, 이런 건물을 가질 정도로 부자란 말인가?

태령의 의문을 눈치챈 듯, 우준이 담담하게 말했다.

"10년 전, 이 건물이 세워질 때 여기서 일했습니다. 공사판 인부로."

"아……!"

"시멘트를 나르고 벽돌을 날랐죠. 먼지투성이가 되고 손은 벗겨져서 상처투성이였습니다. 간부들은 일을 잘하고 있어도 욕설을 내뱉고, 이리 차고 저리 차고. 한 마디로 엉망진창이었죠."

"네에……."

"그때의 나는 먼지투성이의 시멘트 덩어리에 불과했습니다. 하지만 지금의 나는 이 건물입니다."

반박할 수 없었다. 맞는 말이니까.

출판사라면 누구나 모시고 가고 싶어 하는 서우준.

우준이 태령을 돌아봤다.

"한태령 씨가 과거에 어떻게 살았는지는 확실히 모르겠습니다. 하지만 적어도 내 눈에 보이는 한태령 씨는 이 건물입니다."

이건 맞는 말이 아니다. 태령은 생각지도 못한 칭찬에 바보처럼 입을 벌리고 우준을 쳐다봤다.

"울고 싶을 땐 울고, 화를 내고 싶을 땐 내세요. 비가 오거나

지진이 좀 난다고 이 건물이 무너지는 일은 없습니다."

"팀장님……."

"하지만 이 건물의 불을 끈다면 이처럼 빛나진 않겠죠. 어둠 속에 웅크리고 있는 커다란 덩어리에 불과할 겁니다."

"……."

우준은 작게 한숨을 내쉬었다. 그리고 머뭇거리다가 손을 들어 태령의 어깨를 살짝 두드렸다.

"태령 씨 안에 있는 불을 끄지 마세요. 누군가 그 불을 끄게 놔두지도 말고요. 태령 씨는 자신감을 가져도 될 사람입니다."

"난 오지랖이 넓어."

우준이 중얼거린 말을, 우현은 놓치지 않고 들었다.

"미쳤구만. 그러니까 네가 미친놈이란 소리를 듣는 거다."

우준은 인상을 찌푸리고, 자신보다 세 살이 많은 형을 노려 봤다. 서른다섯 살이라고는 믿을 수 없는 앳된 얼굴이 싱글싱 글 웃고 있었다. 누가 저 인간을 애 두 명 있는 남자라고 생각 할까?

"형은 왜 멀쩡한 집 놔두고 여기 와 있는 거지?"

"그거야…… 사랑하는 동생이 보고 싶어서겠지?"

"애 보기 싫어서겠지. 형수님한테 전화할게."

우준이 휴대폰을 들자마자 우현이 몸을 날렸다. 우현의 손 이 놀랍도록 빠르게 휴대폰을 빼앗아 갔다.

"너는 우애라는 걸 찾아볼 수가 없는 놈이다."

"애 아빠가 이놈저놈 하는 거, 보기 안 좋아."

우현은 예쁘장한 외모와 달리 입이 걸었다. 그때에 비해 지금은 양반이나 다름없지만, 애들 앞에서도 저런 말투를 쓸까봐 걱정이다.

"걱정 마라. 우현 주니어들 앞에서는 안 쓰니까. 근데 넌 맨날 이 시간에 퇴근이냐? 야근 수당은 챙겨 받고?"

"안 받아. 받을 생각도 없고."

"이제 잘 되고 있잖아. 야근 수당 받는다고 뭐라 할 사람도 없을 텐데. 네가 안 받으면 부하 직원들이 받기 민망하잖냐. 네가 솔선수범을 해야지."

"……그런가?"

듣고 보니 최근 2팀은 다들 퇴근이 늦는데도 불구하고 팀원 중 야근 수당을 신청하는 사람이 없다.

"신경 써야겠군. 하여간 나가."

"홀애비 냄새 풍길까 봐 와줬더니."

"형 있다고 나아지는 건 아냐. 나가."

"아직도 애인 없냐?"

"그런 거 없으니까 나가."

"야, 서우준! 너, 정말 서운하다?"

우현이 양 허리에 손을 얹고 화를 냈다. 나이 서른다섯이 저런 짓을 하는 건 못 봐주겠다. 그 짓이 잘 어울려서 더더욱 짜증이 난다.

"형님이 오랜만에 와줬는데 말끝마나 '나가.', '나가.' 너 원래 이렇게 매정한 놈이었냐?"

"어제도 왔잖아. 그제도 왔고. 도대체 형의 오랜만의 기준은 어디에 있는 거지?"

우현이 손가락 두 개를 펼쳤다.

"두 시간?"

"이 분."

"……나가."

이 귀찮은 사람을 어떻게 쫓아내야 하나 고민을 하는데, 초인종이 울렸다. 우현이 핏기 가신 얼굴로 우준을 돌아봤다.

"애인?"

이었으면 좋겠다, 라는 표정이었지만 우준은 단호하게 고개를 저었다. 우현의 얼굴이 새파랗게 질렸다.

"열지 마. 없는 척하자."

이 시간에 우준의 집을 찾아올 사람은 우현의 부인인 진영뿐이다. 우현이 우준의 손목을 잡고 간절하게 속삭였지만, 우준은 우현을 손에 매달고 현관문으로 향했다. 문을 열자, 진영의 화사한 얼굴이 나타났다.

"도련님, 누구냐고 물어보고 문 여셔야죠."

"형수님일 것 같았습니다. 형님 여기 계십니다."

우준이 우현을 대롱대롱 매달아 진영에게 보여줬다. 진영은 눈을 가늘게 뜨고 우현을 노려봤고, 우현은 바짝 군기가 든 이 병처럼 허리를 곧추세웠다.

"우준이가 혼자 고생하고 있는 것 같아서……."

"오빠가 여길 오면 도련님이 더 고생하시지. 안 그래도 바쁜 분인데 왜 자꾸 일거리를 만들어드려?"

우준은 속으로 진영에게 응원을 보냈다. 마음 같아서는 형수를 위한 응원가라도 하나 만들어 주고 싶다.

"얼른 나와."

"애들은?"

"언니가 와서 보고 있어. 도련님, 뭐 필요한 거 있어요?"

"아뇨. 형이나 데리고 가 주시면 좋겠습니다."

"야, 서우준! 너 정말! 넌 오지랖은커녕, 우애도 찾아볼 수 없는 놈이야! 오늘의 일은 잊지 않겠다!"

라며 끌려가는 우현의 모습은, 어제도 봤던 모습이다. 잊지 않겠다던 오늘의 일은 어떻게 된 건지, 이튿날이면 또 찾아오는 우현을 이해할 수가 없다.

두 사람이 나간 후, 우준은 문을 잠그고 들어와 책상 앞에 앉았다. 자기 전에 책 한 권을 읽는 것은 오래된 습관이다. 하지만 최근에는 도통 책을 읽을 수가 없었다. 일주일 전에 펼친 책이 여전히 그 자리에 머물러 있다.

"난 역시 오지랖이 넓어."

우준은 씨도 먹히지 않을 말을 꺼냈지만, 우준의 집엔 반박할 사람이 아무도 남아 있지 않았다.

"괜한 짓을 했어."

태령에게 너무 속내를 드러낸 게 아닌가 싶다. 우는 사람 옆에 같이 있어 줄 수는 있었지만, 밖으로 데리고 나가 건물을 보여 주며 빛나는 어쩌고 한 건 역시 과했던 것 같다. 태령에게 속마음을 알릴 생각은 추호도 없었다. 상사의 마음 따위는 부하 직원에게 버거운 장애물일 뿐이니까.

"한태령 씨."

부르면 부를수록 묵직하게 내려앉는 이름이다.

"당신은 모르겠지."

아주 오래전부터 태령을 알고 있었다. 이름은 몰랐지만 그 얼굴만큼은 또렷하게 기억하고 있었다. 지워지지 않는 얼굴, 어느 여자를 봐도 그 위를 가로막는 얼굴.

처음 본 것은 약 5년 전이었다. 가끔 들르는 라멘가게에서 였다.

"어서 오십쇼!"

낯선 목소리가 우준을 반겼다. 목소리가 난 쪽을 보자 환하게 웃는 한 여자가 있었다. 우준과 견주어도 그리 차이가 나지 않을 만큼 키가 큰 여자였다.

처음 봤을 땐 그저 씩씩하고 쾌활한 알바생이 들어왔구나. 그 정도의 감상만 있었다. 여자는 열심히 일했고 잠시라도 찡그리지 않았다. 취객 무리가 들어와 떠들썩하게 만들 때도, 그

녀의 얼굴에서 웃음을 앗아가지 못했다. 그래서 인상적이었
다.

그녀의 얼굴이 심장에 박힌 것은 여섯 달쯤 지났을 때였다.
우준은 그 집의 라멘을 좋아했기 때문에 시간이 날 때마다 갔
었는데, 그녀가 잠깐 쉬고 오겠다고 말하는 걸 본 건 그날이
처음이었다.

"속이 조금 메스꺼워서요. 어제 먹은 게 체했나 봐요."

"그럼 좀 오늘은 그만 들어가 봐."

"에이. 아니에요. 바람 쐬고 들어오면 괜찮아져요."

주인이 그만 가보라고 하는데도 그녀는 기어코 바람만 쐬고
오겠다며 밖으로 나갔다. 안색이 창백해 보여서 걱정이 됐지
만, 알바생의 사정을 일일이 신경 쓸 필요는 없기에 곧 생각에
서 지웠다.

계산을 하고 나가던 우준은 계단 위쪽에서 인기척을 느꼈
다. 고개를 들자마자 긴 다리가 보였고, 난간에 기대어 서 있
는 그녀의 모습이 눈에 들어왔다.

창문 바깥으로 들어오는, 거리의 화려한 불빛이 그녀의 작
은 얼굴을 비추고 있었다. 그녀는 그 빛에 의지해 작은 수첩을
들여다보며 뭐라고 중얼거리고 있었다. 영어 단어였다.

속이 메스껍다는 것은 거짓이 아닌지, 한 손으로는 배를 꽉
누른 상태로 영어 단어를 외우는 그 모습이 우준의 뇌리에 박
혔다. 진지하게 수첩을 응시하는 그 얼굴이, 손님이 밖으로 나

온 줄도 모르고 집중하는 그 모습이 뇌리에 박히는 걸로는 모자라 심장으로까지 내려갔다. 그래서 남의 얼굴을 빤히 쳐다보는 취미가 없는데도, 걸음을 옮기지 못하고 멍하니 그녀의 얼굴을 바라봤다.

뒤늦게 우준의 시선을 느낀 그녀가 수첩에서 눈을 떼었고, 우준과 눈이 마주쳤다. 깊고 깊은 검은 눈동자는 부드럽게 빛나고 있었다.

"아…… 죄송합니다. 조심해서 가세요."

가게 안에 있을 때와는 달리 부드럽고 나직한 음성이었다. 그녀는 쑥스러운 듯 수첩을 뒤로 감추며 웃었고, 그 미소가 우준의 가슴속을 어질렀다. 심장이 쿵쿵 거칠게 뛰기 시작했다.

도망치듯 가게를 나와 거리를 걷는 와중에도 심장은 잠잠해지지 않았다. 쿵쿵쿵. 누군가를 보고 심장이 뛰는 건 처음이기에, 우준은 당혹스러웠다.

일 때문에 바빠져서 한동안 라멘 가게를 찾지 못했다. 일을 하는 도중에도 불쑥 그녀가 떠오르고, 수줍게 웃는 얼굴이 그려져서 도통 집중할 수가 없었다.

어느 날엔가, 막 결혼한 우현이 집에 와 있기에 상담을 했다.

"어떤 여자가 생각나는데…… 여기가 무섭게 뛴다."

그러자 우현은 오만상을 찌푸리고 한참을 고민하더니, 우준에게 삿대질을 하며 의기양양하게 외쳤다.

"그건 분노다!"

"……."

"넌 그 여자에게 화가 난 거야. 심장이 뛸 만큼!"

우현에게 상담을 한 건 멍청한 짓이었다.

아무리 바보라도 이 증상이 '사랑' 때문이라는 것은 안다. 다만 이름도 모르는 여자를 사랑할 수 있다는 것이 의아할 뿐이었다. 그 여자가 어떤 사람인 줄 알고 사랑을 한단 말인가. 살인범이나 사기꾼일 수도 있는데.

그래서 우준은 바쁜 와중에 시간을 쪼개 라멘 가게를 찾아갔다. 그녀에게 이름을 물어보고 차근차근 알아가기 위해서였다. 그녀의 모든 것을 알게 된 후에도 사랑하는 마음이 여전하다면, 사귀자고 해 봐야겠다고 계획을 세웠다.

그러나 그녀는 그만둔 후였다.

그녀의 연락처, 이름은 알려고만 하면 알 수 있었다. 하지만 구태여 그렇게까지 하고 싶진 않았다. 이렇게 못 만날 사이라면 인연이 아닌 거겠지. 의외로 인연을 믿는 우준은, 아쉽지만 간단하게 포기했다.

그 얼굴을 자기소개서에서 보게 될 줄은 몰랐다.

약간은 까무잡잡한 피부, 반듯한 이마, 또렷한 눈매, 굳게 다문 입술. 누구나 포토샵으로 수정을 하는 이 시대에 수정도 하지 않은 건가 싶어 웃음이 나왔다. 바보 같은 건지, 정직한 건지.

학벌은 고졸. 그러나 토익 점수와 토플 점수는 대단히 높았고, 그 외에 외국어 능력 시험 점수도 있었다. 요새 같은 때에 한자 능력 검정 시험 점수까지도 적혀 있었다.

'열심히 사는군.'

스펙이라고 해 봐야 소규모 출판사에서 2년 남짓 일한 것이 전부다. 원래의 우준이라면 거기서 태령을 떨어뜨렸을 것이다. 일에는 사적인 감정을 개입하지 않기 때문이다.

[정말 열심히 하는 친구야. 우리 출판사에서 썩히기 아까워.]

태령의 상사는 사장인 양석을 통해 알고 지내는 사람이었다. 건실하고 괜찮은 사람이었는데, 그 사람이 직접 전화를 걸어 태령을 두둔했다.

[시키지 않았는데도 금세 알아채고 척척 해내. 센스가 있는 친구야. 자네 마음에 들 거야.]

그래서 고민하다가 면접을 봤다. 별 볼일 없는 면접이었다. 여느 지원자들과 똑같은 대답, 똑같은 미소. 보는 내내 심장이 두근거리기는 했지만, 그것과 팀원을 뽑는 것은 별개의 일이었다. 안 뽑으려고 했는데 사장이 밀어붙였다.

"뽑아! 괜찮잖아! 예쁘잖아! 고졸이지만 다른 스펙은 좋잖아! 사회 나와서 얼마나 열심히 했으면 토익에 토플 점수까지 있겠어? 응? 더 이상 뭐가 필요해?"

한참 격한 토론을 나눈 끝에, 결국은 우준이 한 수 접었다.

사실은 우준이 가장 태령을 팀원으로 받아들이고 싶었다. 몇 년 동안 잊지 못한 여자와 함께 일하게 되다니. 그보다 더 기쁜 일이 있을까?

그러나 기쁨은 오래가지 않았다.

태령의 손가락에는 못 보던 반지가 있었고, 태령의 책상 위에는 행복한 연인의 사진이 놓였다. 드러내면 안 되는 질투를 드러내고 후회하며, 이걸 어떻게든 해야겠다고 생각하는데 이런 일이 터졌다.

사실은 퇴근할 생각이 없었지만, 오전에 태령과 함께 엘리베이터를 타고 출근했던 시간이 좋았기에 한 번 더 그럴 요량으로 태령의 주위에서 어슬렁거렸다. 아니나 다를까, 태령과 함께 퇴근을 하게 되었다.

이러이러해서 존경한다고 하기에 그뿐이냐고 했더니 더한 칭찬을 해 왔다. 아무리 무심한 우준이라도 칭찬을 듣는 건 창피해서 더는 대꾸하지 않았는데, 어째서인지 태령이 갑자기 외모 칭찬까지 하기 시작했다. 여자에게 그런 식의 칭찬을 듣는 건 처음인 데다가, 상대가 마음에 두고 있는 여자니 몸 둘 바를 모르게 되었다. 자꾸만 웃음이 나와서 고개를 돌리고 있었다. 얼마나 바보 같아 보였을까?

태령을 보낸 후, 다시 사무실로 돌아왔다. 미쉘 챤 특집 때문에, 다른 디자이너를 섭외해야만 했다. 누굴 섭외해야 할지 이리저리 찾아보고 있는데, 누군가 사무실로 들어오는 소리가 들렸다. 도둑인가 싶어서 나가 본 사무실에서 태령을 발견했다.

어둠 속에 있어도 그 실루엣이 태령이라는 것을 알 수 있는 것은, 아마도 지난 5년간 수도 없이 떠올린 모습이기 때문이리라. 늘 환하게 웃던 그녀의 움츠린 모습에 화가 치미는 것은, 아마도 지난 5년간 품고 있던 마음이 조금도 닳지 않았기 때문이리라.

연인이 있는 여자에게 사랑한다는 말을 할 수는 없었다. 연인의 배신을 알고 상처를 입은 여자의 아픔을 이용해 접근할 수는 없었다. 하지만 '나 같은 거'라고 말하는 그녀가 우준에게는 얼마나 빛나는 존재인지, 태령에게 알려 주고 싶었다. 그래서 그런 짓을 하고 말았다.

'그래도 과했어.'

과했다. 눈치챘을 것이다. 사랑하지 않으면 할 수 없는 행동이니까.

일부러 과거에 일했던 곳으로 데리고 가서 저 건물이 어쩌니, 저쩌니 하는 소리를 하다니. 그런 짓은 하는 게 아니었다. 그냥 눈물이나 닦아 주고 넋두리나 들어줄걸. 직장 상사가 할 일은 그걸로 충분했는데.

우준이 몇 번이나 같은 후회를 하는 동안, 태령은 침대에 책상 다리를 하고 앉아 고민에 빠져 있었다.

"태령 씨 안에 있는 불을 끄지 마세요. 누군가 그 불
을 끄게 놔두지도 말고요. 태령 씨는 자신감을 가져도
될 사람입니다."

우준이 했던 말이 머릿속에서 맴돌았다. 다른 사람이 했다
면 웃으며 넘겼을 이야기다. 좋은 조언을 들었다고만 생각하
고 더 깊게 생각하지 않았을 이야기다. 그러나 그런 말을 절대
로 안 할 것 같은 사람이 한 말이기에, 그 의미가 무겁게 다가
왔다.

"태령 씨 안에 있는 불을 끄지 마세요. 누군가 그 불
을 끄게 놔두지도 말고요. 태령 씨는 자신감을 가져도
될 사람입니다."

그리고 어깨를 두드리던 손. 가볍지만 다정한 접촉.
"내 안에 있는 불. 그런 게 있을까?"
그런 건 없다. 그나마 있던 것도 오늘 꺼졌다. 사랑하는 사
람이 사실은 자신을 이용했던 것일 뿐이다. 그것도 동생인 태
인을 가까이서 보기 위해.
동생을 사랑하는 남자를 사랑하고 있었던 거다. 그런 남자
에게 이용당하면서도 전혀 모르고 혼자 가슴 아파해 왔다. 그
남자의 마음을 잡기 위해 전전긍긍하고 있었다. 이 얼마나 흉

한 인간인가.

태령은 쓴웃음을 지으며 대자로 드러누웠다.

"빛 같은 건 없어. 한태인을 위해 개처럼 일하는 한태령만 있지."

아픈 동생을 두고 이런 생각을 하면 안 되는데, 태인이 미워 죽겠다. 인생의 전부를 태인에게 빼앗긴 것 같아서 화가 치밀었다.

"참자. 동생이잖아. 내 동생. 내 쌍둥이 동생. 아픈 동생. 아파서 친구들도 잘 못 사귀는 동생."

소중한 장난감은 잘 숨겨 둔다

부모님이 태인만 보면 안절부절못하는 것을 이해한다. 태인에게 더 좋은 것을 주려고 하고, 더 잘해 주려고 하는 마음도 이해한다. 어느 날 눈을 감았다가 떴을 때, 태인은 더 이상 눈을 뜰 수 없는 몸이 된다면 가슴이 아플 것이다. 태인의 상태는 그래도 이상하지 않을 상태니까, 태인을 위해 어느 정도 희생을 해야 하는 건 당연하다.

"가족이니까."

태령은 손을 쭉 뻗었다. 빼지 않은 반지가 왼손 약지에서 반짝반짝 빛이 나고 있었다. 돈이 많지 않아서 둘이 돈을 합쳐 산 얇은 실반지.

"하지만 넌 가족이 아니잖아. 내 연인이 아닌 넌 내 친구일 뿐인데, 날 배신한 넌 내 친구조차 아니야. 그렇다면 타인일 뿐이지. 날 배신한, 지독히 나쁜 놈."

　　"태령 씨 안에 있는 불을 끄지 마세요. 누군가 그 불을 끄게 놔두지도 말고요. 태령 씨는 자신감을 가져도 될 사람입니다."

　　"내가 자신감을 가져도 될 사람인지 아닌지는 모르겠지만…… 널 용서해 줄 필요는 없을 것 같다. 그래, 맞아. 널 용서할 수는 없겠어."

　　4년의 시간. 떠나보내기 아쉽다. 생각 같아서는 아무것도 모르는 척하고 싶다. 그냥 준민의 손을 잡고 거리를 걷고, 의미 없는 수다를 떠는 시간을 지속해 나가고 싶다.

　　하지만 그것은 또 다른 아픔이 될 뿐이다. 아마도 준민을 손을 잡는 내내 생각할 것이다.

　　얘는 지금도 태인이 생각을 하고 있겠지? 태인이랑도 손을 잡아봤을까? 어디까지 갔을까? 나한테 하는 이 이야기들을 태인이에게도 했을 거야.

　　준민을 만날 때마다 그런 생각을 하며 자신을 괴롭히게 될 것이다. 헤어짐의 아픔은 강렬하지만 언젠가는 사라지기 마련이다. 그러나 함께하는 동안의 아픔은 함께하는 내내 꾸준히 지속될 터였다.

'그건 안 돼!'

태령은 벌떡 일어났다.

'내 인생을 더 낭비할 순 없어. 그래, 맞아. 최근 이준민이 차가워진 것만을 생각하느라 요새 일도 제대로 못했잖아. 앞으로도 그래선 안 돼. 절대 안 되지, 안 되고말고.'

결심을 하니 다음은 쉬웠다. 태령은 더 생각할 것도 없이 집을 나섰다. 준민의 집은 가까운 곳에 있었다. 이 동네 전부에 준민과의 추억이 있으니, 이 거리를 걸을 때마다 가슴이 아플 것이다. 잠시 마음이 흔들렸지만 태령은 더 빠르게 걸음을 옮겼다.

준민의 집 앞에서 전화를 걸었다. 준민은 전화를 받지 않았다.

[너네 집 앞이야. 안 자는 거 알아. 초인종 누를까?]

문자를 보내자 바로 전화가 걸려왔다.

[아, 왜?]

짜증이 베어 나오는 목소리였다.

"할 얘기 있어. 나와."

[뭔데? 나 이제 자야 돼.]

"집 앞이니까 나와."

[잘 거라고. 내일 얘기해도 되잖아.]

"나와, 이준민."

태령의 음성이 낮게 가라앉았다. 태령은 준민의 대답을 들지 않고 전화를 끊었다.

곧 문 열리는 소리가 나고 준민이 밖으로 나왔다. 척 보기에도 불쾌한 얼굴이 태령을 향하고 있었다.

그걸 보자 놀랍게도 아픔이 사라졌다.

아아, 그렇구나. 얘한테 나는 이렇게 짜증스러운 존재였구나. 태인이가 아니었다면 친구조차 아니었을, 그런 사이였구나.

무정의 확인은 오히려 약이 되었다. 태령은 자신이 울지도 모른다고 걱정했는데, 이제는 그럴 필요가 없어졌다.

"헤어지자."

태령은 차갑게 말하고 돌아섰다. 대답 따위는 듣고 싶지 않다는 행동을 보였지만, 준민이 태령의 팔을 잡았다.

"야, 너 왜 이래?"

태령은 대답하지 않고 걸었지만, 준민이 강하게 붙잡아서 멈출 수밖에 없었다.

"야, 한태령! 갑자기 왜 이러냐고? 이 밤중에 찾아와서 뭐 하는 거야? 요새 연락 자주 못 한 것 때문에 그래? 그래서 갑자기 이러는 거야? 내가 말했잖아. 나 요새 취업 준비 때문에……."

"태인이 만나고 다니니?"

"……뭐?"

"취업 준비 때문에 태인이 만나고 다니냐고."

"야, 너 그게 무슨……."

"태인이를 사랑하는 넌, 내 애인이 아니야."

"야, 한태령. 너 진짜 심하다. 어떻게 동생을 의심해. 그런 거 아니거든?"

"내 애인이 아닌 넌 그냥 타인이고."

"야, 뭔 소리를 하는 거야? 네 연인이 아니어도 우린 친구지."

"그냥 타인인 넌 한 대 후려치고 싶은 개새끼인데, 때리진 않을게. 넌 비실비실해서 나한테 한 대 맞으면 죽을 것 같으니까."

"야……."

"아무리 착한 아이 콤플렉스라도 개자식 송장 치워주긴 싫거든."

"야, 한태령!"

준민이 손을 뻗었지만 태령에게 닿진 못했다. 서늘하게 가라앉은 태령의 눈동자가 '건들면 죽는다.'라고 말하고 있었기 때문이다. 준민은 손을 거두며 말했다.

"야, 네가 어디서 무슨 소리를 들었는지 모르겠는데…… 진짜 오해거든. 내가 사랑하는 건 너밖에 없어. 내가 왜 널 배신해? 그것도 네 동생 때문에? 말도 안 되는 소리지. 희원이가 그래? 그래, 희원이겠지. 걔가 너 좋아하거든. 그래서 우리 사이 이간질하려고……."

태령이 주먹을 날렸다. 준민은 눈을 질끈 감았다. 주먹은 준민의 볼을 스치고 지나갔다.

“희원이한테 배운 거야. 나쁜 놈 있으면 이렇게 때려 주라더라. 희원이 욕하지 마. 생각해 봤는데, 희원이는 나쁘지 않더라. 내가 미친년처럼 너한테 푹 빠져 있어서, 희원이가 뭔 소리를 해도 믿지 못했을 거야. 그러니까 말을 못 해 준 거겠지. 하지만 넌 아냐. 넌 네 입으로 직접 말했어야 돼. 태인이를 사랑하고 있다고. 그래서 접근한 거라고. 그리고 네 입으로 사과를 했어야 돼. 그럴 생각 없었는데 상처를 줘서 미안하다고.”

“야, 태령아.”

“네가 보기엔 내가 칼로 찔러도 상처 하나 안 날 것처럼 보였겠지만, 나도 상처 받아. 사람이거든. 낯선 타인에게 배신을 당해도 울적해지는데, 그게 애인이라고 믿었던 남자에게라면 더하지.”

“태령아…….”

“어제라도 말하지 그랬어? 미안하다고, 사실은 태인이를 사랑한다고. 그랬으면 용서했을지도 모르는데.”

“그런 거 정말…….”

“변명하지 마. 이런 남자를 여태껏 사랑했다는 게, 정말 끔찍하다.”

“…….”

“앞으로 내 눈앞에 나타나지 마. 태인이 만날 거면 몰래 만나. 태인이한테 네 욕은 하지 않을 테니까.”

이번엔 준민이 잡지 않았다. 태령은 천천히 걸음을 옮겼다.

불을 끄지 말자. 내 안에 있는 작은 불. 우준이 보여준 건물보다는 작은 불이지만, 태령에게는 그 불빛이 절실했다. 그것마저 꺼지면 도무지 힘을 내서 살아갈 수 없을 것 같았다. 그러니까 그 작은 불만큼은 흔들리지 말아야 했다.

태령은 그 불에게 '인내심'이라는 이름을 붙여 줬다.

당장이라도 돌아서서 달려가 준민에게 주먹을 날리고 싶은 욕구를 참는 인내심. 당장이라도 돌아서서 달려가 준민을 끌어안고 싶은 욕망을 참는 인내심.

그 불은 꺼뜨리지 말자.

*　　*　　*

사장은 이번 기획에 대한 보고를 받으며 건성으로 고개를 끄덕거렸다.

"그래, 너 하고 싶은 대로 해."

"……사장님. 사장님으로서의 자각을 좀 가지세요."

"충분히 갖고 있어. 시간 쪼개서 서 팀장 만나고 있잖아."

"하아. 그럼 이대로 진행합니다?"

"응. 괜찮아 보이네. 그리고 자네가 언제 내 의견 들어 준 적 있어? 전에도 안 된다고 했는데 엄청 화내고 하겠다면서 나가 버렸잖아."

“성공했잖습니까.”

“응. 그래서 이번에는 아무 말 안 하려고. 알아서 성공하겠지, 뭐.”

“토라지신 겁니까?”

“토라졌다니! 난 배포가 큰 사람이야!”

사장이 가슴을 팡팡 두드리다가 기어코 기침을 터뜨렸다. 콜록콜록. 어째 너무 세게 두드린다 싶었다.

“대체 뭘 하고 싶으신 겁니까?”

“배포가 큰 사람이라고! 나는!”

사장이 또 두드리다가 다시 기침을 터뜨렸다. 우준은 더 있어봐야 좋은 말을 못 들을 것 같아서 일어났다. 사장이 우준의 팔을 잡았다.

“가긴 어딜 가?”

“뭡니까?”

“술 한 잔 하고 가야지.”

“근무 중입니다.”

“그래도 한 잔 해. 요새 시간 없다고 나랑 술도 안 마셔 주잖아.”

“사장님.”

“서 팀장, 고민 있지? 앉아, 앉아.”

사장이 우준의 팔을 끌어다가 맞은편 소파에 앉혔다. 이러니저러니 해도 오래 살아온 사람은 눈썰미가 남다르다. 감춘

다고 감춘 건데 고민을 알아채다니.

우준은 사장을 무시했던 자신을 나무랐다.

"뭔 고민이야?"

"사장님이랑 사적인 이야기는 하고 싶지 않습니다."

"우리 사이에 무슨……."

"남들이 들으면 오해하겠습니다. 사장님과 전 사장과 직원 사이라는 걸 분명히 해 두고 싶네요."

"그런 건 두루뭉술하게 넘어가도 되는 거야."

"그렇진 않을 것 같은데요."

"자, 이야기해 봐. 무슨 일인데? 신입이 속 썩여?"

사장이 기어코 장식장에서 비싼 양주와 잔을 꺼내 왔다. 우준은 투명한 잔에 채워지는 호박색 액체를 물끄러미 응시하며 말했다.

"한 여자를 자꾸만 챙겨 주고 싶어집니다."

"흐음."

"그러면 안 되는 사이인데."

"그래, 그러면 안 되지."

사장이 잔을 건네며 말했다. 우준은 잔을 받아 들고 사장을 쳐다봤다. 설마 이 사람이 아는 걸까? 태령에 대한 이 마음을?

"사람이 그러면 안 되는 거야, 서 팀장."

사장이 짐짓 어른스럽게 말했다. 우준이 미간을 좁혔지만 사장은 보지 못했다.

"잘 챙겨주고 아껴줘서 안심하게 해 놓고 뒤를 찌르는 건 비겁한 짓이야. 아무리 그 여자가 미워도 참고 견뎌. 그런 짓만큼은 하지 마. 차라리 앞에서 뺨을 때려."

"대체 여자 뺨을 왜 때립니까?"

"아, 서 팀장은 주먹파인가? 여자한테도 주먹 써?"

"안 씁니다!"

잠깐이라도 사장을 믿은 게 잘못이다. 이 사람은 우현과 같은 과다. 겉은 멀쩡하지만 속은 바보 과. 우준은 고개를 절레절레 저으며 사장실에서 나왔다.

출근 전의 사무실은 고요하다. 방음에 신경을 쓴 건물이라, 닫힌 창문 사이로 아무 소리도 들려오지 않아 더욱 고요했다. 우준은 천천히 걸어 들어가다가 태령의 책상 앞에서 멈췄다. 얼마 전 이 책상 위에서 태령과 그녀의 애인이 함께 찍은 액자를 발견했었다.

애인과 함께인 태령은 행복해 보였다. 라멘 가게에서 봤던 미소와는 사뭇 다른 미소. 행복에 겨워 봄바람처럼 산들산들한 미소를 지은 태령은 여성스러움이 물씬 풍겨 나오고 있었다.

이름도 모르는 태령의 연인에게 질투를 느꼈다. 이번에는 의아하지 않았다. 이름도 몰랐던 여자를 5년 동안 추억하며 살 정도로 사랑했는데, 이름 모를 남자를 질투하는 것쯤이야 일도 아니다.

"한태령 씨. 태령 씨."

그녀가 없는 곳에서는 마음껏 그녀의 이름을 부른다. 시킬 일을 머릿속으로 짜내지 않아도 그녀의 이름을 부를 수 있다.

태령을 보면 걱정스럽다.

태령은 라멘 가게에서 봤을 때 느꼈던 것과 달리 자신감이 없었고, 약간은 주눅 든 모습마저 보였다. 5년이라는 시간이 그녀를 그렇게 만든 걸까, 아니면 원래 그런 모습을 감추고 있었던 걸까?

아무래도 상관없었다. 그녀에 대해 알면 알수록 사랑하는 감정도 사라질 줄 알았는데, 그게 아니었다. 알면 알수록 부족한 부분마저도 좋아지고 안타까워졌다.

그녀가 그녀 자신이 생각하는 것보다 훨씬 멋진 여자라는 것을 알았으면 좋겠다. 그러면 친구에게조차 '쓰레기'라는 소리를 듣는 남자에게 휘둘릴 일이 없을 텐데. 아프다는 이유로 희생을 강요하는 동생에게 모든 것을 다 내주고 속상해할 일도 없을 텐데.

정말이지, 착한 아이 콤플렉스에 빠져도 단단히 빠졌다. 하지만 태령이 살아온 이야기를 들어보니, 그녀로서도 별수 없었던 것 같다. 아픈 동생만을 위해 주는 부모님, 그런 부모님에게 관심을 받기 위해 '나쁜 아이'가 되기보다는 '착한 아이'가 되기로 결심한 태령.

"어떻게 해야 당신이 울지 않게 될까?"

우준은 속삭이듯 태령의 책상을 향해 질문을 던졌지만, 대답은 돌아오지 않았다.

*   *   *

지각 사건 이후로 새벽부터 출근을 하던 태령이 조금 늦었다. 다행히 출근 시간에 딱 맞춰서 왔다. 그것만으로도 신기한데, 태령의 피부가 푸석푸석한 것이 한숨도 못 잔 듯 피곤해 보였다. 다들 걱정스럽게 쳐다봤지만, 태령은 환하게 웃으며 모두에게 인사했다.

"커피 한 잔 할까?"

유정이 태령의 어깨를 툭 치며 물었다.

"네, 좋아요."

태령이 일어나자, 태령의 1년 선배인 다희가 따라왔다. 셋은 좁은 탕비실에 들어가 종이컵에 인스턴트커피를 부었다.

"태령 씨, 괜찮은 거야?"

유정 딴에는 조심스럽게 물어본 건데, 태령은 굉장히 크게 반응했다.

"아뇨, 안 괜찮아요."

"안……괜찮다고……?"

안 괜찮은 사람의 표정이 아니었다.

"네, 안 괜찮아요. 어제 남자 친구랑 헤어졌거든요."

“정말?”

눈치를 보며 커피를 타던 다희가 소리를 높였다가 얼른 입을 다물었다.

“그, 뭐랬더라? 사귄 지 4년인가 됐다는 남자 친구?”

“네, 헤어졌어요.”

“그래?”

“정말 나쁜 놈이었는데…… 막상 헤어지고 나니까 뭔가 허전하고 슬프네요. 오늘 출근하는데, 걔랑 같이 아침부터 전철 타고 놀러가던 거 생각나서 눈물이 나더라니까요.”

정말 그랬다. 눈물이 날 뻔했다. 흘리지는 않았지만 눈시울이 시큰해지면서 바보처럼 엉엉 울 뻔했다.

눈물이 말라서 다행이다. 어제 우준의 앞에서 운 것이 마지막 남아 있던 눈물이었던 것 같다.

거기까지 생각하자, 우준을 볼 낯이 없었다. 어젯밤에는 뭐에 홀린 듯 시시콜콜한 과거사까지 다 털어놓고 말았다. 아픈 동생의 일로 징징거리는 언니라니. 어린애도 아닌 다 큰 여자가 그런 걸로 울어대는 모습에 얼마나 실망했을까.

“그런 것 치고는 의외로 밝아 보이네. 애쓰고 있는 거야?”

“아뇨. 이상하게 되게 슬픈데 그렇다고 움츠리고 있게 되진 않네요. 아침에 일어났을 때만 해도 회사에 와서 어떡하나 걱정했는데, 의외로 괜찮아요.”

“그렇다면 다행이지만…….”

"진짜 나쁜 놈이었거든요, 제 남자 친구."

"어떤 놈이었는데?"

다희가 눈을 빛내며 다가섰다. 유정이 다희의 옆구리를 쿡 찌르며 눈치를 줬지만, 다희는

"왜요? 궁금하잖아요."

라며 볼멘소리를 냈다. 태령이 웃었다.

"괜찮아요. 말 못 할 일도 아니고. 걔가 사실 소꿉친구였거든요. 그런데도 사귀자고, 사귀자고 따라다녀서 사귀게 됐었던 거예요. 그런데 글쎄…… 걔가 저한테 사귀자고 한 이유가, 진짜로 절 좋아해서 그런 게 아니었던 거 있죠!"

"그럼?"

"제 동생 때문이었더라고요."

"태령 씨 동생?"

"네. 사실은 제 동생이 좋았던 거예요. 그런데 제 동생이 워낙 예쁜데다가 아파서 사람도 잘 안 만나러 나가고, 추종자들도 많고…… 그러니까 씩씩하게 동생한테 고백할 생각은 못하고, 절 이용했던 거예요. 동생을 가까이에서 보려고."

"뭐 그런 개자식이 다 있어!"

다희가 버럭 외쳤다. 이번에는 유정도 눈치를 주지 않았다. 유정 자신도 입에 담긴 힘든 욕설을 내뱉는 중이었기 때문이다.

"그죠? 정말 뭐 그런 놈이 다 있는지…… 그런 놈이랑 사귀

었던 내 4년이 아까운데, 바보처럼 그립기도 하고…… 내가 이렇게까지 안일한 여자였나 자괴감도 들고…….”

“그리운 건 당연한 거지. 태령 씨는 진짜로 좋아했던 거잖아.”

“네, 진짜로 좋아했죠. 그런 건 줄도 모르고…….”

“그럼 당연한 거야. 대신 그걸로 끝내야지. 제일 바보 같은 건 추억을 못 잊어서 뒤늦게 다시 받아주고 사귀는 거야. 알지?”

“네, 절대 안 그러려고요. 그래서 선배님들께도 이 얘기해드리는 거예요. 혹시라도 제가 그런 멍청한 짓을 하면 뜯어말려달라고.”

“걱정 마, 걱정 마. 나한테 맡겨. 내가 그 나쁜 자식 머리채를 잡아서라도 말려 줄 테니까.”

예전의 태령이었다면 회사 사람들에게 이런 이야기는 절대로 하지 않았을 것이다. 지금 이들에게 솔직하게 말하는 이유는, 멍청한 짓을 했을 때 말려달라는 이유도 있지만 다른 이유도 있었다. 이야기하는 것이 부끄럽지 않았다.

남자에게 4년이나 이용을 당한 일을 이야기하는 게 부끄럽지 않은 건, 아마도 어제 최고로 어려운 사람에게 다 털어놨기 때문일 것이다. 눈 마주치기도 힘든 사람에게 주절주절 털어놓은 이야기를, 더 가깝고 친한 이들에게는 털어놓지 못할 이유가 없다고 생각했다.

이야기를 하고 나니 생각했던 것 보다 속이 시원했다. 유정과 다희가 상상 이상으로 준민을 욕해대서 더욱 속이 시원한 걸지도 모르겠다. 이런 걸 두고 대리만족이라고 하는 걸까?

유정과 다희는 다른 직업을 가져도 좋을 것 같다.

[헤어진 남자 친구 욕, 대신 해 드립니다.]

이 두 사람이 함께 일하면 욕하는 방면으로는 승승장구할 것 같다.

따뜻한 커피를 홀짝거리다가, 입구에서 시작된 시선에 정신을 차리고 고개를 돌렸더니 우준이 서 있었다. 우준은 양쪽 주머니에 손을 꽂고 서서, 한심하다는 듯 탕비실 안의 세 여인을 지켜보고 있었다.

"팀장님."

태령의 음성에 유정과 다희가 입을 다물고 천천히 뒤를 돌았다. 그리고 우준을 발견했다.

"팀장님, 언제부터 거기에……?"

유정이 떨리는 목소리로 물었다. 우준이 담담히 대답했다.

"유정 씨가 남성 성기에 대한 욕을 할 때부터 있었습니다."

"헉!"

"그, 그럼…… 제……."

다희가 입술을 달싹거리자, 이번에도 우준이 무덤덤하게 대꾸했다.

"인간 내장 이야기도 들었습니다."

"으헛!"

유정과 다희의 얼굴이 파랗게 질렸다. 그와 달리 우준은 표정의 변화 없이 말했다.

"이런 곳에서 인체 탐구를 하는 것도 좋지만, 업무 시간에는 일을 하는 게 낫지 않겠습니까? 이럴 거면 회사엔 왜 나왔습니까? 개인적인 탐구는 휴가를 내고 하세요."

"죄, 죄송합니다!"

"일하러 가겠습니다!"

유정과 다희가 도망치듯 탕비실을 나갔다. 우준의 시선이 태령에게로 향했다.

"한태령 씨는 일 안 합니까?"

"해야죠. 저…… 팀장님께 드릴 말씀이 있어서요."

"뭡니까?"

"어제는 정말 감사했습니다."

태령이 두 손을 앞으로 가지런히 모으고 깊이 허리를 숙이며 말했다.

"팀장님이 어젯밤 큰 건물에 데리고 가서 해 주신 말씀, 잘은 모르겠지만 그래도 새겨들었습니다. 그래서…… 불을 꺼뜨리지 않았습니다."

"그래요."

"저, 남자 친구랑 헤어졌어요."

"그렇군요."

“아! 업무 시간에 사담을 하면 안 되는 건데…….”

“하세요.”

“네?”

“건강한 개인사가 있어야 업무도 충실히 보겠죠. 나한테 해서 풀린다면 하세요.”

“아아…….”

생각지 못한 배려에 뭐라 대답해야 좋을지 알 수 없었다. 팀장님, 보기와는 달리 상냥하구나.

“감사합니다.”

“이런 일로 일일이…….”

“정말로 감사합니다. 진심으로요. 이럴 땐 감사해도 되는 거죠?”

팀장의 말을 끊는다는 건 상상도 못 할 일이지만, 이번만큼은 알아주었으면 했다. 정말로 고마워서 하는 말이라는 걸.

태령의 기세에 놀란 듯, 우준은 눈을 크게 떴다. 부리부리해서 매서워 보이는 눈이 커지자, 귀염성 있는 얼굴이 되었다. 계속 저런 표정을 짓고 있으면 한결 대하기 편할 텐데.

“그래요.”

곧 원래의 표정으로 돌아온 우준이 중얼거렸다.

“할 이야기는 끝입니까?”

“네, 그럼 가보겠습니다.”

태령은 총총 걸어서 탕비실을 나갔다. 태령이 나간 후, 우준은 탕비실 안으로 들어왔다. 좁은 탕비실에 남은 진한 커피 향기. 그 향기에 섞인 향수 냄새가 두 개, 그리고 체취가 하나.

'비열한 놈.'

연하게 남은 그녀의 샴푸 향을 맡으며 우준은 눈을 감았다.

'애인이랑 헤어져서 힘들어하는 여자를 보고 좋아하다니. 넌 정말 비열한 놈이다, 서우준.'

* * *

희원은 적정한 온도에서 세균을 배양하기 위해 기계를 세팅하다가 갑자기 울컥 화가 치밀어서 '유전자든, 세균이든 다 망해버려라!'하는 심정으로 연구실을 빠져나왔다. 아는 대학원생 몇 명과 마주쳐 실험실 앞 흡연 구역에서 담배를 피우는데, 두 번 다시 보고 싶지 않은 얼굴 하나가 다가오고 있었다. 희원은 묵묵히 담배 연기를 빨아들이며 그를 노려봤다.

"얘기 좀 하자."

가까이 온 준민이 말했다.

"쓰레기랑은 얘기 안 한다."

"얘기 좀 해."

"쓰레기랑은 얘기 안 한다고."

"태령이 얘기야."

"쓰레기와 내 친구 얘기라면 더더욱 안 하고."

“희원아.”

“가라. 맞은 데 또 맞기 싫으면.”

“심각한 일이야.”

“헤어졌냐?”

“그래, 헤어지긴 했는데…….”

희원은 담배를 재떨이에 비벼 끄고 친구들에게 양해를 구한 후, 준민과 함께 학생회관을 향해 걸었다. 점심시간도 아니라서 사람이 별로 없었다.

“여긴 정말 안 변한다. 여전히 지저분해.”

준민이 학생회관을 둘러보며 새삼스럽다는 듯 중얼거렸다.

“너보다 지저분하겠냐?”

“야, 윤희원.”

“내 이름 부르지 마라. 기분 똥 같아지니까.”

“…….”

“너랑 추억놀이 할 생각 없다. 본론만 얘기하고 꺼져. 내용에 따라 한 대 맞고 꺼져야 할 수도 있고.”

“넌 날 친구라고 생각 안 하는 거냐? 나도 너랑 어릴 적부터 친구였어. 태령이보다 먼저…….”

“말했지? 두 친구 중에 한쪽이 다른 한쪽에게 쓰레기 짓을 하면, 그때부턴 그 쓰레기는 내 친구 아니라고.”

“…….”

“네가 그 쓰레기가 아니라고는 말 못 할 텐데? 가슴에 손을 없고, 우리 학교 애들 다 듣게 네가 한 짓을 떠들어댈 수 있냐?
학교 여기저기에 네가 한 짓을 대자보로 써서 붙이고 나서도
이 학교에 뻔뻔하게 얼굴 들고 다닐 수 있어? 그러면 네가 쓰
레기 아니라는 걸 인정해 주지.”

“너랑 무슨 말을 하겠냐.”

“그럼 가시든가.”

준민은 가는 대신 희원에게 물었다.

“네가 태령이한테 얘기했지?”

“뭔 얘기?”

“나랑 태인이…… 사이.”

“얘기 안 했어. 말 못 한다고 했잖아. 난 그렇게까지 용기 있
는 놈이 아니야.”

“거짓말 마. 했잖아. 너, 원래 태령이 좋아하지 않았냐? 태령
이 좋아하니까 우리 사이 이간질해서…….”

“이 새꺄. 말이면 단 줄 알아? 네 눈에는 인간 사이가 성적
으로 좋아한다, 안 한다, 그거 두 개로만 나뉘냐? 그래, 태령이
좋아하지. 그런데 갠 친구야. 걔가 행복하면 좋고, 걔가 좋은
남자 만나면 좋아. 네가 좋은 남자였으면 내가 왜 화를 내? 그
리고 이간질? 너, 국어 모르냐? 이간질이 어떤 상황에서 쓰는
말인지 몰라? 초딩도 알겠다, 이 새꺄!”

“……어젯밤에 태령이가 찾아왔어.”

“근데?”

“나랑 태인이 사이를 알더라.”

“흐음.”

“확신하고 있더라. 추측하고 온 게 아니라 완전히 다 아는 눈치였어.”

“그래서?”

“헤어지자더라.”

“그리고 끝?”

“……응.”

“태령이는 정말 착하네. 나 같으면 끝까지 모르는 척 감추고 너랑 태인이한테 복수했을 텐데. 단물을 쪽쪽 빨아먹으면서.”

“……태령이가 어떻게 알았지?”

“꼬리가 길면 밟히는 법이지. 집 앞에서 그렇게 키스를 해대는데 안 걸리는 게 이상하지.”

“그걸…… 본 건가?”

“그걸 본 건 나고. 태령이는…… 제기랄. 우리가 싸우는 걸 봤나 보군.”

희원이 짜증스레 머리를 쓸어 넘겼다.

“아, 그럼 역시 너 때문이잖아! 네가 걔네 집 앞에서 그런 짓만 안 했어도!”

“안 했어도, 뭐? 영원히 태령이를 속일 수 있었을 거라고? 그렇게 태령이랑 결혼하고 애를 낳아서도, 태인이랑 몰래 만날 수 있었을 거라고?”

“그런 말이 아니라……."

“괜한 생각하지 마, 쓰레기. 그 자리에서 아무 짓 안 하고 헤어지자고 한 태령이한테 평생을 감사하고 살아. 나 같으면 확……."

희원의 시선이 준민의 하복부를 향해 내려갔다가 다시 올라왔다.

“잘라 버렸을 테니까."

“윤희원!”

“내 이름 닳겠다. 그만 좀 불러라."

“네가 뭔가 오해하는 모양인데, 내가 태령이를 싫어하는 건 아니야. 나도 태령이 좋아해!”

“하지만 태인이보다는 안 좋아한다는 거지?”

“아냐. 사귀는 동안에는…… 적어도 어느 순간부터는 태령이가 더 좋았어. 태령이를 진심으로 사랑했다고."

“그런데?”

“다시…… 태인이가 눈에 들어와서……."

“……."

“나도 괴로웠어. 태령이를 사랑했어. 태령이, 정말 밝고 씩씩하잖아. 같이 있으면 안심되고 내 고민도 잘 들어 주고. 정말 좋아했다고. 하지만 자꾸만 태인이한테 끌리는데 어떻게 해? 내가 어떻게 해야 됐던 거냐?”

“우리나라는 일부일처제야. 법적으로도 한 사람만 선택하라고 되어 있지. 그렇게 많은 여자를 끼고 살고 싶으면 일부다처제인 국가에 가서 살든가. 그럴 능력 없으면 태인이 눈에 들어왔을 때 태령이한테 솔직하게 말하고 헤어지든가. 그게 정상적인 남자가 하는 일 아니냐?"

더는 이야기하고 싶지 않았다. 희원은 자리에서 일어났다. 돌아서서 나가기 전, 생각난 것이 있어 덧붙였다.

"근데 그거 아냐? 일부다처제 국가에서도 돈 없고 능력 없는 남자들은 여자 못 얻어. 네 능력에 두 여자라니…… 진짜 꼴값이다, 병신아."

안 그래도 더럽던 기분이 더 더러워졌다. 희원은 이러다가 태령에게 저까지 미움을 받을 것 같아서 걱정이 됐다. 어제 싸우는 걸 봤다면, 자신이 그 사실을 이미 눈치채고 있었다는 것도 알게 되었을 텐데.

오늘 사과를 해야겠다고 생각하며 연구실로 돌아왔을 때, 아까 담배를 피울 때 같이 있던 친구가 다가왔다.

"아까 걔 경영과 이준민 아냐?"

사심이 가득 들어간 말투였다.

"맞아. 왜?"

"너랑 친구였어? 같이 있는 거 본 적이 없는데."

"친구 아냐. 걘 쓰레기, 난 인간. 친구가 될 수 없는 사이지."

"야, 아무리 그래도 친구한테 쓰레기가 뭐니? 걔 진짜 잘생겼더라."

"얼굴에 홀리지 마라. 남자는 얼굴이 다가 아니다. 그리고 걘 죽고 못 사는 여자가 있어."

"그래? 잘생긴 애들은 다 바람둥이인 줄 알았는데……."

"난 아니잖아."

"넌 세균들이랑 바람피우잖아. 이 세균, 저 세균. 그리고 너처럼 화려하게 생기면 여자 쪽이 꿀려서 안 돼. 여자보다 예쁜 얼굴은 싫어."

희원은 깔깔 웃는 친구를 무시하고 다시 기계로 향했다.

이준민. 그래, 잘생겼다. 남자가 봐도 잘생긴 얼굴이니, 그건 인정하자. 그래서 어릴 때나 지금이나 여자들에게 인기가 많다. 그나마 어릴 때는 여자에게 관심이 없었다. 아무 생각 없이 여자애들 고무줄 끊으며 놀던 시기도 있었다. 그때는 준민과 이런 사이가 될 줄 몰랐다. 준민이 이런 놈으로 성장하게 될 줄도 몰랐다.

'왜 이렇게 돼버린 거지?'

나이가 들면서 친구가 하나둘씩 사라지는 건, 아마도 이런 이유 때문일 것이다. 많은 생각들이 자리 잡고, 친구를 판단하는 여러 가지 기준이 성립되면서, 하나하나 잘라나가게 되는 거겠지.

어릴 적 태령과 준민, 희원까지 셋이서 공놀이를 하며 놀던 때가 떠올라 가슴이 싸해졌다. 더는 연구에 집중할 수가 없어서 휴대폰을 꺼냈다.

[태령아.]

답장이 오지 않으리라 생각했는데, 평소와 다름없는 답장이 왔다.

[응냐.]

[괜찮냐?]

[아니. 슬프고 서운하고 화나고.]

[미안하다.]

[나 지금 일하는 중. 저녁에 볼까?]

[그래. 퇴근 때 연락해. 근처로 갈게.]

[응. 이따 봐!]

마지막 문자를 뚫어져라 응시했다. 아무렇지도 않게 보낸 문자에 서글픔이 담겨 있는 것 같아 가슴이 아팠다.

태인이 싫었다. 태인이 싫어진 건 초등학교 5학년 때부터였다. 그 전까지는 막연히 '예쁜 애다.'라는 생각만 갖고 있었다.

아마 태령의 생일 이튿날이었을 것이다. 태령이 그 당시 유행인 공주 캐릭터의 시계를 차고 온 적이 있다. 남자 같은 옷만 입고 다니던 태령인데, 분홍색 시계를 차고 와서 자랑하는 모습이 생소해서 기억에 남았다.

부모님이 생일 선물로 주신 거라며, 태령은 굉장히 애지중지했다. 친구들이 한 번 보자고 하면 "고장 내면 안 돼!"라며 조심조심 보여줬었다. 그리고 이틀 후부터, 태령의 손목에선 그 시계를 찾아볼 수가 없었다.

"그 시계, 안 차냐?"

애지중지하다 못해 집 서랍에 감춰둔 건가 싶어서 물었는데, 태령은 웃으며 대답했다.

"동생이 갖고 싶다고 해서 줬어. 엄마가 난 나중에 더 좋은 걸로 사주시겠대."

초등학교 5학년. 타인의 슬픈 미소를 눈치채기에는 어린 나이었다. 하지만 희원은 태령이 진심으로 웃는 것 같지 않다고 느꼈다. 그것은 희원의 눈치가 빠르기 때문이 아니라, 그만큼 태령의 미소가 슬프고 서러웠기 때문이었다.

그 이후, 태령의 손목에 시계가 채워지는 날은 오지 않았다.

그때부터였다. 잘 알지도 못하는 태인이 끔찍하게 싫어진 것은. 희원에게 태인은 태령을 슬프게 하는 존재였고, 태령이 좋아하는 것을 다 빼앗아가는 존재였다. 그런 여자를 좋아하는 친구들도 이해가 되지 않았다.

태인이라면 죽고 못 살 것처럼 굴던 준민이 태령을 사랑하게 되었다고 했을 때는, 진심인 줄 알았다. 정말이지 감쪽같이 속았다. 태령에게 구애를 하는 준민은, 옆에서 지켜보는 희원의 눈에도 안쓰러울 정도로 애절했다. 그래서 나중에는 준민을 응원하기까지 했다.

그래, 이준민. 네가 태령이의 기둥이 되어라. 태인이가 모든 걸 다 뺏어도 너만큼은 태령이 옆에 있어 줘.

그런 놈이 가장 큰 아픔이 되어 태령의 뒤통수를 칠 줄이야.

희원은 속이 쓰렸다.

점심시간이 되자마자 사무실 문이 열리고 미혜가 난입해 들어왔다. 유정은 도끼눈을 하고 미혜를 쏘아봤지만, 미혜는 아랑곳하지 않고 태령에게 말했다.

"태령 씨, 우리 같이 점심 먹자."

"야, 우리 태령 씨가 왜 너랑 밥을 먹어?"

"회사 일 좀 알려 주려고 하지. 넌 제대로 못 하니까."

"팀장님이 직접 제대로 알려 주고 있으니까 신경 끄시지."

"남자가 알려주는 거랑 여자가 솔직담백하게 알려 주는 거랑 같니?"

"그럼 우리 팀장님은 남자라서 음흉한 너구리처럼 알려 준다는 거야?"

"그런 말은 아니고…… 난 좀 더 진솔한 사회생활을 알려 주고 싶다는 거지."

유정과 미혜가 태령을 사이에 두고 싸우는 동안, 다른 팀원들은 불똥이 튀기 싫다는 듯 사무실을 빠져나갔다. 둘의 싸움을 끝낸 것은 우준이었다. 팀장실에서 나온 우준은 인상을 찌푸리고 유정과 미혜를 쳐다봤다.

"팀장님, 정 팀장이 우리 팀 팀원을 데리고 나가서 밥 먹겠
대요!"

유정이 고자질하자, 미혜가 반박했다.

"팀장님, 전 그냥 회사 생활에 대해서 자세히 알려 주려고
하는 거예요. 같은 여자끼리 할 수 있는 이야기도 더 많으니까
요. 안 돼요?"

우준은 작게 한숨을 쉬더니

"마음대로 하세요."

하고는 사무실에서 나갔다.

태령은 의외라고 생각했다. 날고뛰는 우준도 미혜 같은 타
입에게는 약한 모양이다.

'정 팀장님이 우리 팀장님 타입인가?'

유정은 라이벌 의식 때문에 부정하고 있을 뿐, 어쩌면 우준
이 약간은 미혜에게 호감을 갖고 있는 걸지도 모른다. 미혜가
아무 반응도 없는 남자를 4년이나 바라볼 바보 같은 여자로 보
이진 않았다.

"들었지? 불고기 백반 먹자. 오늘은 내가 쏠게."

미혜가 억지로 태령의 팔짱을 껴서 일으켰다. 유정이 냉큼
태령의 반대쪽 팔에 팔짱을 끼었다.

"그럼 나도 같이 가."

"하여간 쟤는 안 끼는 데가 없어."

미혜는 투덜거렸지만 구태여 유정을 떼어 내기 위해 애쓰진

않았다. 애써도 통하지 않을 상대라는 걸, 긴 경험을 통해 알고 있기 때문이었다.

뚝배기 안에서 보글보글 끓는 불고기 백반을 보니 허기가 졌다. 애인과 헤어지면 식음을 전폐하기도 한다는데, 이건 어떻게 된 신경인지 모르겠다.

“먹어. 여기 맛있어.”

미혜의 말에 숟가락을 들었다. 짭쪼름한 불고기 백반은 미혜가 자랑스럽게 데리고 올 정도로 맛있었다. 먹을 때만큼은 유정도 아무 말이 없었다.

“요샌 무슨 일해?”

반쯤 먹었을 때, 미혜가 날 선 목소리로 물었다. 태령은 수저를 멈추고 미혜를 쳐다봤다.

무슨 일? 말하면 안 되는데.

우물쭈물하고 있는데 유정이 대신 대답했다.

“남의 팀 일에 신경 *끄서*.”

“유정 씨, 같은 회사에서 남의 팀, 우리 팀이 어디 있어? 내가 제2팀 일을 뺏어갈 입장인 것도 아니고. 무슨 일해, 태령 씨? 팀장님이 따로 맡긴 일 있지?”

팀원들에게도 하지 말라는 이야기를 미혜에게 할 수는 없었다.

“팀장님이 따로 맡긴 일이 없으면 팀장실에 그렇게 자주 들어갈 일이 없잖아. 요새 보니까 팀장실에 자주 들락거리던데.

설마…… 너 우리 팀장님 꼬시고 있는 거 아냐?”

태령이 대답하지 못하자 미혜가 기회를 잡았다는 듯 물었다.

‘꼬셔? 팀장님을? 내가?’

미혜는 상상도 할 수 없는 방향으로 추리를 하고 있었다. 남들 눈에는 그렇게 보이는 건가 싶어 당황했는데, 유정이 얼른 받아쳤다.

“그럴 리가 있냐? 미친개 구역에 들어가 봐야 물리기밖에 더해? 거기서 미친개를 꼬시고 싶은 생각이 들겠니?”

“모를 일이지. 취향이 특이한 걸지도.”

“말도 마. 태령 씨, 어제 남자 친구랑 헤어졌대.”

“뭐? 역시 팀장님한테 딴마음을 품어서…….”

“야, 넌 어떻게 된 애가 그런 식으로만 생각이 돌아가? 태령 씨, 남자 친구 얘기 얘한테 해도 돼?”

태령이 고개를 끄덕이자마자 유정이 잘 됐다는 듯 준민의 이야기를 꺼냈다. 관심 없다는 듯 듣던 미혜는 이야기가 진행될수록 표정이 바뀌었다. 이야기가 끝날 무렵에는 탕비실의 두 여자를 합친 것보다 더 심한 욕설을 내뱉고 있었다. [헤어진 남자 친구 욕, 대신 해 드립니다.]에는 미혜가 빠져선 안 될 것 같다.

인체의 하나하나를 샅샅이 드러내어 탐구하듯 집요하게 욕설을 내뱉는 미혜를 태령은 멍하니 쳐다봤다. 우와, 저런 욕도 있구나. 와, 저건 생각도 못 한 욕이네. 욕에는 일가견이 있는 유정도 태령과 같은 표정이었다.

창조적인 욕설을 마음껏 펼친 미혜가 문득 정신을 차리고 물었다.

"태령 씨 동생이 그렇게 예뻐? 도대체 얼마나 예쁘기에 태령 씨를 이용하면서까지 동생을 보려고 해?"

"엄청 예뻐요."

"사진 없어, 사진?"

"있긴 한데……."

"어디 좀 보자."

미혜가 손을 내밀었다. 난감했다. 회사 사람들에게까지 태인의 얼굴을 보여주고 싶진 않았다. 그러면 태령을 볼 때마다 태인과 비교를 하며 '동생은 그렇게 예쁘던데…….'라는 생각들을 할 것이다.

도움을 청하기 위해 유정을 돌아봤지만, 유정도 궁금하긴 마찬가지인지 이번만큼은 미혜에게 어깃장을 놓지 않았다. 태령은 별수 없이 휴대폰을 꺼내 사진을 띄웠다.

"와, 정말 예쁘네."

유정이 중얼거렸다. 당연한 반응이다. 누구라도 감탄사가 나오게 할 만큼 예쁘니까.

"별론데."

미혜가 시큰둥하게 말했다.

"질투하냐?"

유정의 말에 미혜가 피식 웃었다.

"내가 질투를 하는 대상은 생생하게 살아 움직이는 여자에게 한정돼. 앤 별로야. 인형한테 뜨거운 사랑을 느끼는 남자가 몇이나 되겠어? 태령 씨한테는 미안한 말이지만, 태령 씨 전 남자 친구란 놈은 변태인 게 분명해."

너무 단호하게 말을 하니 반박할 수가 없었다.

"태령 씨 동생은 이제 됐어. 앤 우리 회사에 들어와 봐야 팀장님 눈에도 안 들겠네."

미혜가 두 손을 깍지 끼고 턱을 괴었다. 그리고 태령을 지그시 응시했다.

"태령 씨, 우리 팀장님한테 마음 없는 거 확실하지?"

"무섭다는 마음은 있는데요."

"사랑하는 마음은?"

"있을 리가요……."

"그래, 그럼 됐어. 애인이랑 헤어진 사람한테 자꾸 이러는 것도 싫고…… 복수할래?"

"네?"

"태령 씨 전 남자 친구가 땅을 치면서 후회하게 하고 싶지 않아?"

"별로…… 그런 마음은 없는데……."

"없으면 어떻게 해? 태령 씨를 이용한 놈이잖아. 그런 놈은 앞으로 평생 후회하면서 살게 해 줘야지.”

“그런가요?”

“여자가 그렇게 패기가 없어서 어떡할래? 나한테 잘해 주는 사람에게는 잘해 준다. 나를 화나게 해 준 사람은 잘근잘근 밟아서 하늘 못 보고 살게 해 준다. 그 정도 패기는 있어야 이 각박한 세상을 헤치고 살아갈 수 있는 거 아냐?”

“아아, 네에.”

미혜의 기세에 밀렸다.

“복수해. 방법은 여러 가지야. 소꿉친구라고 했지? 그럼 동창들한테 연락 돌려. 그놈이 태령 씨한테 무슨 짓을 했는지, 뺄 건 빼지 말고 더할 건 더해서 낱낱이 일러 주는 거야.”

“그럼 제 동생까지 욕을 먹게 될지도 몰라서…….”

태령의 말에 미혜는 황당하다는 표정으로 중얼거렸다.

“착한 척은…….”

뜨끔했다.

착한 척. 착한 아이 콤플렉스.

우준에게도 들었던 말이다.

그런 걸까? 이런 상황에서 태인을 생각하고, 태인의 입장을 대변하는 것은 착한 척인 걸까? 가족이라면 당연히 하게 되는 생각이 아닌 걸까?

같은 회사에서 두 명에게 ‘착한 척’이라는 말을 듣자 혼란스러웠다. 지금껏 ‘가족을 위해’라고 여기며 살아왔던 인생이 전부 부정당하는 느낌이다.

"동생을 개입시키고 싶지 않은 거면…… 좀 꾸며 보는 건 어 때?"

유정이 말했다.

"화장도 좀 하고, 옷도 예쁘게 입고…… 그러면 그놈이 아까운 여자를 놓쳤다고 후회하지 않을까?"

"그건 안 돼!"

미혜가 소리를 높였다. 주위에 있던 사람들이 돌아봤지만 미혜는 아랑곳하지 않았다.

"절대 안 되지. 그러다가 미친개까지 태령 씨한테 관심을 보이면 어떡해?"

"미친개가 그럴 인간이냐?"

"사람 일은 모르는 거야."

"흐음. 외모로 태령 씨를 이길 자신이 없나 보지?"

"그런 건 아니거든."

태령은 머리가 아팠다. 하아. 이 사람들은 정말 쉴 새 없이 싸우는구나.

어쩌면 미혜와 유정은 서로에게서 힘을 얻고 있는 걸지도 모른다는 생각이 들었다. 회사에 오면 마음 놓고 감추는 것 없이 어깃장을 놓을 수 있는 상대가 있기에, 출퇴근하는 시간이 즐거울지도 모르겠다.

'그래, 이 두 사람은 어쩌면 진짜 친한 사이일지도 몰라.'

미혜와 유정이 정작 태령은 관심 없는 태령의 복수를 두고 다투는 동안 점심시간이 지나갔다. 출판사로 돌아와 미혜와 헤어진 후, 유정이 작은 목소리로 말했다.

"태령 씨, 농담 아니고…… 좀 꾸며 봐. 태령 씨 꾸미면 정말 예쁠 것 같거든."

"그럴까요?"

"응. 같은 동네에 산다면서? 오다가다 안 마주칠 수가 없을 텐데, 깜짝 놀라게 해 주고 싶지 않아?"

자리로 돌아와 앉았다. 서랍에 넣어 두었던 거울을 꺼내 거기에 비친 얼굴을 들여다봤다. 까무잡잡한 얼굴에 약간의 기미, 갸름한 눈. 요새는 동양적인 얼굴이 대세라지만, 그건 아기자기하게 생긴 사람들 얘기다. 태령은 너무 크고, 예쁘다기보다는 남성스럽게 생겼다. 어릴 적에 머리를 짧게 자른 적이 있는데, 남자로 오해를 받았었다.

'꾸민다고 될 얼굴이 아니지.'

하지만 미혜와 유정의 이야기를 들으며 헛바람이 들었다. 오며가며 마주치게 될 준민에게 멋진 모습을 보여주고 싶은 욕심도 있기는 했다.

'하지만 그건 또 다른 미련 아냐? 그냥 무관심해지는 게 최대의 복수 아닌가?'

무관심해지는 것이 최대의 복수인 게 맞다. 복수를 생각하는 이 순간에도 가슴이 뜨끔뜨끔 아프니까. 이준민이란 사람에 대해 아예 생각하고 싶지 않은데 쉽지 않았다. 생각이 난다. 함께한 시간이 그립기도 하다.

간신히 이준민을 떨치고 일에 집중했다. 외국어로 된 미쉘 챤에 대한 기사를 읽는 동안에는 번역을 하느라 다른 생각을 할 수가 없었다. 이런 시기에 일을 맡게 되어서 다행이다.

희원을 만나기로 했기 때문에, 퇴근 시간이 되자마자 유정에게 물었다.

"대리님, 먼저 퇴근해도 될까요?"

"응, 당연하지. 들어가서 푹 쉬어. 마음 잘 추스르고. 보고 싶어진다고 연락하고 그러면 안 돼."

"네, 감사합니다."

자기 일처럼 욕해 주고 신경 써주는 유정에게 고마웠다. 사무실에서 나와 희원에게 전화를 걸었다. 희원은 회사 근처 커피숍에 있다고 했다.

커피숍 안으로 들어가자마자 희원을 발견했다. 희원은 눈에 띄는 외모였다. 왕자라는 호칭이 어울릴 만한 화려한 얼굴. 흰 피부와 커다란 눈은 태령보다도 더 여자 같았다. 어릴 때는 희원이 여자, 태령이 남자로 오해를 받곤 했었다.

담배를 피우며 창밖을 보던 희원은 담뱃재를 털다가 태령을 발견하고는 해사한 미소를 지었다. 아, 역시 눈부셔. 태령은 속으로 웃으며 희원에게 다가갔다.

"미안해."

태령이 테이블에 도착하자마자 희원이 고개를 푹 숙이고 사과했다. 옛날의 무사 같은 행동에 태령은 작게 웃었다.

"됐어."

"네가 화내도 할 말이 없다."

"너한테 화낼 일이 아니잖아. 네가 잘못한 것도 없고."

"알면서도 말을 안 했잖아."

"못한 거겠지. 내가 눈이 멀어 있으니까."

"넌 그게 문제야."

고개를 든 희원이 불만족스레 말했다.

"내 입장 변명은 내가 해야 되는 거야. 그런데 왜 네가 내 입장을 대변해 주냐?"

"그럼 멱살이라도 잡아 줄까?"

"그래. 내가 때리는 법 알려 줬잖아. 한 대 날려."

"그럼 예쁜 얼굴 망가지잖아."

"그만 좀 참아."

장난스러운 태령과 달리 희원은 진지했다.

"화를 내야 되는 순간에도 참는 건, 한두 번으로 족해. 참을 인자도 세 개만 그리면 되는 거야. 그런데 넌 지금 몇 개를 그리고 있는 거냐?"

희원에게 이런 이야기를 듣는 건 처음이다. 희원의 말은 '착한 척'만 빠져 있을 뿐 우준과 미혜에게 들었던 말과 일맥상통했다. 충격이다.

“너도 내가 착한 척하는 것처럼 보여?”

태령의 질문에 희원이 작게 한숨을 쉬었다.

“착한 척이든, 정말 착한 거든…… 둘 다 답답하고 안쓰러워.”

“답답하고 안쓰럽다라…….”

“비난하는 게 아냐. 착한 건 좋은 거지. 그게 척이든, 진짜든. 다만…… 친구로서 보기 괴롭다.”

“괴로울 정도야?”

“그래.”

“그건 문제네.”

“문제지.”

잠시 침묵이 흘렀다.

쓴소리를 한 희원이 이 침묵을 불편해 할 것이 틀림없지만, 이야기할 기분이 아니었다. 충격이다. 정말로 충격이다.

착한 척을 할 생각은 없었다. 남을 답답하게 할 생각도 없었다. 그저 내가 조금만 참으면 무난한 관계를 유지할 수 있으니까 그리 해 왔던 것뿐이다. 그것이 다른 사람들로 하여금 안쓰럽고 답답하게 느껴지게 할 줄은 몰랐다.

살아온 28년 인생 내내 사람들은 내게 그런 감정을 품고 있었던 걸까? 친구도, 가족도, 연인도, 동료도?

“내가 잘못 살았나?”

내뱉듯이 한 말에 희원이 고개를 저었다.

“아니. 잘못 살았으면 나 같은 친구를 얻지 못했겠지.”

“틈새 잘난 척은.”

희원이 피식 웃었다.

“내 말에 너무 마음 두지 마. 그냥 내가 너무 속상해서 이러는 거니까.”

“그래. 마음 안 써.”

이번에도 태령은 상한 마음을 감추고 고개를 끄덕거렸다. 28년을 그리 살아왔는데, 이제 와서 갑자기 성격이 바뀔 리는 없었다.

아무 일도 없었던 것처럼 가볍게 잡담을 나누다가 커피숍에서 나왔다. 희원이 같이 저녁을 먹자고 했지만 무언가를 먹을 기분이 아니었다. 태령은 할 일이 남았다고 하고 희원과 헤어져 회사로 돌아왔다.

‘이런 게 식음을 전폐하는 건가?’

물 한 모금 마시기 싫다. 준민과 헤어진 충격보단 ‘착한 척’이라는 말을 들었다는 충격이 더 컸다. 한 사람도 아니고 몇 명에게나 들었다. 그중에 한 명은 제일 친한 친구다. 그것도 아주 오랜 시간을 함께 해 온 친구. 그런 친구가 태령을 잘못 보고 있을 리 없었다.

‘내 성격에는 문제가 있는 게 분명해.’

하지만 아무리 생각해도 자신의 입장에서 무엇을 어떻게 할 수 있는지 알 수가 없었다. 언제 죽을지 모르는 아픈 동생이 있다. 그 동생을 위해 쌍둥이 언니가 약간의 희생을 한다. 그 동생이 안쓰러워서 가족들 전부가 동생에게 마음을 쓴다.

그게 나쁜 걸까? 다른 가족들은 이러지 않는 걸까?

"한태령 씨는 늘 이 시간에 회사에 남아서 딴짓을 하고 있군요."

"팀장님."

태령은 벌떡 일어나, 팀장실에서 나온 우준을 쳐다봤다.

'팀장님은 늘 딴짓을 하고 있을 때만 나오시는군요.'

"일이 많습니까?"

"아니요. 곧 퇴근하려고요."

"그래요."

우준은 무심히 대답하고는 사무실 입구를 향해 걸어갔다. 사무실 입구로 가려면 태령의 뒤를 지나가야 했다. 스쳐 지나가는 우준에게서 좋은 향기가 났다. 시원한 스킨 향. 저도 모르게 돌아보다가 마침 걸음을 멈추고 돌아 본 우준과 눈이 마주쳤다.

심장이 덜컥 내려앉았다.

"저녁 먹었습니까?"

우준이 물었다.

"아직이요."

'심장이 왜 덜컥거린 거지?'

태령은 이상하다고 생각하며 대답했다.

"그럼 같이 먹읍시다."

"같이요?"

"싫습니까?"

"아, 아닙니다."

태령은 얼른 일어나 가방을 들었다. 막 들어와서 앉아 있던 터라 챙길 것은 없었다.

"좋아하는 음식 있습니까?"

엘리베이터를 타고 내려가며 우준이 물었다.

"다 잘 먹습니다."

"하나만 골라보세요."

이건 상사로서의 명령일까?

뭔가를 먹으러 갈 때 메뉴를 하나만 고르는 건 어려운 일이었다. 이것도 먹고 싶고, 저것도 먹고 싶고. 실제로 뭐든 잘 먹기에 상대의 취향에 맞추는 편이다.

'착한 척한다.'라는 말에 휘둘리고 있는 태령은, '아무거나 좋습니다.'라는 대답까지도 '착한 척'에 속할까 두려워 쉬이 대답할 수가 없었다.

뭘 좋다고 해야 할까? 하나만 고르라면 뭘 골라야 할까? 이 근처에 어떤 음식점이 있더라? 요새 동료들이랑 뭘 먹었지?

고민을 하다 보니 1층에 도착했다. 밖으로 나가기 전 대답을 해야 한다는 생각에 가장 간단한 음식을 말했다.

"자장면 좋아합니다."

"그래요."

고민한 시간이 무색할 정도로 우준의 대답은 간결했다. 우준은 말없이 걸었고 태령은 같이 저녁을 먹겠다고 한 자신의 행동을 후회했다.

저녁이고 뭐고 집에 가고 싶어!

출판사 건물 옆에 있는 골목으로 들어가 한참을 걸었다. 이쪽으로, 저쪽으로 방향을 바꿔가며 걷는 동안 우준은 아무 말도 하지 않았다. 자기가 먼저 저녁을 먹자고 했으면, 예의상의 잡담이라고 할 법한데 그런 것조차 없었다. 침묵이 무거워서 일 얘기라도 해볼까 했지만, 업무 이외의 시간엔 일 얘기를 하지 말라던 것이 떠올라 그만뒀다.

이윽고 우준이 어느 가게 앞에서 걸음을 멈췄다.

"괜찮겠습니까?"

우준이 들어가면 꽉 찰 것 같은 작고 허름한 중국집이었다. 서우준이라고 하면 인텔리한 느낌이 떠오르기에, 이런 곳에서 밥을 먹는 그가 상상되지 않았다.

가볍게 고개를 끄덕이자 우준이 먼저 안으로 들어갔다. 문이 작아서 우준은 고개를 숙여야 들어갈 수 있었고, 태령도 자칫 잘못하면 정수리가 문 끝에 닿을 것 같았다.

작지만 알려진 맛집인 모양이라고 생각한 것과 달리, 가게 안은 한산했다. 몇 개 안 되는 테이블마저도 비어 있었고, 안쪽으로 방이 없는 걸로 봐선 손님이라고는 태령과 우준뿐인 듯했다.

부부가 운영하는 듯 주방 쪽에서 “여보, 손님!” 하고 짜증스러운 여자의 목소리가 들려왔다. 곧 험한 생김새의 남자가 나와 귀찮다는 듯 메뉴판을 던졌다. 이런 일에 화를 낼 것 같은 우준이지만, 의외로 담담히 메뉴판을 펼쳐 태령의 앞으로 내밀었다.

“고르세요.”

“자장면이요.”

“그냥 자장면이요?”

“네.”

“자장면 두 개 주세요.”

우준이 메뉴판을 남자에게 돌려주며 말했다. 남자는 우준을 쳐다보지도 않고 주방을 향해, “자장면 두 개.”라고 외쳤다. 작은 접시에 담긴 단무지와 생양파, 춘장이 나왔다. 다른 때라면 먼저 나온 밑반찬을 집어먹는 태령이지만, 지저분해 보여서 젓가락이 나가질 않았다. 우준은 꼿꼿하게 앉아 태령을 응시하고 있었다.

‘팀장님이 왜 같이 저녁을 먹자고 한 거지?’

태령은 도무지 이해할 수 없었다. 같이 저녁을 먹자기에 할 말이 있는 줄 알았다. 그런데 오는 내내 아무 말도 없었고, 앉은 후에도 말이 없다. 그저 지켜보고 있을 뿐이다. 빤히.

우준의 시선은 날카로워서 속이 파헤쳐지는 기분이 들었다.

가만히 앉아 있기 힘든데, 그렇다고 팀장 앞에서 주리를 틀어 댈 수도 없는 일이다.

자장면은 금방 나왔다. 불어터진 면발 위에 대충 부은 자장 소스. 자장 소스는 묽어서 보기만 해도 식욕이 떨어졌다. 누가 먹다 남긴 소스가 아닌지 의심이 될 정도였다.

우준은 말없이 젓가락을 들었다. 하늘같은 팀장이 불만 없이 밥을 먹는데, 그 앞에서 음식 투정을 할 순 없었다. 태령은 젓가락으로 면과 자장을 휘휘 비볐다. 한 젓가락 집어 올리긴 했지만 도무지 입으로 가져갈 수가 없었다.

'팀장님은 어떻게 저렇게 아무렇지도 않게 드시지?'

약간의 결벽증이 있다고 들었다. 하지만 금방이라도 바퀴벌레가 나올 것 같은 가게에서, 먹다 남긴 것 같은 자장면을 먹는 우준은 결벽증은커녕 결벽의 '결'자도 모르는 사람처럼 보인다.

태령은 울며 겨자 먹기로 자장면을 입에 쑤셔 넣었다. 맛없다.

보이는 것과 달리 놀라운 맛일지도 모른다는, 약간의 희망은 산산조각이 났다. 면은 너무 불어서 입 안에서 뚝뚝 끊겼고 소스의 맛은 형편없었다. 면과 어우러지지 않고 따로 노는 맛이다. 이제껏 먹어본 자장면 중 가장 맛없다고 해도 과언이 아니었다.

그렇다고 먹는 걸 멈출 순 없다. 팀장이 앞에 있다.

‘일이라고 생각하자. 이건 업무의 일환이야.’

태령은 굳은 마음을 먹고 자장면을 꾸역꾸역 먹어치웠다. 맛도 없는데 많기는 왜 이리 많은 건지. 태령이 간신히 그릇을 비웠을 때, 우준도 다 먹은 후였다.

“갑시다.”

태령이 젓가락을 내려놓고 물을 한 모금 마시자, 우준이 말했다. 거절할 이유가 없다. 이런 곳에는 한시라도 더 앉아 있고 싶지 않다. 이 가게는 분명 바퀴벌레가 나올 것이다.

계산은 우준이 했다.

“그럼……..”

“술 한 잔 하겠습니까?”

가보겠다는 말을 꺼내려는데 우준이 물었다. 태령은 마른침을 삼키며 우준을 올려다봤다.

이 사람이 왜 이러지?

방금 나온 중국집처럼 무시무시한 곳에 데려갈 것 같아서 두려웠지만, 상사의 제안이다. 태령은 일그러지는 표정을 애써 갈무리하고 고개를 끄덕였다.

“네, 하겠습니다.”

이쯤 되니 오기가 생겼다. 아무리 최악인 곳에 데리고 가도 다 먹고 다 마셔 주겠어!

이번에도 골목을 걸었다. 여기로, 저기로. 한참을 걷다가 나온 곳은 일본풍의 화려한 술집이었다. 가게 앞에는 빨간 깃발이 나부끼고 있었다.

사람이 많았지만 시끄럽진 않았다. 종업원의 안내를 받아 안쪽의 방으로 들어갔다. 좌식 의자가 놓인 방은 일본 느낌이 물씬 풍겼다.

이번에도 우준은 메뉴판을 태령의 쪽으로 펼쳐줬다. 고급스러운 분위기와 달리 가격은 그리 비싸지 않았다.

"골라 보세요."

"이런 데는 와본 적이 없는데……."

"골라 보세요."

정말 왜 이러는 걸까?

우준의 강압적인 태도에 화가 날 지경이었다. 태령은 꾹꾹 눌러 참으며 가장 무난한 어묵을 골랐다. 어묵과 사케. 일본식 주점은 처음이라 어울리는 조합인지는 모르겠다. 우준은 별말 없이 종업원을 불러 주문을 했다.

종업원이 나간 후, 또다시 침묵이 찾아왔다. 종업원은 어째서 방으로 안내를 해 준 걸까? 문이 닫히는 공간은 침묵을 더 무겁게 만든다. 침을 삼키는 소리가 들릴 것 같아, 태령은 침도 제대로 삼키지 못하고 얼른 안주와 술이 나오기를 기도했다.

길고 긴 침묵의 시간이 흐른 후, 어묵과 사케가 나왔다. 우준은 예쁘게 생긴 술병을 집어 태령의 잔에 따라 줬다. 태령도 따라 주려고 했는데, 우준은 자기 잔을 자기가 채웠다.

“제가…….”

“됐습니다. 술 따라 달라고 데리고 온 거 아닙니다.”

우준이 차갑게 거절했다. 민망하다.

“저녁은 맛있었습니까?”

우준이 물었다. 마시기 전에 건배를 해야 하나, 말아야 하나 고민을 하던 태령이 고개를 휙 들어 우준을 쳐다봤다. 이 사람이 진심으로 묻는 걸까?

“네, 맛있었습니다.”

우준의 미간에 주름이 생겼다.

“한태령 씨는 미각이 이상하군요. 난 정말 맛없었는데.”

“네, 사실 저도…….”

“그럼 왜 맛있다고 했습니까?”

“네?”

“거길 데리고 간 내 기분을 생각해서였습니까? 아니면 내가 상사이기 때문입니까?”

“아…….”

“한태령 씨, 정말 피곤한 성격이군요.”

참을 인 자가 어떻게 쓰는 거더라.

거침없이 비난하는 우준을 앞에 두고, 태령은 참을 인 자를 쓰는 방법을 떠올렸다. 그러지 않으면 상대가 하늘같은 상사라는 것도 잊고 화를 낼 것 같았다.

태령은 우준에게서 시선을 떼고, 테이블 위의 잔을 물끄러미 웅시했다.

"맛없는 걸 먹었을 때 맛없다는 말 정도는 해도 됩니다. 한 태령 씨는 그런 말도 못하는 성격입니까?"

"절…… 시험하신 건가요?"

태령은 잔을 노려보며 작은 목소리로 웅얼거렸다.

"뭐라고요?"

태령은 고개를 들어 우준을 쳐다봤다.

"절 시험하신 건가요? 맛없다고 하나, 안 하나 보려고?"

"그렇다면요?"

태령의 속을 읽은 우준은 뻔뻔할 정도로 표정이 없었다. 저 남자는 미소라는 걸 지어본 적이 있기는 할까?

"왜 그런…… 행동을 하신 건지 모르겠습니다."

"형편없는 가게엘 데리고 가도 쓴 소리를 안 듣는 상사인데, 이런 소리를 하면 뭐 어떻습니까?"

"아무리 그래도……."

'그건 아니죠.'라는 말은 삼켰다. 우준은 뒷말을 기다리는 듯 태령을 지켜보고 있었다. 이 사람은 나에게 뭘 기대하는 거지? 태령은 도통 알 수 없었다.

우준과 태령은 그저 출판사의 팀장과 팀원 사이일 뿐이다. 태령의 성격이 일에 지장을 주지 않는 이상, 우준이 그것을 지적할 이유는 없었다. 그럴 권리도 없다.

"웁니까?"

태령이 고개를 숙인 채 아무 말도 하지 않자, 우준이 물었다. 태령은 고개를 번쩍 들고 우준을 노려봤다.

"안 웁니다."

"울고 싶으면 우세요."

"이런 일로는 안 울어요."

"이런 일이 어떤 일인데요?"

"팀장님이 내 성격 마음에 안 든다고 지적하는 일이요!"

헉!

내뱉고 나서 태령은 후회했다.

'내가 뭔 소리를 한 거지? 이 정도는 참을 수 있잖아!'

"좀 낫군요."

우준이 말했다.

"더 해 보세요."

"아닙니다. 죄송합니다, 팀장님."

태령의 사과에 우준이 작게 한숨을 쉬었다.

"이런 일로 일일이 사과하지 말라고 했을 텐데요."

"제 성격이 일에 지장을 주나요?"

태령이 어렵게 물었다.

"아니요."

"그런데 왜 이러시는 건지 모르겠습니다."

"답답해서 그럽니다."

"……."

"한태령 씨가 전에 다니던 회사의 편집장님이 태령 씨의 근무 태도에 대해 얘기를 해 주더군요. 그중 하나가 자기 일이 아닌 걸 시켜도 말없이 잘 해낸다는 건데…… 편집장님은 그걸 칭찬이라고 하신 거겠지만, 내 팀에서는 안 그렇습니다. 제2 잡지 팀의 팀원들을 보면서 느낀 거 없습니까?"

'팀장님을 미친개로 생각한다는 점?'

"다들 자기 할 말은 하고 삽니다. 부당한 일을 시키면 싫다고 하고, 견딜 수 없을 때는 화를 내기도 합니다."

우준은 정말로 저렇게 생각하는 걸까?

태령은 황당했다. 팀원들은 우준에게 하고 싶은 말을 하지 못했다. 팀원들 간에는 선후배 할 거 없이 자유롭게 소통하는 것이 사실이었지만, 우준에게만큼은 그러지 못했다. 지난번에 부당하게 책상을 치우라는 소리에도 꼼짝 못 하지 않았는가.

"형편없는 가게에 데리고 갔을 때 맛없다는 얘기 정도는 자유롭게 하세요."

우준이 다시 입을 다물었다. 둘은 말없이 채워진 잔을 비웠다. 우준이 병을 집어 들려고 하기에, 태령이 먼저 손을 뻗었다. 태령은 우준의 잔을 채우고, 자신의 잔도 채우며 말했다.

"그 자장면, 정말 맛없었습니다. 가게도 너무 더러웠고요. 두 번 다시 가고 싶지 않아요."

"그래요. 그럼 가지 맙시다."

"사실 자장면을 좋아하지도 않습니다."

"그럼 뭘 좋아합니까?"

"라멘이요."

"그래요. 나도 라멘을 좋아합니다."

이제까지와는 다른 부드러운 음성엔 무언가 그리운 것이 담겨 있었다. 태령은 고개를 들어 우준의 얼굴을 쳐다봤다. 차가워 보일 정도로 무심한 얼굴. 방금 그립고도 부드러운 목소리를 낸 남자가 맞은편의 차가운 얼굴의 남자라는 것을 믿을 수 없었다.

술은 많이 마시지 않았다. 한 병을 다 비우고 술자리를 파했다. 우준과는 전철 개찰구 앞에서 헤어졌다. 카드를 찍고 들어가며 우준의 시선을 느끼고 뒤를 돌아봤다. 착각이었던 모양이다. 우준은 반대쪽 개찰구의 사람들 사이에 섞여 줄이 사라지기를 기다리고 있었다.

태령은 그런 우준의 뒷모습을 물끄러미 응시했다. 남들보다 머리 하나는 큰 키, 넓은 어깨와 단단한 등, 단정한 차림새. 남의 아픈 곳을 거침없이 찌르는 사람인데, 어째서인지 우준과 헤어지는 길은 홀가분한 기분이 들었다. 싫은 사람과 있다가 헤어져서 느끼는 홀가분함과는 달랐다. 가슴속의 응어리가 풀어진 듯한 홀가분함. 붙어 있던 날개가 펼쳐진 듯한 홀가분함.

콤플렉스를 자극하는 사람과 함께 있다가 헤어지면 울적한 것이 당연한데, 어째서 이렇게 마음이 가벼운 걸까?

'이게 서우준 팀장의 위력인가? 그래서 팀원들이 미친개 어

쩌구 하면서도 팀장님을 따르는 건가?'

태령은 신기하다고 생각하며 계단을 향해 걸음을 옮겼다.

집에 도착했을 땐 아무도 없었다. 텅 빈 집이었지만 어색하
지 않았다. 누군가 있어도, 채워져 있다는 기분을 느껴본 적이
없었기 때문이다.

씻고 옷을 갈아입는데 현관문 열리는 소리와 함께 화기애애
한 웃음소리가 들려왔다. 태령은 문을 열고 밖을 내다봤다. 부
모님과 태인이 함께 들어오고 있었다.

"오랜만에 태인이 몸이 좀 괜찮대서 저녁 먹고 왔다."

엄마가 미안한 기색도 없이 말했다.

"언니, 저녁 먹었어?"

태인이 생글생글 웃으며 태령의 팔짱을 끼었다.

"응, 나도 먹고 들어왔어."

"으이구. 너는 돈 좀 아끼지, 뭘 그렇게 맨날 사먹고 다녀?"

엄마가 한 소리했다. 태령은 황당했지만 못 들은 척했다.

"누구랑 먹었어? 준민이랑?"

태인이 물었다. 진심으로 묻는 걸까?

태령은 태인의 희고 고운 얼굴을 빤히 쳐다봤다. 태인의 커
다란 눈동자는 아무것도 모른다는 듯 빛나고 있었다.

'그래, 준민이가 제멋대로 태인이를 좋아한 거였지.'

생각해 보면 태인에게는 잘못이 없다. 태인은 준민이 자기

를 좋아한다는 것도 모를 것이다.

“회사 사람이랑 먹었어.”

“많이 친해졌어? 언니랑 같은 나이인 사람도 있어?”

“아니, 다들 나보다 나이 많아.”

“잘생긴 사람은?”

“뭐…… 다들 비슷비슷하지.”

“하긴, 언닌 눈이 높으니까. 준민이도 그렇고, 희원이도 그렇고 다들 왕자님처럼 생겼잖아.”

“그런가?”

태인은 태령을 따라 방으로 들어왔다. 태령의 방은 태인의 방보다 작았다. 태인은 태령의 침대에 팔을 괴고 엎드렸다.

“회사에선 어때? 언니 고졸이라고 무시하진 않아? 예전엔 그런 사람들도 있었잖아.”

“지금은 괜찮아. 다들 잘해 주고, 친절하고.”

“다들 좋은 사람들인가 보네?”

“응.”

“언닌 무슨 일해? 전처럼 잡무만 보는 거야?”

악의는 없겠지만, 가끔 태인은 남의 속을 긁는 소리를 하곤 했다.

“아냐, 이번엔 일 맡았어.”

“우와, 진짜? 어떤 일?”

“미쉘 챤이라고…… 디자이너 알지?”

“응, 엄청 유명한 디자이너잖아.”

“그 디자이너 특집을 기획했거든.”

태령은 그 일에 대해 간단하게 설명했다. 좋아하는 디자이너 이름이 나왔기 때문인지, 태인은 눈을 빛내며 태령의 이야기를 들었다. 태인이 즐겁게 들어 주니, 태령도 기분이 좋았다. 준민 때문에 생겼던 응어리가 조금은 사라진 느낌이었다.

“우와, 우리 언니 진짜 대단하네.”

태인이 자기 일처럼 기뻐하며 태령의 목을 끌어안았다.

“언니네 회사 사람들 보고 싶다. 나중에 회사 놀러가도 돼?”

“엑? 에이, 그건 안 되지.”

“언니가 곤란하려나?”

“좀 그렇지. 일하는 곳에 가족들 오면.”

“한 번 보고 싶은데…….”

“나중에 기회 되면 소개시켜 주든가 할게.”

“응. 아, 언니. 희원이는 잘 지내?”

“응. 연락 안 해?”

“희원이는 날 싫어하잖아.”

“그런 거 아냐. 애가 원래 좀 무뚝뚝해서 그래.”

“윤희원이 무뚝뚝하다고? 우리 동네 최고 마당발인데?”

“여자들한텐 좀 그렇더라.”

“언니한텐 안 그러잖아. 희원이가 언니 좋아하는 거 아냐?”

“절대 아니거든요.”

“언닌 어때? 희원이한테 그런 마음 없어?”

“별소릴 다하네. 희원이랑 난 그냥 친구야.”

“난 준민이보다는 희원이가 훨씬 괜찮은 것 같던데…….”

태인이 무슨 의도로 이런 소리를 하는 건지 알 수 없었다. 태령은 대꾸할 말이 떠오르지 않아 가만히 태인의 말만 들었다. 태인은 희원의 생김새에 대해 한참을 떠들다가 태령의 방을 나갔다.

공허하다.

태령은 침대에 누워 천장을 올려다봤다.

쌍둥이라고 하면 다른 자매들보다 친할 거라고들 생각하지만, 태인과 대화를 끝내고 나면 태령은 늘 같은 감정을 느꼈다.

아아, 정말 공허하다.

*　　*　　*

집으로 돌아온 우준은 냉장고를 열어 차가운 맥주를 꺼냈다. 맥주를 마시며 신문을 펴는데 휴대폰이 울렸다. 휴대폰에 뜬 번호를 확인한 우준의 얼굴이 서늘하게 얼어붙었다.

“네.”

전화를 받자 낯선 여자의 친절한 목소리가 들려왔다.

[윤미숙 환자 보호자 되시나요?]

“아닙니다.”

[서우준 씨 아니신가요?]

“맞습니다.”

[아, 여기 보호자 이름으로 올라와 있어서 연락을 드렸는데……]

“윤미숙 환자가 사망했습니까?”

[아, 아뇨. 그런 게 아니라……]

“사망 시 연락을 받기 위해 등록해 둔 이름입니다. 미리 그쪽에 말씀을 드렸었는데요. 그 이외의 일로는 보고를 받을 일이 없으니 전화는 삼가 주시기 바랍니다.”

[하지만 서우준 씨. 윤미숙 님이 많이 찾으세요. 아들이 보고 싶으시다고……]

“많이 시끄럽게 합니까?”

[아뇨, 그런 게 아니고……]

“그게 아니라면 무시하면 되겠군요. 끊겠습니다.”

우준은 여자의 대답을 듣지 않고 전화를 끊었다. 손가락 끝이 차게 식었다. 여자는 아마 다음 보호자로 되어 있는 우현에게 전화를 걸 것이다. 우현도 같은 반응을 보이겠지.

아무 잘못 없는 직원에게는 미안한 일이지만, 우준으로서도 어쩔 수 없는 일이다. 윤미숙. 그 이름이 들려오면 심장이 차게 얼어 평정심을 유지할 수가 없다. 맥주를 한 모금 마셨지만 시원하게 느껴지지 않았다.

화가 치민다.

다른 생각을 해 보자. 윤미숙, 그 이름을 지울 수 있는 다른 생각. 머릿속을 더듬자마자 걸려나오는 이름이 있었다.

한태령.

그래, 태령을 생각하자.

긴장한 표정으로 식사를 하던 그녀의 모습을 떠올리자 기분이 한결 나아졌다. 태령은 가끔 혼나는 강아지를 연상케 했다. 강아지보다는 고양이를 닮은 얼굴인데, 어째서 강아지가 연상되는 건지 모르겠다.

맥주 캔을 두 손으로 쥐고 태령과의 저녁을 떠올리는데 현관문 열리는 소리가 들렸다. 뻔뻔하게 남의 집 문을 함부로 열고 들어온 우현은 편의점 봉투를 들고 있었다. 우현은 말없이 소주를 꺼내 바닥에 늘어놨다. 한 병, 두 병, 세 병, 네 병. 안주는 새우깡인가?

"마시자."

우현이 뚜껑을 열어 한 병을 우준에게 내밀었다. 우준은 말없이 받아 들었다. 건배는 없었다. 건배할 일도 없으니까.

병째로 각자 두 병씩.

새우깡 봉지를 뜯긴 했지만 안주를 먹는 사람은 없었다. 둘은 말없이 소주 두 병을 비웠고, 우현은 들어왔을 때처럼 훌쩍 집을 나갔다. 남은 것은 빈병 네 개와 새우깡뿐이었다.

사람이 왔다가 갔는데도 방 안이 차게 느껴졌다. 우준은 빈

병들을 응시하며 생각했다.

'정말 공허하군.'

* * *

아침 햇살이 커튼 사이로 들어와 침대 위를 비추었다. 태인은 눈을 찡그리고 커튼을 물끄러미 응시했다.

지난밤에도 잠을 설쳤다. 요새는 수면제에도 내성이 생겨서 수면제를 먹어도 잠에 들지 않는다. 병원에서는 운동 부족 때문이라고 했다.

운동 부족.

이 얼마나 한심한 진단인가.

가벼운 운동이나 산책을 하면 수면제가 없이도 잠을 잘 수 있을 거라고 했다. 그러나 태인은 의사의 말을 따를 생각이 없었다.

침대에 누워 간신히 숨만 쉬는 가련한 딸, 불쌍한 동생. 태인은 가족들에게 그렇게 남아 있어야만 했다. 그러지 않으면 지금 누리고 있는 것들을 모조리 빼앗기게 될 것이다.

"안녕히 주무셨어요?"

방문을 사이에 두고 태령의 목소리가 들려왔다. 약간 낮고 허스키한 음성. 친구들 사이에서 매력적이라고 평가를 받았던 음성.

“오늘 늦니?”

엄마의 질문.

“아마도? 중요한 일을 맡아서 당분간 늦을 것 같아.”

태령의 대답.

아마도 어젯밤 말한 유명한 디자이너의 특집이리라.

‘바빠서 좋겠네.’

자기 일에 대해 떠들어 대는 한태령은 고깝다. 친인척이 잘 되면 좋은 일이라지만, 태인은 태령이 잘 되는 게 그저 고까웠다. 예쁘지도 않고, 여자답지 않게 키만 멀대 같이 큰 주제에 모든 것을 다 가진 듯 웃고 다니는 태령이 미웠다.

어릴 적부터 태령은 모두의 사랑을 받았다. 친척들도, 친구들도 태령만 좋아했다.

태령이는 듬직해. 애가 참 생각이 깊어. 자기 동생 뒷바라지 하는 거 쉬운 일이 아닐 텐데, 불평 한 번 안 하고 해내는 것 좀 봐. 태령이 같은 딸이 있으면 좋겠어. 태령이랑 같이 있으면 재미있어.

부모님의 사랑 역시 태령에게 향해 있었다. 생활비를 주는 딸, 동생 병원비에 보탬이 되는 장녀. 부모님 입장에서는 당연히 태령이 사랑스러울 것이다.

그에 비해 태인을 향한 시선은 늘 하나였다.

동정심.

그들에게 말하고 싶었다.

날 동정하지 마. 죽지 않고 여기까지 온 게 어디야? 엄마가 이따위 몸으로 날 낳아 줬는데도 아등바등 살아남은 게 어디야? 한태령이 자기 일 열심히 하는 것보다, 내가 이 몸으로 이렇게 살아남은 게 더 대단한 일 아니야? 이게 훨씬 더 칭찬 받을 일 아니냐고?

한태령이 뭘 했는데? 날 위해 주는 거? 날 위해 대학을 포기한 거? 날 위해 병원비를 대는 거?

내가 한태령 입장이었으면 나도 기쁜 마음으로 그렇게 했을 거야. 나는 침대 위에서 쌍둥이 언니의 도움을 받는 것보단, 밖에서 친구들이랑 뛰노는 삶을 더 원했어. 당연한 거 아냐? 그런데 왜 당신들은 날 동정하고 한태령을 칭송하는 거야?

하지만 그런 말은 한 적 없다. 단 한 번도 속마음을 겉으로 내비치지 않았다.

그들의 동정심조차 사라지면 태인에게 남는 것은 아무것도 없기 때문이다. 그러니 언제까지고 약한 몸을 가진, 가여운 소녀로 남아야 했다. 몸이 약해서 불쌍한 한태인, 언제 죽을지 모르니 살아 있을 때라도 잘해 줘야 하는 한태인.

"다녀오겠습니다."

분주히 준비를 끝낸 태령이 활기찬 인사를 하고 나가는 소리가 들렸다. 태인은 이불을 머리끝까지 끌어올렸다. 햇빛은 싫다. 저 밖에서 마음껏 뛰노는 한태령을 위한 햇빛. 그 한 조각도 나눠 받고 싶은 마음은 없었다.

한태령은 빛이고 한태인은 어둠이니까.

‘그러니까 난 이 어둠 속에서 한태령의 빛을 하나, 둘씩 먹어치우며 살아갈 거야. 그러면 언니도 알게 되겠지. 어둠 속에 있는 삶이 얼마나 외롭고 고단한지, 어둠에서 빛 속의 존재를 바라보는 게 얼마나 처량한지.’

*　　*　　*

성운 출판사에 취직하기 전에는 몸이 고단해서, 하루라도 마음 놓게 푹 잘 수 있기를 바랐다. 성운 출판사에 취직한 후에는 일이 끝난 후 하던 아르바이트를 하지 않아 몸은 편했지만, 오히려 잠이 줄었다.

몸이 편해서인지 밤에 누우면 이러저러한 생각으로 머릿속이 꽉 차서 잠이 안 온다. 그 전에는 아무리 큰 고민이 있어도 베개에 머리만 대면 잠이 들었었는데.

가장 많이 하는 건 준민에 대한 생각이었다. 낮에는 별로 생각도 안 나는데, 조용한 밤에 눈만 감으면 생각이 난다. 좋았던 추억, 끔찍한 기억. 그런 놈을 생각하며 가슴 아파하는 시간이 아깝다고는 생각하지만, 마음이라는 것이 생각처럼 움직여 주지 않는다.

1년, 2년도 아닌 4년의 사귐이다. 준민이 태령에게 고백하고 따라다닌 시기까지 합치면 5년쯤 되고, 준민과 알고 지낸 시간을 다하면 10년이 넘는다. 준민이 나쁜 놈이라고 해서 딱 잘라 끊어낼 수 있는 관계가 아니었다.

두 번째로 많이 하는 생각은 태인에 대한 생각이다.

태인이 너는 준민이 마음을 알고 있니? 알면서 감춘 거니? 너는 내가 너의 가족이라는 걸 자각하고는 있는 거니? 단 한 번이라도 나에게 고맙다는 생각을 해본 적 있니?

세 번째로 하는 생각은 '착한 척'이다.

나는 착한 척을 하고 있는 걸까? 남들이 보기에 그렇게까지 답답할까? 내 다른 친구들도 내가 답답할 정도로 착한 척을 하고 있다고 생각할까?

이리 뒤척, 저리 뒤척. 몇 시간을 고민하다가 간신히 잠이 들면 여지없이 악몽을 꾼다. 대부분 준민이나 태인과 관계된 악몽이다. 내용은 잘 기억나지 않지만, 두 사람이 나왔다는 것만큼은 분명하다.

귀를 찌르는 알람에 깨어나 멍하니 침대에 앉아 있자니, 예고도 없이 방문이 열렸다. 엄마였다.

"얘, 알람 소리 좀 낮춰. 태인이 깨겠다."

대답 없이 쳐다봤더니, 엄마가 덧붙였다.

"애가 안 그래도 요새 아파서 잠을 잘 못 자는데 네 알람 소리 때문에 더 못 자겠어. 동생 생각 좀 해."

"알았어."

태령은 건성으로 대답하고 출근 준비를 시작했다. 샤워하고 나오는데 또 엄마의 잔소리가 있었다.

“령아, 조용조용 좀 다녀. 태인이 요새 잠 많이 설친대.”

그놈의 태인이, 태인이!

비명을 지르고 싶은 걸 참고 고개를 끄덕였다.

“알았어.”

알았어. 응. 그럴게. 미안해. 조심할게.

집에서 가장 많이 하는 말이다.

대충 아침을 먹고 집을 나섰다. 졸음이 밀려왔지만 출근길의 전철엔 자리가 없었다. 사람들 사이에 끼어 꾸벅꾸벅 졸면서 출근을 했다.

사무실에는 태령보다 먼저 온 사람이 있었고, 그 사람은 태령의 자리에 앉아 모니터를 응시하고 있었다.

“정 팀장님?”

미혜였다.

태령의 부름에 미혜는 깜짝 놀라며 모니터를 껐다. 태령은 의아한 표정으로 미혜를 쳐다봤다.

“제 자리엔 왜……?”

“태령 씨한테 할 말 있어서 왔는데, 컴퓨터가 켜져 있더라. 어제 켜고 갔나 봐?”

“그런가요?”

“컴퓨터 끄고 있었어. 걱정 마. 아무것도 안 훔쳐봤으니까.”

묻지도 않았는데 변명을 하는 모습이 의심스러웠지만, 태령은 내색하지 않았다.

"거기 좀 앉아 봐."

미혜가 태령의 옆자리, 유정의 자리를 가리켰다. 태령이 거기에 앉자마자 미혜가 쏘아붙였다.

"태령 씨, 우리 서 팀장님한테 관심 없다고 하지 않았어? 그런데 어제 같이 퇴근하더라? 왜 같이 퇴근해?"

"아, 그건⋯⋯."

"나 완전 충격 받은 거 알아? 보니까 전철역 쪽으로 가는 것 같지도 않던데⋯⋯ 어디 갔었어? 둘이 같이 저녁이라도 먹은 거야?"

"네, 그게⋯⋯."

"태령 씨, 그렇게 안 봤는데 완전 여우네. 날 안심시켜 놓고 뒤에서 콩깍지를 까고 있었던 거야? 남자 친구랑 헤어진 지 얼마나 됐다고 그래? 우리 서 팀장님이 멋있기는 하지만, 말했잖아. 나 서 팀장님 찍은 지 오래 됐다고. 같은 여자끼리 선을 지켜줘야 하는 거 아냐?"

"정 팀장님, 뭔가 오해가⋯⋯."

"오해는 무슨 오해! 서 팀장님은 절대로 직원들이랑, 특히 여직원이랑 단둘이 식사를 하는 사람이 아니야. 내가 같이 저녁 먹자고 해도 얼마나 팅기는데⋯⋯ 하여간, 무슨 짓을 한 거야? 어떻게 꼬셨어?"

"꼬시다뇨. 그런 게 아니고⋯⋯."

"변명하지 마. 나 완전 믿는 도끼에 발등 찍힌 기분인 거 알아? 어제 점심 먹을 때만 해도 완전 태령 씨 편이었는데, 정말 못 쓰겠다. 태령 씨, 정말 못 쓰겠어. 그런 식으로 행동하지 마. 연애에 규칙 없다고는 하지만 같은 회사 사람이 오랫동안 좋아해 온 남자를 건드리는 건 도의적으로 문제가 있다고 생각하거든. 태령 씨 생각은 어때?"

"저도 그렇게……."

"하여간 태령 씨. 앞으로 지켜볼 거야. 똑바로 행동해."

태령의 말을 듣지도 않고 제 할 말만 마친 미혜는, 휙 일어나 사무실을 나갔다. 한바탕의 폭풍이 몰아친 것 같았다.

태령은 눈을 휘둥그레 뜨고, 방금 전까지 미혜가 앉아 있었던 자신의 의자만 멍하니 쳐다봤다.

도대체 무슨 일이 일어났던 거지?

성운 출판사에 입사한 지 얼마 지나지도 않았는데, 다른 팀의 팀장과 트러블이 생기는 건 좋지 않다. 찾아가서 따로 이야기라도 해야 하나 싶었지만, 말한다고 들어 줄 것 같지도 않았다.

직장을 다니면서 이런 일을 경험하는 건 처음이다. 태령은 어떻게 행동해야 좋을지 알 수 없었다.

멍하니 앉아 있는데 뒤에서 문 열리는 소리가 들렸다. 돌아보니 우준이 들어오고 있었다.

우준은 지쳐 보였다. 피곤해 보이기도 하고, 슬퍼 보이기도 하고, 화가 나 보이기도 했다. 우준은 태령이 있는 줄도 모르고 무심히 태령을 지나치려 했다. 태령이 벌떡 일어났을 때에야 태령을 발견한 우준은, 얼굴 가득하던 시름을 깨끗이 지우고 원래의 무표정으로 돌아갔다.

"안녕하세요, 팀장님."

"네, 좋은 아침입니다."

우준은 가볍게 인사를 받고는 팀장실로 향했다.

"저기, 팀장님."

태령이 불러 세웠다.

"무슨 일 있으신가요?"

"없습니다."

걱정스러운 마음에 물었건만, 우준은 차갑게 대답하고 팀장실 안으로 들어갔다. 태령은 자신이 너무 나선 것 같아서, 민망함에 얼굴을 붉혔다.

*　　　*　　　*

팀장실에 들어가 문을 닫은 우준은 의자에 앉아 한숨을 삼켰다. 어젯밤 우현이 술을 마시고 돌아간 후, 또 요양원에서 전화가 걸려왔다. 윤미숙 환자가 하도 아들을 찾아서, 같은 병실을 사용하는 환자들이 불안해하고 있다며 꼭 좀 와달라는 전화였다.

정 힘들면 밖에서 재우든가, 재갈을 물리라고 말하고 끊었다. 요양원 직원들에게는 미안했지만 별수 없었다. 윤미숙, 그 여자를 보고 싶지 않다.

밖에서 재우거나 재갈을 물리라고 한 말은 진심이었다. 요양원 직원들이 정말 그런 행동을 한다고 해도, 윤미숙에게 미안하다는 생각은 들지 않는다. 세상 사람들이 호래자식이라고 욕해도 별수 없다. 그 여자와 엮인다는 것만으로도 끔찍하니까.

아무리 발버둥 쳐도 윤미숙과의 끈을 끊어낼 수 없음이 괴로웠다. 뭐든 노력하면 다 이루어지지만 윤미숙과의 관계만큼은 그렇지 않다. 부모자식 간의 인연이라는 것은 참으로 끈질기다.

하릴 없이 모니터만 노려보며 시간을 흘려보냈다. 점심을 먹는 것도 잊었다.

오늘따라 걸려오는 전화도 없고 들어오는 직원들도 없었다. 퇴근 시간이 조금 지났을 때 유정이 들어와 진행 사항 보고를 하고 나갔다. 그제야 아무것도 하는 일 없이 하루를 흘려보냈다는 걸 깨달았다.

이 얼마나 낭비인가. 중하지도 않은 사람에 대한 분노 때문에 하루를 그냥 날려 버리다니.

우준은 깊이 반성하며 늦게나마 업무를 보기 시작했다. 집중해서 일을 했지만 다 끝내고 보니 밤 10시를 넘겼다.

관자놀이가 지끈거렸다. 손가락으로 미간을 누르며, 정면으로 보이는 커다란 창문을 응시했다. 높이 솟은 건물들 사이로 회청빛 하늘이 보였다.

별 하나 뜨지 않은 밤이다. 우준은 자신의 마음과 같다고 생각하며 쓴웃음을 삼켰다.

집에 들어가고 싶지 않지만 딱히 할 일도 없다. 서른두 살이라는 나이. 남들은 젊은 나이에 성공했다며 우준을 추켜세웠고, 우준은 그들의 말이 맞다고 생각했다. 하지만 오늘, 우준은 처음으로 그들의 말을 의심했다.

서른두 해를 살아왔는데, 울적할 때 만나 술 한 잔 마실 사람이 없다. 그게 과연 성공한 인생인 걸까?

'기분이 안 좋으니 별 생각이 다 드는군.'

우준은 잡생각을 떨쳐내고 자리에서 일어났다.

회사에서 밤을 새기로 결정하고 간단히 요기라도 할 생각으로 팀장실에서 나왔다. 문을 열고 나오는 순간, 우준은 걸음을 멈췄다.

'기분이 안 좋으니 별 걸 다 보는군.'

가슴 깊은 곳에 웅크리고 있던 소망이 꿈틀거리며 환상을 보여준 걸까? 사무실 불이 켜져 있었고, 딱 한 사람이 남아 있었다.

한태령.

기분이 가라앉을 때 가장 먼저 보고 싶어지는 사람.

태령은 긴 머리를 질끈 묶고 모니터를 응시하고 있었다. 모니터에서 나오는 빛이 그녀의 얼굴이 환하게 비쳤다. 둥근 이마, 너무 높지도 낮지도 않은 모양 좋은 코, 도톰하고 붉은 입술. 화장기가 없어서 조금은 창백해 보였지만, 모니터를 향한 눈동자는 반짝반짝 빛이 났다.

환각이 아니다. 환각이라기엔 너무도 또렷하고 생동감 있었다.

우준의 시선을 느낀 듯 태령이 고개를 돌렸다. 그 과정이 길게 늘어진 테이프처럼 느리게 흘러갔다. 태령의 검은 눈동자가 우준에게 고정되었다. 무표정하던 그녀의 얼굴에 희미한 미소가 떠올랐다.

예쁘다.

"팀장님."

태령이 일어났다. 우준은 가까스로 정신을 차리고 물었다.

"아직도 퇴근을 안 했습니까? 그렇게 일이 많아요?"

"아뇨. 팀장님 기다리고 있었어요."

예상치 못한 대답에 심장이 쿵 떨어졌다.

"뭐라고요?"

잘못 들은 줄 알았다.

"팀장님 나오시길 기다렸어요."

태령이 좀 더 분명한 목소리로 말했다.

"그래요?"

"네, 그래요."

태령이 생글생글 웃으며 답했다. 그녀의 미소가 가슴이 저릴 정도로 사랑스러워서, 우준은 하마터면 뒷걸음질을 칠 뻔했다.

그것은 태양을 똑바로 보지 못하는 것과 같다. 너무 밝아서 함부로 다가갈 수 없어, 오히려 도망치게 되는 것.

태령의 미소가 그랬다.

"나한테 뭐 물어볼 게 있으면 굳이 나올 때까지 기다릴 필요 없습니다. 팀장실 문은 열려 있어요."

입 안이 바짝 말랐다. 대기업의 홍보부를 만나도, 유명한 연예인들과 마주해도 긴장하는 법이 없는 우준이었다. 그러나 태령을 앞에 둔 이 순간, 우준은 주먹을 꽉 쥐어야 버틸 수 있을 만큼 긴장했다.

무섭다.

태령의 눈에 비춰질 자신의 모습이 바보 같을까 봐 무섭고, 제 처지도 모르고 태령을 끌어안을까 봐 무서웠다. 이를 악물고 서 있는 우준에게, 태령이 겁도 없이 다가왔다.

그녀는 맑은 눈으로 우준을 올려다보며 말했다.

"팀장님이랑 같이 저녁 먹고 싶습니다."

"나랑요?"

"네, 팀장님이랑요."

"왜죠?"

싫다, 혹은 좋다. 대답만 하면 되는 일인데 이유를 묻고 말았다. 태령은 고개를 살짝 옆으로 기울였다가 생긋 웃었다.

"제가 힘들었을 때는 팀장님이 사주셨잖아요. 오늘은 제가 사고 싶어요."

오늘 아침 잠깐 얼굴을 마주쳤을 뿐인데, 마음이 고되다는 것을 어떻게 알았을까?

해사한 미소를 짓고 있는 태령을 보며, 우준은 생각했다.

아아, 이 여자. 정말 사랑스럽다.

용기 내서 한 말에 우준은 차갑게 대답했다.

"은혜를 갚으려는 생각 때문이라면 그럴 필요 없습니다. 신경 쓰지 마세요."

우준은 온몸으로 상대를 밀어내려는 듯 보였다. 여기까지는 내 공간이야. 넌 들어올 생각도 하지 마!

하지만 그쯤에서 물러날 거라면 처음부터 묻지도 않았을 거다. 태령은 다시 한 번 용기를 냈다.

"은혜를 갚는다거나 그런 생각은 아닙니다. 그저…… 팀장님이랑 같이 저녁을 먹었을 때 기분이 한결 좋아졌었습니다. 그래서 오늘도 같이 저녁을 먹으면 팀장님 기분이 나아지지 않을까 하고 생각했는데…… 싫으신가요?"

우준이 미간을 좁혔다. 역시 너무 오버한 걸까? 태령의 기분이야 좋았지만 우준은 태령과 다르다. 업무도 아닌데 팀원과 같이 저녁을 먹는 것이, 우준에게는 귀찮은 일이 될지도 모른다.

"나랑 저녁을 먹은 게 좋았다고요?"

우준이 의아하다는 듯 물었다. 태령은 얼른 고개를 끄덕였다.

"네, 정말 좋았습니다."

"흐음."

"……."

"의외군요. 날 무서워하는 줄 알았는데."

"무섭기는 해요. 하지만 무서운 것과 싫은 건 다른 거잖아요. 무섭긴 하지만 좋았습니다."

우준의 얼굴에 희미하게나마 미소가 맺히는 걸, 태령은 똑똑히 목격했다. 남자다운 얼굴에 옅게 번진 미소는 굉장히 감미로웠다. 태령은 저도 모르게 침을 삼키며 시선을 옆으로 피했다.

'우와, 장난 아니네.'

착한 사람이 화를 내면 더 무섭다는 말처럼, 잘 웃지 않는 사람이 웃는 모습은 정말이지 말로 표현할 수 없을 만큼 멋졌다.

"저녁을 먹기에는 늦은 시간인데, 괜찮겠습니까?"

우준이 물었다.

"네, 괜찮습니다!"

긴장하고 있던 터라 새된 목소리가 튀어나왔다. 태령의 얼굴이 붉어졌다.

"그래요. 그럼 같이 식사합시다."

"네!"

우준의 마음이 바뀔까 두려워 서둘러 가방을 챙겼다. 우준은 그 옆에 서서 묵묵히 태령을 지켜보고 있었다. 우준의 시선이 느껴져 손등이 따끔거렸다.

"뭐 드시고 싶으세요?"

밖으로 나오자마자 우준에게 물었다.

"태령 씨가 제안했으니 태령 씨가 골라 보세요."

우준이 딱 잘라 대꾸했다. 태령은 용기를 내서 말했다.

"어제는 팀장님이 제안하신 건데 제가 골랐으니, 오늘은 팀장님이 골라 주세요."

너무 버릇없이 행동 했나 걱정했지만 우준은 쉽게 수긍했다.

"그러네요. 그럼 저 건너편에서 멸치 국수를 먹읍시다."

태령의 지갑 사정을 생각해 준 듯, 소박한 메뉴였다. 늦은 시간이라 가게는 한산했다. 마감 준비를 하는 듯했지만 손님이 들어가자 반갑게 맞아 주었다. 국수 두 개와 주먹밥을 하나 시켰다. 바(bar)형의 식탁에 나란히 앉았다.

주문한 음식은 금방 나왔다. 주먹밥은 태령의 얼굴만큼이나 컸다.

"주먹밥 되게 크네요."

태령이 중얼거렸다. 우준은 젓가락으로 주먹밥을 반으로 갈라, 반을 태령 쪽으로 밀었다.

"이건 태령 씨가 드세요."

"전 국수만으로도 괜찮은데."

"태령 씨는 너무 말랐습니다."

"보기 안 좋을 정돈가요?"

"그런 건 아닙니다."

국수와 주먹밥은 맛있었다. 태령은 평소보다 많이 먹었다. 먹는 내내 대화는 없었지만 어색하지 않았다. 우준이 어떤지는 모르겠지만 태령은 편했다.

우준에게는 우준의 기분을 좋게 해 주고 싶다고 말하긴 했지만, 어쩌면 자신이 위안을 받고 싶었던 것일지도 모른다는 생각이 들었다.

우준은 태령의 문제를 거침없이 지적하는 무서운 사람이었지만, 태령의 노력을 알아주는 사람이기도 했다. 이번에 미쉘 챤의 특집을 맡긴 것만 해도 그렇다. 태령은 누구보다 열심히 외국어를 공부했지만 그것을 써먹을 기회가 없었다. 하지만 우준은 함께 일한 지 얼마 되지도 않은 태령에게 큰 기회를 주었다. 네가 얼마나 잘하는지 알고 있다는 듯이.

나의 가치를 알아주는 사람.

그런 사람이 존재한다는 것은 든든한 일이다.

"그럼 갈까요?"

우준이 태령의 그릇이 빈 것을 확인하고는 말했다. 태령은 이대로 우준과 헤어지고 싶지 않았다. 하지만 술까지 마시자고 말하기는 힘들었다. 사심이 있는 것처럼 보일까 봐 걱정이 됐다.

오늘 아침만 해도 미혜가 와서 단단히 선포하고 갔다. 내가 침 바른 남자 건드리지 말라고. 그럴 의도가 없다고 해도 남들 눈에까지 그렇게 비치지는 않을 것이다.

가게에서 나와 전철역으로 향하는 중에 우준이 갑자기 걸음을 멈췄다. 무슨 일인가 싶어 돌아보는 태령에게, 우준이 말했다.

"술 한 잔 합시다."

바라던 바였다.

어제 갔던 그 술집이다.

오꼬노미야끼와 정종을 시켰다. 할 말이 있어서 술 한 잔 하자고 한 줄 알았는데, 우준은 별 말이 없었다. 대화가 없으니 애꿎은 술만 계속 들이켰다. 빠르게 마시는 술은 빠르게 취하는 법이다. 슬슬 취기가 올라와 얼굴이 뜨끈뜨끈했다.

"기분은 괜찮습니까?"

문득 우준이 물었다. 빈 소주잔을 응시하느라 몰랐는데, 우준은 아까부터 태령을 빤히 쳐다보고 있었다. 깊고 짙은 눈동자가 속을 꿰뚫어 보는 것 같아 조금 안절부절못하는 기분이 들었다.

"제 기분이요?"

"네."

"저는 뭐…… 아직 헤어진 지 얼마 안 돼서 그런지 혼자 있으면 자꾸 생각나고 그러는 것 같아요. 회사에 있으면 절대 생각 안 나는데. 지금은 팀장님이랑 있어서 그 인간 생각은 안 나는 것 같네요."

취기에 말이 많아졌다.

"아, 물론 팀장님께 딴마음을 품고 있거나 그런 건 절대 아니에요."

태령은 우준이 오해할까 걱정이 돼서 서둘러 덧붙였다.

"압니다."

우준은 그런 태령이 민망할 정도로 딱 잘라 대꾸했다. 태령은 입 안의 살을 살짝 씹다가 물었다.

"팀장님 기분은 괜찮으세요?"

"네. 아주 좋습니다."

아주 좋다고?

술을 그렇게 많이 마셨으면서도 웃음기 하나 없는 무표정한 얼굴. 기분 좋은 사람의 표정처럼 보이지는 않았지만, 본인이 그렇다니 그렇게 받아들이기로 했다.

우준과 개인적으로 친한 사이가 아니라서, 할 이야기를 찾아봐도 일 얘기만 떠올랐다. 하지만 우준이 일 얘기는 업무 중에만 하자고 했던 것 때문에 쉽사리 이야기를 꺼낼 수가 없었다. 그런 태령을 보며 우준이 말했다.

"하고 싶은 얘기 있으면 하세요."

이 남자는 남의 속마음을 읽는 게 분명해.

"저…… 애인 있으세요?"

간신히 짜낸 질문이 예전에도 했던 질문. 출근하다가 엘리베이터에서 마주친 우준에게 이 질문을 했을 때, 우준은 굉장히 면박을 줬었다. 이번에도 같은 일이 벌어질 것 같았다.

'난 왜 이렇게 학습 능력이 떨어지지?'

아무리 취기 때문이라지만 지난번의 실수를 고스란히 되풀이하는 자신이 한심스러웠다. 우준은 태령을 물끄러미 응시하다가 말했다.

"없습니다."

전과 다른 대답이다!

태령은 번쩍 고개를 들고 우준을 쳐다봤다.

"없……으세요?"

"네. 왜 그렇게 놀라죠?"

"아, 아뇨. 팀장님은 왠지 있을 것 같아서……."

"거짓말이 서툴군요."

"아뇨…… 저……."

"애인이 없을 것처럼 보인다는 거 압니다."

"아뇨, 그런 거 아니에요."

"표정 없고 결벽증에 사사건건 명령하듯 말하는 남자. 그런 남자한테 애인이 있을 것 같다고요?"

고대 그리스 델포이의 아폴론 신전 기둥에는 이런 말이 적혀 있었다.

'너 자신을 알라.'

얼마나 자신을 모르는 사람들이 많으면 신전 기둥에까지 써서 경각심을 불러일으키려 했을까. 그러나 맞은편에 앉은 남자에게만큼은 그 말을 사용할 일이 없을 것 같다.

저렇게나 자신에 대해 잘 알고 있다니!

놀란 태령을 재미있다는 듯 쳐다보던 우준이 덧붙였다.

"짝사랑하는 여자는 있습니다."

찬물을 뒤집어쓴 것처럼 정신을 차렸다.

"짜, 짝사랑이요?"

"네. 왜요? 난 사랑도 안 할 것 같습니까?"

도리도리 고개를 저었다. 우준이 작게 웃으며 말했다.

"역시 거짓말이 서툴군요."

"혹시 그…… 짝사랑 상대가 우리 회사 사람인가요?"

우준이 이야기를 잘해 주니 마음이 풀어져 꼬치꼬치 캐묻고 말았다. 질문하자마자 후회했지만 우준은 별 표정 없이 대답했다.

"네, 우리 회사 사람입니다."

미혜의 얼굴이 떠올랐다.

'역시 우리 팀장님도 정 팀장님한테 마음이 있는 건가? 하긴…… 정 팀장님 몸매도 좋고 예쁘니까. 게다가 남자랑 둘이 있을 때는 애교도 많을 것 같고…… 하지만 정 팀장님도 우리 팀장님을 좋아하니까 짝사랑인 게 아니잖아. 왜 짝사랑이라고 생각하시지? 아, 정 팀장님이 직접적으로 사랑한다고 고백하질 않으셨나?'

"왜 그렇게 쳐다봅니까?"

생각을 하느라 너무 빤히 쳐다봤나 보다. 태령은 얼굴을 붉히며 시선을 옆으로 피했다.

"아뇨. 그냥…… 저…… 왜 고백 안 하세요?"

"고백이라…….”

우준은 허공을 응시하며 중얼거렸다.

"너무 소중하니 쉽게 다룰 수가 없네요. 자칫 잘못하다가 부수게 될까 봐."

그렇게 말하는 우준은 놀랍도록 감미로웠다. 온갖 미사여구를 덧붙인 사랑의 언어보다 달콤해서 심장이 쿵 내려앉았다. 우준이 사랑하는 상대가 미혜인지, 다른 누군가인지는 모르겠지만 조금 질투가 났다.

누군지 몰라도 당신 참 좋겠수다!

진지한 사람은 사랑도 진지한 모양이다. 그리고 진지한 사랑은 아무 관계없는 제3자의 심장까지도 두드린다.

“부러워요.”

술기운 때문에 속마음을 그대로 입 밖에 내고 말았다.

“부럽다고요?”

우준의 짙은 눈썹이 휘어졌다.

“네, 정말 부러워요. 팀장님 사랑을 받는 그분.”

“…….”

“모든 여자의 로망이잖아요. 감히 건드리기도 힘들 만큼 사랑받는 거. 정말 부럽네요. 팀장님 사랑 받는 분은 정말 좋겠어요.”

“누군가 한태령 씨를 그렇게 사랑하고 있을지도 모를 일 아닙니까.”

우준이 낮은 목소리로 말했다.

“그럴 리 없어요. 절 한참 따라다녔던 전 남자 친구도, 사실은 제 동생을 좋아했던걸요. 누가 절 좋아하겠어요? 키만 멀대 같이 크고, 피부도 안 좋고…… 머리가 기니까 여자처럼 보이는 거지, 머리 짧게 자르면 남자인 줄 알걸요? 어릴 때도 그랬어요. 묶고 다니는 게 귀찮아서 짧게 자른 적이 있는데, 다들 남자인 줄 알더라고요. 오히려 저랑 친구인 희원이를 여자로 보더라니까요.”

주절주절 내뱉는 말을, 우준은 지루한 기색 없이 들었다. 잘 들어 주는 사람이 있으면 힘이 난다. 알코올의 힘 역시 강해서, 평소에는 하지도 않던 넋두리를 이어갔다.

“전 남자 친구랑 그런 식으로 헤어졌다고 하니까 유정 선배님이 그러더라고요. 예쁘게 꾸며서 복수하라고. 저도 꾸며보고 싶은 마음은 있죠. 아무리 남자처럼 생겼어도 여자는 여자인데, 당연히 예뻐 보이고 싶고, 꾸미고 싶고 그렇죠. 그런데 그런 것도 해 본 사람이나 하는 거잖아요. 너무 바빠서…… 정말 너무우우 바빠서 꾸미는 걸 해 본 적이 없으니…… 이제 와서 한다고 해도 되게 촌스러워 보일걸요. 옷 입을 줄도 모르지, 화장할 줄도 모르지. 남의 도움 받는 것도 한두 번이지, 매일 그렇게 하고 다니기가 쉽겠어요? 그쵸?”

“한태령 씨는 의외의 부분에서 약하군요. 다른 건 그렇게 열심히 하면서.”

“다른 거요? 어떤 거요?”

“외국어 공부를 한다던가, 새로운 특집을 기획한다던가.”

“에이, 그건 일이잖아요. 자기계발, 먹고 살 일. 그런 건 목숨이 걸린 일이니까 당연히 열심히 하죠.”

“태령 씨한테는 당연한 그걸 열심히 하지 않는 사람들이 훨씬 많습니다. 대부분 회사에 취직하는 순간 자기계발을 멈추죠.”

“그럴까요? 하지만 전 하고 싶은 게 더, 더 많아요. 그러지 않으면…… 그러지 않으면…….”

알코올 때문에 머릿속이 뒤죽박죽이다. 자신이 무슨 말을 하고 있는지도 알 수 없었다. 같은 말을 중얼거리며 마땅한 표현 방법을 찾는 데, 우준이 대신 말했다.

"자신의 값어치를 증명할 수 없는 것 같습니까?"

"네, 맞아요. 그거요!"

태령은 검지로 우준을 가리켰다.

"그거요, 그거. 내 가치. 내가 태어난 이유. 내 존재 이유. 우리 엄마 아빠가 날 낳은 이유…… 그걸 증명할 수 없을 것 같아요. 그저 동생 뒤치다꺼리나 해 주려고 태어난 거라면…… 그러면 내가 너무 불쌍하잖아요. 그죠?"

"……."

"그러니까 뭘 하든 열심히! 원래 출판사 직원은 내 꿈이 아니었지만, 이왕 일하게 된 거 최선을 다해서! 없어서는 안 될 직원이 되기 위해서! 그러려고 노력하는 거죠. 이 세상에 태어난 이유가, 동생 병원비를 버는 것보다는 좀 더…… 다른 게 있었으면 해서요. 아시겠어요?"

"네, 알겠습니다."

"히이."

태령은 히쭉 웃었다. 눈이 갸름하게 접히며 예쁜 반달 모양을 만들어 냈다.

"그래서 팀장님이 참 좋아요. 팀장님이랑은 별로 친하지도 않은데…… 이상하게 내 오래된 친구들보다 제 마음을 더 잘 알아주시는 것 같아요. 진짜 팀장님은 최고예요, 최고. 최고!"

태령이 양손의 엄지를 들어보였다.

우준은 그런 태령을 무심히 응시했지만, 표정과는 달리 마음속은 요동치고 있었다. 태령을 끌어안고 싶은 충동에 일렁일렁.

‘이 여자는 뭔데 이렇게 사랑스럽지?’

처음 말을 꺼냈을 때부터 혀가 살짝 꼬여 있기에 걱정했는데, 이야기를 하면서 취기가 확 밀려왔는지 회사에서는 볼 수 없는 귀여운 행동을 하기 시작했다.

자기 이야기를 열심히 떠드는 것도, 평소와 달리 여러 제스처를 취하는 것도 귀여웠다.

‘이게 한태령 씨의 실제 모습인가?’

자기 주량 이상으로 술을 마시는 여자는 싫어한다. 술 마시고 주정을 하는 여자도 싫고, 넋두리를 하는 여자도 싫다. 그러나 콩깍지가 쓴 이상, 싫어하는 행동들을 전부 해도 사랑스러워 보일 수밖에 없다. 여기서 더한 행동을 해도, 우준의 눈에는 사랑스럽게만 보일 것이다.

“태령 씨.”

“네!”

태령이 초등학생처럼 한 손을 번쩍 들고 대답했다. 아, 귀엽다.

“많이 취했네요. 집에 갑시다.”

“집……이요…….”

태령의 표정이 어두워졌다.

"집에 가기 싫어요."

"……집에 가기 싫다고요?"

"네. 난 정말 집이 싫어요. 집에 가면요…… 제가 무생물이 된 기분이 들어요. 있어도, 없어도 그만인 그런 존재. 아니다, 아니다. 그냥 공기. 있어도 보이지 않는…… 그런 존재가 된 것 같아서 숨이 막혀요. 집이 정말 싫어요."

"그럼 나와서 살면 되잖습니까?"

"그러고 싶죠. 돈만 있으면 나와서 살고 싶죠. 그런데요. 동생 병원비를 내느라 돈을 다 썼거든요. 이만큼 벌어서 제가 갖는 돈은 요만큼이이에요. 요만큼."

태령이 양팔로 커다란 원을 그린 후, 자기 손톱을 내밀었다.

"정말 요만큼."

"돈 버는 즐거움이 없겠군요."

"네, 맞아요. 정말 없어요. 우리 엄마나 아빠가, 내 동생이 조금만이라도 고마워해 준다면 즐겁겠죠. 제가 요만큼만 써도 즐거울 텐데…… 다들 당연하게 생각해요. 가족이니까 당연한 거야. 넌 일이라도 할 수 있으니 얼마나 행복하니? 태인이는 집 밖으로 나가지도 못하는데. 우는 소리 하지 마. 다들 그런다니까요? 정말 너무 당연한 게 되었다니까요?"

태령은 웃고 있었지만, 그것은 조금도 즐거워 보이지 않는 미소였다. 금방이라도 울음이 터질 것 같은데, 울지를 않으니 보는 사람의 가슴만 답답했다.

"지금 집에 가고 싶지 않다면 달리 가고 싶은 곳이라도 있습니까?"

어디든 데려가 주고 싶었다. 태령이 잠시나마 웃을 수만 있다면. 그러나 태령은 잠시 고개를 숙이고 있다가 옅게 웃으며 고개를 저었다.

"그래도 집에 가야겠죠. 어차피 갈 곳도 없고요."

어려운 상사에게도 넋두리를 할 만큼 취했으면서, 집으로 가야만 한다는 태령이 안쓰러웠다. 어떻게 살아왔던 걸까?

태령은 조금 비틀거리기는 했지만 남의 도움이 필요할 만큼은 아니었다. 취한 여성을 혼자 보내는 것이 마음에 걸려 택시를 잡았다. 태령을 먼저 태우고 우준은 앞좌석에 앉았다. 태령은 택시를 타자마자 잠이 들었는지 고른 숨소리를 내고 있었다.

기억을 더듬어 자기 소개서에 쓰어 있던 주소를 떠올렸다. 목적지를 이야기하고 소파에 등을 기댔다. 말이 없는 택시 기사라서 차 안은 조용했다.

태령이 같이 저녁을 먹자고 해서 놀랐고, 술 한 잔 하자는 말에 즐거운 표정을 지어서 다시 한 번 놀랐다. 태령의 입장에서는 그저 우울한 상사를 위로해 주려는 마음일 뿐인 게 분명하다. 하지만 내심 기대를 하게 되는 자신이 한심했다.

태령의 집 앞에 도착했을 때는 새벽 1시가 넘어 있었다. 태령은 집에 도착한 줄도 모르고 깊이 잠들어 있었다. 태령의 어

깨를 가볍게 흔들었지만, 태령은 일어날 기미를 보이지 않았
다. 택시 기사가 짜증을 내기에, 우준은 어쩔 수 없이 태령을
안아 들었다.

큰 키에 비해 가벼운 태령을 양팔로 안고, 움직이는 태령의
머리를 어깨에 기대도록 만들었다. 태령의 집은 지은 지 오래
된 단독주택이었다.

늦은 시간에 만취한 딸을 데려다 주는 상사의 이미지에 대
해 고민할 필요는 없었다. 태령의 집 앞에는 두 사람의 실루엣
이 보였다.

어둠이라 검은 형체만 보일 뿐이라, 우준은 그들이 태령을
기다리기 위해 나온 부모님인 줄 알았다. 긴장된 마음으로 가
까이 다가간 후에야, 그들이 부모님이라고 하기엔 너무 젊다
는 것을, 그리고 한 명은 낯익은 얼굴이라는 것을 깨달았다.

"누구……?"

여자가 물었다. 처음 보는 얼굴이지만, 우준은 그녀가 태령
의 동생인 '태인'이라는 것을 알 수 있었다.

하얗고 병약해 보이는 얼굴, 커다란 눈, 인형처럼 예쁘장한
생김새. 집 창문으로 흘러나오는 불빛이 그녀의 얼굴을 비추
고 있었다.

태인의 옆에 서 있는 남자는 아는 남자였다. 상대는 이쪽을
모르겠지만.

'이준민.'

둘은 나란히 서 있었지만, 아까는 분명 손을 잡고 있었다. 실루엣뿐이었지만 둘의 손이 겹쳐져 있던 것을, 우준은 분명히 목격했다.

그림이 나왔다.

제 4 법칙

주인을 기다렸다가 함께 걷는다

두 사람의 관계는 태령이 생각하는 그런 관계가 아니었다. 준민의 마음이 일방통행이었던 것이 아니라, 태인 역시 준민에게 마음을 주고 있었다. 태령만 모르고 있을 뿐이다.

자신의 일이 아닌데도 화가 치밀었다.

나는 감히 말하지도 못하는 마음을, 당신들은 가지고 놀아? 단지 오래 알아왔다는 이유만으로? 단지 가족이라는 이유만으로? 이 대단한 여자가, 당신들한테는 그렇게 쉬워?

이를 악물고 부글부글 끓는 분노를 가라앉혔다.

"한태령 씨 회사 팀장입니다."

인사를 하고 싶은 마음이 들지 않아 소개만 했다. 태인의 눈이 갸름하게 접혔다.

“아, 우리 언니 팀 팀장님이요? 서우준 팀장님.”

“네.”

“말씀 많이 들었어요. 굉장히 능력 있으시다고.”

“…….”

“능력만 많으신 게 아니라 굉장히 잘생기셨네요.”

태인의 목소리가 애교스럽게 변함에 따라, 옆에 서 있던 준민의 표정은 굳어갔다. 우준은 태인의 말에 예의상의 대꾸도 하지 않았다. 이런 반응을 예상하지 못했는지, 태인의 표정이 조금 어두워졌다.

“태령이 남자 친굽니다.”

준민이 끼어들었다. 우준은 싸늘한 눈으로 준민을 쳐다봤다.

“헤어졌다고 들었습니다만.”

준민은 당황했지만 물러서지 않았다.

“연인 사이의 사소한 다툼이었을 뿐입니다.”

“전 그렇게 듣지 않았습니다만.”

“……회사에서 직원의 사적인 일까지 일일이 신경 쓰는 줄은 몰랐는데요. 명성과 달리 체계가 잡히지 않은 회사인가 봅니다.”

가슴이 싸늘하게 식은 이유는, 태령의 입장을 조금도 고려하지 않는 준민의 행동 때문이었다. 준민에게 태령을 향한 약간의 정이라도 남아 있다면, 태령의 회사 상사인 우준에게 이런 식으로 행동해서는 안 됐다. 만약 이 일로 태령이 회사에서 불이익이라도 받으면 어쩐단 말인가.

하지만 준민에게는 그런 생각이 전혀 없는 듯, 짝다리를 짚고 서서 계속 빈정거렸다.

"연애사에는 친한 친구나 가족도 끼어들지 않는 법인데, 좀 예의 없다는 생각은 안 드십니까?"

"한태령 씨와 그쪽 사이에 있는 것이 진짜 연애라는 감정이라면 그렇겠죠."

"지금 그 말씀은 태령이랑 제 사이를 못 믿겠다는 말 같은데요."

"그만해, 준민아."

준민의 언성이 높아지자, 태인이 준민의 팔을 살짝 잡았다. 그 작은 접촉에, 준민이 언제 그랬냐는 듯 분노를 가라앉혔다.

"죄송해요, 팀장님. 얘가 우리 언니를 하도 아껴서…… 아, 무거우시겠다. 준민아, 뭐해? 얼른 받아."

준민은 떨떠름한 표정으로 우준에게 다가왔다. 우준은 준민에게 태령을 넘겨주고 싶지 않았지만 어쩔 도리가 없었다. 태령을 안고 그녀의 집 안까지 들어갈 수는 없었기 때문이다.

준민은 키가 큰 태령을 능숙하게 안아 들었다. 그 모습에 가슴이 쓰렸다. 준민이 어떤 인간이든, 그는 오랫동안 태령과 함께 했다. 취해서 몸을 가누지 못하는 그녀를 능숙하게 안아 들 수 있을 만큼 긴 시간을 공유해온 것이다.

뭐라 표현 못할 질투가 뱃속에서 들끓었다. 질투를 느끼는 우준 자신도 당혹스러울 정도의 크기였다.

우준은 가까스로 질투심을 억누르고, 집으로 들어가는 준민의 뒷모습을 지켜봤다.

"언니랑 많이 친하신가 봐요. 여기까지 데려다 주시는 걸 보면."

태인의 존재를 잊고 있었다. 시선을 내려 태인을 응시했다. 태인은 고개를 살짝 옆으로 기울이고 생글생글 웃고 있었다. 어떤 포즈가 자신을 가장 사랑스러워 보이게 할지 알고 있는 것 같았다.

"늦은 시간에 실례했습니다."

우준은 태인의 말에는 대답하지 않고 그대로 몸을 돌렸다. 등 뒤로 태인의 시선이 느껴졌지만 무시했다. 다만 태령이 걱정스러웠다. 태령이 왜 집에 들어가기 싫어하는지, 약간이나마 알 것 같았다.

뭔가를 감춘 듯한 태인의 눈빛은, 마치 뱀과 같았다. 속을 알 수 없는 뱀의 차가운 눈동자.

태인이 태령의 방에 들어갔을 때, 준민은 태령의 침대 옆에 가만히 서서 태령의 잠든 얼굴을 지켜보고 있었다. 태인은 슬며시 다가가 준민의 팔에 팔짱을 꼈다.

"무슨 생각해?"

태인이 들어오는 것도 몰랐는지, 준민이 소스라치게 놀랐다.

“어? 아니. 그냥…… 태령이 자는 얼굴, 참 오랜만에 본다 싶어서.”

“흐응.”

“어릴 때랑 똑같네.”

“우리 언니랑 헤어졌어?”

준민의 팔 근육이 긴장했다.

“아니, 아니. 그런 거 아냐. 그냥 좀…… 싸운 거야.”

“왜?”

“그냥…… 그냥, 뭐…….”

“우리 언니한테 잘해 줘.”

“잘해 주라니…….”

준민의 얼굴에 쓴웃음이 피어올랐다.

“그걸로 괜찮은 거야? 내가 태령이한테 잘해 줘도, 넌 아무렇지도 않아?”

“아무렇지도 않을 리가 없지. 하지만 난…… 언제까지 살아 있을지 모를 일이잖아. 내 욕심 때문에 네 인생을 망치고 싶지 않아. 그러니까 그냥 언니 옆에 있어 줘.”

“그런 말 하지 마. 요새 많이 괜찮아졌잖아.”

“괜찮아지긴. 병원에선…….”

“병원에선 뭐래?”

“……비밀.”

“뭐라는데? 많이 안 좋대? 위험한 거야?”

"그런 거 아냐. 괜히 걱정 끼쳤네."

"괜히 걱정이라니. 네 몸이 안 좋은데 걱정하는 게 당연하지."

"됐어, 정말로. 정말 괜찮으니까 그만 가 봐. 너무 늦었다."

"솔직하게 말해 봐. 괜찮은 거 아니지?"

"괜찮대도. 언니 깨겠다. 얼른 나가자."

태인은 준민을 달래 밖으로 나갔다. 방문이 닫히자마자 태령은 눈을 떴다.

사실은 택시에서 내린 후부터 깨어 있었다. 정신을 차렸더니 왠지 누군가에게 안겨 있었고, 그 누군가가 우준이라서 당황했다. 내려 달라고 하고 싶은데 우준을 볼 낯이 없어서 그대로 안겨 있었다. 창피하고 미안해서 우준에게 말을 걸 용기가 나지 않았다.

'이준민, 대체 무슨 생각인 거야?'

헤어진 거 아니냐는 우준의 말에, 준민은 싸웠을 뿐 헤어진 것은 아니라고 했다. 말도 안 되는 소리다. 준민이 뭐라고 하든 태령은 준민과 헤어졌다. 함께 한 시간과 기억 때문에 힘들기는 하지만, 다시 준민과 잘해 볼 마음은 눈곱만큼도 없다.

'그건 그렇고…… 태인이 넌…… 준민이 마음을 알고 있었던 거야?'

침대 옆에서 두 사람이 나누던 대화. 태인은 준민의 마음을 알고 있는 게 분명했다.

'하지만 언제 죽을지 몰라서 준민이랑 나를 엮어 주려는 거

야?'

고마움? 미안함? 안쓰러움?

놀랍게도 그런 감정은 들지 않았다. 조롱당하는 기분이 들어 분노만 치솟았다.

'대체 왜? 왜 그따위 짓을 하는 거지?'

태인의 마음을 도무지 이해할 수가 없었다. 도대체 어떤 식의 사고방식을 가졌기에, 자신을 좋아하는 남자와 자기 언니를 엮어 주려고 하는 걸까?

취기와 분노가 섞여 손바닥이 땀에 젖었다. 태령은 아랫입술을 잘근잘근 씹으며 방문을 노려봤다.

저 문밖에서 두 사람은 어떤 얘기를 하고 있을까? 어떤 포즈를 취하고 있을까? 한태령이라는 여자를 어떻게 다뤄야 할지 토의하고 있을까? 어떤 식으로 달래 줄지 고민하고 있을까?

마음이 병들어 가는 것 같다. 태어날 때는 하얗던 마음에 거뭇한 그을음이 덮이기 시작했다.

이불을 끌어당겨 얼굴 위까지 뒤집어썼다. 빛 한 조각 들어오지 않는 이불 안에서, 탁한 공기로 호흡을 했다. 탁한 공기에도 그을음이 섞여 있어, 태령의 마음은 점점 혼탁해져갔다.

원인을 알 수 없는 눈물이 흘렀다. 볼을 타고 흐르는 뜨거운 눈물이 슬픔 때문인지, 분노 때문인지 알지도 못한 채 태령은 울었다. 언제나 그랬듯 소리를 죽이고.

　　　　　　*　　　*　　　*

어떤 표정으로 우준을 봐야 할지 알 수 없어서, 아침부터 거울을 보며 고민했다. 거울에 비치는 얼굴의 상태는 형편없었다. 너무 울어서 눈은 팅팅 부었고, 코는 빨갰다. 피부도 거칠었다.

크림을 적당히 찍어 바르고 나와, 아침도 먹지 않고 회사로 향했다. 생각이 그래서 그런지, 사람들이 전부 자신을 쳐다보고 있는 것 같아서 민망했다. 그래, 나 못생겼다!

드라마를 보면 여주인공들은 울고 난 이튿날에도 반질반질 예쁜데, 현실은 전혀 그렇지 않다. 어쩌면 여주인공이 아니라 그런 걸지도 모르겠다. 엑스트라, 잘 봐줘야 조연이니 이 모양이겠지.

출판사에 도착해 엘리베이터를 탄 태령은 한숨을 돌렸다. 다행이다. 우준과 마주치지 않았다.

하지만 안심은 너무 일렀다. 닫히는 엘리베이터 문 사이로 우준의 모습이 보였다. 우준은 평소처럼 꼿꼿한 자세로 정면을 응시하며 걸어오고 있었다.

눈이 마주쳤다.

눈을 피할 생각도 하지 못한 채 멍하니 우준을 바라봤다. 깊고 짙은 눈동자. 멀리서도 느껴지는 강렬한 힘이 태령의 시선을 잡아끌었다.

엘리베이터 문이 약간의 틈을 남겼을 때에야 정신을 차렸다.

열림 버튼을 눌러야 할까?

잠시 망설였지만 결국 열림 버튼을 눌렀다. 문이 다시 활짝 열렸다.

태령이 일부러 열림 버튼을 누르는 걸 봤을 텐데도, 우준의 걷는 속도는 달라지지 않았다. '미친개'라는 별명보다는 '로봇'이라는 별명이 더 어울릴 것 같다.

끝까지 제 속도로 걸어온 우준이 태령에게 살짝 고개를 숙여 인사를 했다. 태령도 서둘러 고개를 숙였다.

어떡하지? 무슨 말을 해야 하지?

꼿꼿이 서서 정면을 응시하는 우준을, 태령을 흘끔흘끔 훔쳐보며 고민했다.

어제는 감사했습니다. 어제는 죄송했습니다. 그런 말로 시작을 하면 되는 걸까?

차라리 우준이 어제의 일을 언급해 줬으면 하는데, 우준은 아무 일도 없었다는 듯 무심한 표정이었다. 어제의 일이 꿈이었는지 의심될 정도였다.

덜컹.

엘리베이터가 흔들리는가 싶더니, 움직임을 멈췄다.

'야, 너 일부러 이러는 거지?'

혼자 탈 때는 잘만 올라가면서, 우준과 같이 탈 때마다 멈추는 엘리베이터에게 속으로 욕을 하며 입을 열었다.

"팀장님, 지난밤에는…… 저…… 죄송하고 감사했습니다."

"네."

우준은 돌아보지도 않고 대답했다.

"저…… 제가 혹시 술김에 실례되는 행동을 하지는 않았는지……."

"않았습니다."

"아, 네에."

"그나저나 한태령 씨 남자 친구는 여전히 한태령 씨와 사귄다고 하더군요."

우준이 그 일을 끄집어낼 줄은 몰랐다.

"아, 그러게요. 왜 그런 말을 했는지…… 헤어진 거 확실하거든요. 절대 다시 사귈 일도 없을 거고요."

우준이 천천히 고개를 돌려 태령을 쳐다봤다. 무심코 대답했던 태령은 우준의 의아한 시선과 마주친 후에야, 자신의 말실수를 깨달았다.

"그때, 깨어 있었습니까?"

우준이 확인 사살을 했다. 태령의 얼굴이 붉게 물들었다.

"아, 아…… 아…… 그게…… 아……."

대답도 제대로 못하고 입술만 뻐끔뻐끔.

태령은 이 회사에 들어와 몇 번이나 되풀이하는 생각을 또 반복했다. 대체 이 회사에는 왜 쥐구멍이 없는 거냐고!

"흠. 깨어 있었군요."

"아, 죄송합니다. 죄송합니다. 너무 창피해서 그만! 정말 죄송해요."

태령은 몇 번이나 허리를 숙여 사과했다.

"괜찮습니다. 그만 사과하세요."

"그래도 정말 죄송해요. 진짜 무거웠을 텐데. 제가 키가 커서 축 늘어지면 안기가 더 힘들거든요. 물론 팀장님이 저보다 훨씬 크시지만…… 그래도 엄청 힘드셨겠죠? 죄송해요."

"괜찮습니다."

달래는 듯한 목소리에, 굽혔던 허리를 펴고 고개를 들었다. 그리고 목격했다.

우준은 웃고 있었다. 언뜻 스쳐 지나가는 희미한 미소가 아니라, 또렷하게 남아 있는 깊은 미소였다. 부드럽게 휘어진 눈매와 살짝 올라간 입술.

조각 같은 얼굴에 새겨진 미소는 눈이 시리도록 아름다웠다.

'이런 식으로 웃는 사람이구나.'

활짝 웃는다고 표현하기에는 옅었지만, 우준으로서는 굉장히 환한 미소였다. 우준은 자신이 웃고 있는 줄도 모르는지, 자신을 정신없이 쳐다보는 태령을 향해 의아하다는 듯 물었다.

"왜 그렇게 봅니까?"

"아…… 팀장님이 웃고 계셔서……."

"나도 사람입니다. 웃을 때는 웃습니다."

"아, 물론 사람이시죠."

"사람이라는 걸 의심했었습니까?"

"물론 약간은 의심했지만…… 아, 아뇨. 절대요. 절대 의심한 적 없습니다."

"흐음."

우준이 한 손으로 입가를 문질렀다. 손이 지우개라도 되는지, 닿은 부분에서부터 미소가 사라졌다.

"이상하군요. 난 웃을 땐 확실하게 웃는 사람인데."

"그, 그러세요?"

팀원들에게 들은 말과는 완전 달랐다. 팀원들이 말하기로는, 우준이 웃는 얼굴을 보는 건 별을 따는 것보다 힘들다고 했다. 입사 1년 차인 팀원 하나는, 우준이 웃는 얼굴을 한 번도 본 적 없다고, 가끔이라도 웃을 때가 있기는 한 거냐며 신기해했다. 그 말에 유정이 뭐라고 했더라.

"아, 하긴. 그러고 보니 나도 내 눈이 착각을 한 게 아닌가 싶기도 해. 필다 판매 부수가 놀랍도록 올라갔을 때, 팀장님이 웃었다고 생각해 왔는데…… 가만 생각해 보니까 내 기억이 착각을 일으킨 걸지도 모르겠네. 원래 사람 기억이라는 게, 추억을 미화시키곤 하잖아. 그래, 분명 팀장님은 그때 안 웃었을 거야. 내 기억이 웃었으면 좋겠다고 생각해서 미화시킨 거겠지."

하지만 지금 태령이 본 그것은 기억의 미화가 아니었다. 우준은 정말로 웃었다. 착각이라고 의심되지 않을 만큼 또렷하게.

"아, 또 엘리베이터 멈췄었어. 이러다 아주 폐쇄공포증 걸리겠다니까."

유정이 자리에 앉으며 말했다.

"엘리베이터, 자주 그래요?"

"응. 일주일에 두세 번은 꼭 멈추는 것 같아."

"그러다 뚝 떨어지면 어쩌죠?"

"전에 점검했는데 줄이나 그런 건 이상이 없대. 기계 결함이라는데, 멈추는 것 빼고는 큰 문제가 없으니까 고칠 생각을 안 하네. 문제가 없으면 뭐해. 멈출 때마다 깜짝깜짝 놀라는데. 게다가 혼자 타고 있으면 얼마나 무섭다고."

멈출 때마다 우준과 함께라서 그런지, 엘리베이터가 멈춘 부분에 대한 공포심을 느낀 적은 없었다. 늘 우준과 함께 있다는 사실에 긴장을 했을 뿐이다.

"태령 씨, 괜찮은 거야?"

유정이 물었다.

"네?"

"눈이 부었는데…… 어제 무슨 일 있었어? 혹시…… 그 자식이 태령 씨한테 무슨 짓이라도 한 거야?"

"아아."

그러고 보니, 지난밤 내내 준민과 태인의 일을 고민했으면서 아침부터는 우준을 생각하느라 두 사람을 떠올리지 않았다. 이게 좋은 일인지, 나쁜 일인지 모르겠다.

"아뇨, 어제 술을 좀 많이 마셔서 얼굴이 부었나 봐요."

"그래? 괜찮은 거지?"

"네, 괜찮아요."

"너무 무리하지 마. 요새 태령 씨 일하는 거 보면 전쟁 치르러 나가는 사람 같아. 우울한 거 잊으려고 일 열심히 하는 건 좋은데, 그러다가 쓰러지는 경우가 있어. 쓰러져서 입원하면 할 일도 없고, 할 일 없으면 딴생각만 많이 드는 거 알지? 그런 일 없게 조심해야 돼."

"네, 고마워요. 선배님."

"고맙긴."

가슴이 따뜻했다. 오늘 아침 거실에서 마주친 엄마는, 태령에게 아무것도 묻지 않았다. 아마 태령의 눈이 퉁퉁 부어 있다는 것도 몰랐을 것이다.

가족들에게서 느끼지 못하는 따스함을, 만난 지 얼마 되지도 않은 직장 동료에게 느끼는 것이 좋기도 하고, 서글프기도 했다. 태령은 좋은 쪽으로 생각하기 위해 노력하며 문서 창을 띄웠다.

미쉘 챤에 대한 조사는 완벽히 끝냈다. 해외 기사들을 샅샅이 파헤치고 연구했다. 대략 어느 방향으로 인터뷰를 진행할지 정해지니, 인터뷰 초안을 작성하는 것은 쉬웠다. 어제는 한글로 초안을 작성하는 것까지 마쳤다. 오늘은 불어로 정리를 할 차례다.

좀 더 부드러운 단어를 사용하기 위해, 사전을 뒤지며 인터뷰를 번역했다. 적당하게 쓰일 만한, 칭찬하는 문장들도 찾아서 외웠다.

점심시간이 다 되어갈 무렵 번역이 끝났다. 태령은 한글 인터뷰와 번역된 인터뷰 문서를 출력해, 팀장실로 향했다.

똑똑.

"들어오세요."

우준의 대답을 듣고 안으로 들어갔다. 우준은 통화 중이었다. 우준이 눈짓으로 의자를 가리켰고, 태령은 이번엔 실수하지 않고 의자를 끌어와 우준의 맞은편에 앉아 대기했다.

상대는 외국인인지, 우준은 영어로 대화를 하고 있었다. 맞장구를 치는 정도의 가벼운 영어였지만, 되묻는 일이 없는 걸로 봐서는 상대의 말을 다 알아듣는 것 같았다. 우준이 영어를 잘하는지 몰랐던 태령은 놀라움을 고스란히 드러내며 우준의 입술을 빤히 쳐다봤다.

약간 두툼하고 넓은 입술이 부드럽게 움직이고 있었다.

우준은 상대에게 무언가를 미안하다고 하고, 무언가에 감사를 한 후 전화를 끊었다. 태령은 우준의 입술이 움직임을 멈추자, 멍하니 말했다.

"영어, 되게 잘하시네요."

"기본적인 대화는 할 수 있습니다."

"아……."

"영어 못 하게 생겼습니까?"

"아, 아니요. 그런 건 아닙니다."

"무슨 일입니까?"

"아…… 이걸 먼저."

태령은 들고 온 인터뷰 초안을 우준에게 내밀었다. 우준이 받아 들기를 기다렸다가 말했다.

"미셸 챤 디자이너에게 보낼 기획서와 인터뷰 초안입니다. 인터뷰 작성은 처음이라서 부족한 부분이 있을 것 같습니다. 팀장님이 알려주시면 그 부분은 수정하도록 하겠습니다."

"한번 읽어보죠."

허벅지 위에 두 손을 가지런히 모으고 앉아, 우준이 다 읽기를 기다렸다. 우준은 진지하게 글을 읽기 시작했다. 태령은 우준이 읽는 동안 할 것이 없어서, 우준의 얼굴을 뚫어져라 쳐다볼 수밖에 없었다. 짙은 눈썹, 미간에 생긴 진한 주름. 깊은 눈과 분필을 넣은 듯 오뚝한 코. 무엇보다 눈에 띄는 것은 입술이다. 두툼하고 매력적인 입술.

예술 작품을 관찰하듯 우준의 얼굴을 쳐다보던 태령은, 남의 얼굴을 빤히 쳐다보는 게 예의에 어긋난 행동이라는 것을 깨닫고는 얼른 눈을 돌렸다. 눈동자가 멈춘 곳은 우준의 손가락에서였다. 한 장, 한 장 문서를 넘기는 길고 예쁜 손가락.

공사장에서 막노동을 했던 손이라 그런지 자잘한 흉터가 있었지만, 전체적인 모양은 예뻤다. 힘줄이 살짝 드러나는 손은 남자다웠고 강해 보였다. 한 손으로 사과를 부술 수 있을 것처럼 컸지만, 손가락은 섬세했다.

태령은 저도 모르게 침을 삼켰다.

마지막 장까지 꼼꼼하게 읽은 우준이 태령의 뒤에 있는 시계를 확인했다.

"점심시간이네요. 점심 먹으면서 얘기할까요?"

"네."

우준과 함께 사무실 밖으로 나갔을 땐 팀원들이 점심을 먹기 위해 모두 밖으로 나간 후였다.

"엘리베이터가 자주 멈추나 봐요."

"네, 자주 멈춥니다."

"그러다가 사고 나면 어쩌죠?"

"무섭습니까?"

"혼자 타면 무서울 것 같아요."

"나랑 있으면 안 무섭습니까?"

"네? 아, 네. 안 무서워요."

"그래요. 그럼 앞으로 나랑 같이 탑시다."

"아…… 네?"

"앞으로 나랑 같이 타자고요."

"출퇴근 시간이 안 맞을 텐데."

예상치 못한 제안이라, 바보 같은 반응을 하고 말았다. 우준은 웃는 기색도 없이 말했다.

"기다리죠. 내가 늦을 땐 태령 씨가 기다리고요."

"아, 네에."

이걸 도대체 어떻게 해석해야 되는 걸까?

엘리베이터를 고쳤으면 하는 바람으로 말했던 건데, 이런 결론이 나올 줄은 몰랐다. 서로 기다렸다가 엘리베이터를 타는 사이. 그걸 대체 뭐라고 생각해야 되는 거지?

상대가 우준이 아닌 다른 남자였다면, 쉽게 결론을 내릴 수 있었을 것이다. '이 남자, 나한테 마음이 있는 건가?'라고.

그러나 상대는 '미친개'라 불리는 우준이었다. 게다가 우준은 짝사랑하는 상대가 있다고도 했다. 짝사랑의 대상이 자신일 거라고는 상상도 하지 않았다.

'내가 그렇게 불안해 보이시나? 내가 의외로 보호본능을 자극하게 생긴 거 아냐?'

결국 태령은 그렇게 결론지었다.

덮밥 가게에 들어가 주문을 한 후, 우준이 말했다.

"점심시간에 업무 관련 이야기를 하고 싶지 않다면 말하세요."

"아뇨, 괜찮습니다."

우준과 공유할 만한 이야기도 없는데, 일 이야기를 하는 편이 나왔다.

"그래요. 기획 의도를 설명한 부분은 고칠 점이 없습니다. 아주 인상적입니다."

"감사합니다."

"원래는 전화로 설명을 하려 했지만, 메일로 보내면 더 인상 깊을 것 같군요. 미쉘 찬에게 메일로 보내두도록 하겠습니다. 그리고 인터뷰 역시 따로 손댈 부분은 없더군요. 여자라서 그런지 내가 생각하지 못했던 부분에 대한 질문들이 몇 개 있어서 놀랐습니다."

"감사합니다."

쏟아지는 찬사에 몸 둘 바를 모르겠다. 몇 군데 지적을 받을 줄 알았는데, 우준은 칭찬을 아끼지 않았다. 그러고 보니, 잘했을 때는 확실하게 칭찬을 해 주는 사람이라고 들었다. 그래서 잘해냈을 때의 성취감이 훨씬 크다고.

기분 좋다.

"자칫 잘못하면 너무 노골적이라 불쾌할 수도 있는 질문을 좋게 꾸몄더군요. 돌려 말하면서도 요점은 확실하게 들어가 있어서, 읽는 입장에서 편했습니다. 잡지에 실을 때도 질문을 고치지 않고 그대로 넣으면 될 정돕니다. 잘했습니다, 한태령 씨."

"감사합니다."

이렇게 확실하게 칭찬을 받아본 것은 처음이다. 감격에 겨워 눈물이 날 뻔했다. 태령은 침과 함께 눈물을 삼키며 미소를 지었다. 우준은 그런 태령을 물끄러미 응시하다가 시선을 옆으로 돌렸다.

마침 음식이 나왔다. 약간 많은 듯한 돼지고기 덮밥을 먹으며, 태령은 우준의 칭찬을 곱씹었다. 잘했습니다, 놀랐습니다. 딱딱한 말투였지만, 그래서 더 감미로웠다. 저렇게 차갑고 딱딱한 사람마저 칭찬을 해 준다.

칭찬은 고래도 춤추게 한다더니, 태령이야말로 춤추고 싶은 기분이었다. 만약 상대가 우준이 아닌 희원이었다면, 얼씨구 절씨구 춤을 췄을지도 모르겠다.

"하나 묻겠습니다."

태령이 밥을 다 먹었을 때, 우준이 입을 열었다.

"이 기획에 대해 다른 사람에게 얘기한 적 있습니까?"

"네? 아뇨, 없는데요."

"그래요."

우준이 미심쩍다는 표정을 지었다.

"정말로요. 아무한테도 얘기 안 했습니다. 무슨 일 있나요?"

"흠. 아까 미쉘 찬과 통화를 하는데, 다른 잡지사에서 인터뷰 섭외가 들어왔다고 하더군요."

"정말요?"

"네. 일단 우리 쪽과 이야기가 되어 있기 때문에 거절했다고는 하던데…… 그쪽 기획 의도를 들어보니, 우리와 비슷한 방향의 인터뷰를 하려고 한 것 같습니다."

"어, 어느 잡지인가요?"

"카몬느요."

"아. 카몬느."

카몬느는 필다의 라이벌 격인 잡지였다. 필다보다 판매 부
수는 적지만 창간한 지 오래 돼서 꾸준한 독자층이 있었다. 하
지만 최근에는 필다를 많이 따라하려고 해서, 일부의 비난을
받는 중이었다.

"그쪽 움직임으로 봐선…… 미쉘 챤과의 인터뷰는 무산이
됐지만 비슷한 유명인을 섭외해서 인터뷰를 진행할 가능성이
높습니다. 그럴 경우, 우리 인터뷰가 늦게 실리게 되면 따라했
다는 말이 나오겠죠."

"하지만 전 아무한테도……."

말하지 않았다고 하려다가 두 사람이 떠올랐다. 한 명은 태
인, 한 명은 미혜. 하지만 태인일 리는 없었다. 태인에게는 지
나가는 말처럼 미쉘 챤의 이야기를 했을 뿐이다. 게다가 태인
이 이 기획을 다른 잡지사에 넘길 이유가 없다. 태인은 출판
업계와 아무런 관련이 없으니까.

그렇다면 의심이 되는 건 미혜였다. 어제 아침 미혜는 태령
의 책상에 앉아 모니터를 보고 있었다. 게다가 미혜는 태령을
마음에 들어 하지 않는다.

미혜를 의심하고 싶진 않지만, 이 상황에서 말이 새어 나갈
곳은 미혜뿐이었다. 태령은 망설이다가 어렵사리 이야기를 꺼

냈다.

"어제 정 팀장님이 제 컴퓨터를 보고 계셨어요."

"잡지 1팀 정미혜 팀장이요?"

"네."

"그래요. 하지만 정 팀장일 리는 없습니다."

우준은 듣는 태령이 민망할 정도로 단호하게 말했다. 태령도 미혜를 의심하고 싶었던 건 아니기에, 얼른 그 말을 받아들였다.

"네, 그렇겠죠?"

"그래요. 절대 아닐 테니 의심하지 마세요."

"네, 죄송합니다."

아무래도 우준의 짝사랑 상대가 미혜인 게 확실한 것 같다. 그렇지 않으면 저토록 신뢰할 리가 없으니까.

어째서인지 가슴이 답답해졌지만 태령은 얼른 기분을 가라앉혔다. 가슴이 답답해질 이유가 없다. 우준과 미혜 사이에는 긴 시간이 있었고, 그 긴 시간을 함께 일하며 서로에 대한 신뢰를 쌓아왔을 것이다.

"잘잘못을 가려내기 위해 이런 얘기를 하는 건 아닙니다. 정보를 유출한 사람을 찾는 것보단, 빨리 기획을 완성해서 잡지에 싣는 게 중요하겠죠. 미쉘 챤과 다음 주 금요일에 프랑스에서 만나기로 했습니다. 그리고 돌아와서 바로 정리하면 다음 달 호에는 인터뷰를 실을 수 있겠죠."

"네에."

"한태령 씨, 여권 있습니까?"

"네, 있습니다."

우준은 생각하지 말라 했지만, 태령은 정보를 유출한 사람이 누군지 생각하느라 정신이 없었다. 우준이 누군가에게 말했을 리는 없으니, 태령에게서부터 새어 나간 것이 분명했다. 자신의 잘못인 것이다.

미혜가 아니라면 태인인데, 아무리 생각해도 태인이 그런 짓을 할 이유가 떠오르지 않았다.

'내가 준민이 일 때문에 꽁해져서 별 걸 다 의심하게 되는구나.'

그런 태령을 향해, 우준이 말했다.

"프랑스에 같이 갈 테니 준비해 두세요. 수요일 출발입니다."

태령은 멍하니 거울을 응시했다. 거울 속에 바보 같은 표정의 여자가 비치고 있었다. 낯선 이를 보는 기분으로, 거울에 비친 자신의 얼굴을 물끄러미 보다가 고개를 들었다.

'나 무슨 얘기를 들었더라?'

다음 주 수요일, 프랑스에 같이 간다는 말을 들었던 것 같다. 하지만 그것은 너무도 꿈만 같은 일이기에, 현실로 받아들이기가 힘들었다.

'프랑스. 프랑스라고? 내가?'

17년 전, 태인이 큰 수술을 했다. 어마어마한 비용이 들었고, 평범한 회사원이었던 아버지가 쉽게 마련할 수 없는 돈이었다. 결국 사채를 써야만 했고, 이자는 불고 불어 헉 소리 나는 금액이 되어 버렸다.

아버지도, 어머니도, 그리고 성인이 된 태령도 그 돈을 갚기 위해 살았다. 어학연수나 유학은 상상을 해본 적도 없다. 살아생전 외국 땅을 밟는 일이 생길 거란 달콤한 상상으로 자신을 괴롭히지 않았다.

그런데 프랑스라니. 이웃 나라 중국이나 일본도 아닌, 저 멀리 있는 프랑스라니.

거울 속의 키 큰 여자는 여전히 바보 같은 표정을 짓고 있었다. 입술을 살짝 벌린, 넋이 나간 표정.

'프랑스라니……'

생각지도 못한 제안을 들어 멍해지는 바람에, 그 이후에 어떻게 회사로 돌아왔는지도 기억이 나지 않았다. 분명 함께 돌아온 것 같은데, 술에 취해 기억이 끊긴 것처럼 생각이 안 난다.

'내가 대답은 했나? 혹시 바보처럼 앉아 있기만 했던 거 아냐? 설마…… 싫다고 한 건 아니겠지?'

놀러가는 게 아니라 일하러 가는 거지만, 외국에 직접 간다는 건 태령으로선 둘도 없는 기회였다.

"프랑스……."

중얼거리는데 뒤에서 목소리가 들렸다.

"프랑스? 프랑스 가?"

화장실 칸 안에서 나는 소리였다. 태령은 퍼뜩 정신을 차렸다.

"네?"

"나야."

한 톤 높은 목소리는 미혜의 것이었다.

"아아. 정 팀장님. 식사 하셨어요?"

"당연하지. 프랑스 가?"

물 내리는 소리가 들리고 미혜가 칸 밖으로 나왔다.

"프랑스는 왜? 여행?"

집요할 정도로 묻는 미혜를, 태령은 의심스러운 눈으로 살펴봤다. 왜 이렇게 꼬치꼬치 캐묻는 걸까?

그러자 미쉘 챤 기획이 유출됐다는 데 생각이 미쳤다.

'아니, 팀장님은 정 팀장님일 리 없다고 딱 잘라 말했어. 그렇게 말씀하시는 건 이유가 있을 거야. 내가 의심하면 안 되지.'

태령은 미혜에 대한 의심을 거뒀지만, 미혜에게 어디까지 이야기해도 되는 건지는 알 수 없었다. 미쉘 챤과의 인터뷰 때문에 프랑스에 간다는 말을 해도 되는 걸까?

"만약 외국 나갈 일 있으면 말해 줘. 면세점 좀 가게. 알겠지?"

"네, 그럴게요."

아무리 일 때문이라지만 뭔가를 숨기는 것은 마음이 불편하다. 미혜에게 일일이 말해 줄 의리는 없어도, 솔직하게 말하지 못해 찝찝했다.

사무실로 돌아오자 팀원들이 시선이 태령에게 주목되었다. 갑작스레 주목을 받은 태령은 당황해서 문손잡이를 잡은 채 움직임을 멈췄다. 그런 태령을 물끄러미 바라보던 유정이 물었다.

“팀장님이랑 점심 먹었어?”

“네? 네.”

“어휴.”

내가 뭐 실수했나?

팀원들이 표정이 밝지 않아서 긴장이 됐다. 손잡이를 잡은 손에 힘이 들어갔다.

유정은 고개를 절레절레 저으며 말했다.

“우리가 미안하게 됐네. 어쩌다가 그런…….”

“전 괜찮은데요.”

“애써 밝은 척할 필요 없어. 어땠어? 팀장님이 짖진 않든? 물리진 않았어?”

장례식장처럼 침울한 분위기는 태령의 잘못 때문이 아니라, 안쓰러움 때문이었다. 태령은 긴장을 풀고 배시시 웃었다.

“네, 괜찮았어요. 팀장님은 생각보다 친절하세요.”

그 말이 불러온 여파는 컸다.

커피를 마시던 3년 차 선배 유진은 입에 있던 커피를 뿜었고, 물을 마시던 다희는 사레가 들려 콜록거렸다. 모두가 경악한 표정으로 태령을 바라보는 가운데, 팀장실 문이 열리며 우준이 밖으로 나왔다.

"왜들 이렇게 소란스럽습니까?"

낮고 차가운 음성이 사무실에 울리자, 사무실이 일시에 고요해졌다.

우준은 사냥감을 앞에 둔 사자처럼 서늘한 눈으로 사무실을 한 번 둘러본 후 태령에게 손짓했다.

"한태령 씨, 잠깐 팀장실로 오세요."

"네, 팀장님."

우준을 따라 들어가는 태령의 뒤로, 유정이 옆 사람에게 속삭이는 목소리가 들려왔다.

"어떡해. 태령 씨, 진짜로 찍혔나 봐."

*　　*　　*

밤새 연구실에서 보고서를 쓰다가 집으로 돌아가던 희원은 맞은편에서 걸어오는 여자를 보고 인상을 구겼다. 연갈색 원피스를 살랑살랑 흔들며 걸어오는 건 태인이었다.

여자 옷에 대해 잘 모르는 희원이 보기에도 비싸 보이는 원피스와 구두, 가방. 인터넷 쇼핑몰에서 산 만 원 대의 옷을 몇 년째 입는 태령이 떠올라 기분이 나빠졌다.

태인이 희원을 발견하고는 미소를 지었다. 말을 섞고 싶지 않아서 희원은 못 본 척했다.

"희원아."

태인이 특유의 떨리는 목소리로 이름을 불렀다. 희원은 못 들은 척하고 방향을 틀었다. 그러나 몇 걸음 가지 않아 팔에 닿는 느낌에 걸음을 멈출 수밖에 없던 희원은, 혐오스러움을 감추지 않은 얼굴로 태인을 쳐다봤다. 희원의 팔에 팔짱을 낀 태인은, 희원의 불쾌한 표정을 봤으면서도 해사한 미소를 지었다.

"오랜만이다, 그치?"

"별로."

"요새 왜 우리 집에 안 놀러와? 예전에는 자주 왔으면서."

"네 꼴 보기 싫어서."

"응?"

태인이 못 들었다는 듯 고개를 갸우뚱했다.

"네 꼴 보기 싫어서 너네 집 안 간다고."

희원은 좀 더 분명한 목소리로 말했다. 올라갔던 태인의 입꼬리가 어색하게 굳었다.

"그게 무슨 소리야?"

"머리에 병났냐? 왜 못 알아들어? 너 싫어서 너네 집 안 간다고 말했다. 더 이상 어떻게 설명을 해야 하지?"

"너, 왜 그래?"

“네가 싫어서 그래. 이 손 치우지?”

희원은 차가운 표정으로 팔에 낀 태인의 손을 가리켰다. 그러나 태인은 충격 받은 표정으로 손을 빼지 않았다. 결국 희원이 직접 팔을 빼냈지만, 태인이 곧바로 다시 붙잡았다.

“희원이 너 정말 왜 이래? 내가 뭐 잘못한 거 있어?”

태인의 표정은 절박했고, 안쓰럽기까지 했다. 태인의 본성을 몰랐더라면, 희원의 마음도 약해졌을 것이다. 하지만 희원은 태인이 저 표정으로 태령에게서 빼앗은 많은 것들을 알고 있었다.

동정의 여지가 없다.

“말해 줘, 고칠게.”

“아니, 넌 못 고쳐. 평생 그렇게 살겠지.”

“그렇게 산다니? 내가 뭘 어쨌는데?”

“지금 그 질문을 하는 것부터가 에러야. 아직까지도 자기가 뭘 잘못했는지 모른다는 거잖아.”

“그러니까 말해 달라니까. 친구 좋은 게 뭐야? 나쁜 점은 지적해 주고, 고쳐 주고. 그런 거 아니야?”

“친구? 난 너를 친구라고 생각한 적 없는데. 내 친구는 한태령이고, 넌 그냥 한태령 동생이야.”

순간 태인의 얼굴에 무언가가 스치고 지나갔다. 아주 짧은 순간이었지만 희원은 오싹함을 느꼈다. 거대한 뱀을 앞에 둔 것 같은 소름.

“그래, 맞아. 난 한태령 동생이야. 학교에 다닐 때도 다들 그렇게 불렀지. 한태령 동생. 내 이름을 제대로 불러 주는 건 준민이 밖에 없었어.”

“그래서 준민이랑 키스했냐?”

“…….”

“네 이름을 제대로 불러줘서, 네 언니 남자 친구랑 키스했어?”

“그건…… 준민이가 억지로…….”

“억지로 당했다고 하기엔 네가 너무 능숙하게 받아들이던데? 최신 유행인가 보지? 억지로 키스해도 능숙하게 받아 주기.”

“빈정거리지 마.”

“난 요새 그런 생각이 든다, 한태인.”

“어, 어떤 생각?”

희원은 태인을 향해 찌르는 듯한 시선을 보내며 물었다.

“너, 정말로 아프긴 한 거냐?”

태인은 칼에 찔린 사람처럼 충격 받은 표정으로 뒷걸음질을 쳤다. 희원은 무심한 시선을 던지며 계속해서 말했다.

“뮌하우젠 증후군이라는 게 있다. 병이 없는데도 아프다고 거짓말을 하면서 관심을 끌려는 마음의 병이지. 너 말이야…….”

“아파!”

태인이 희원의 말을 끊으며 발작적으로 외쳤다.

"너, 너, 아무리 그래도 그렇지 어떻게 그런 식으로 말할 수 있어? 내가 아프지도 않은데 거짓말한다는 거야? 집에 틀어박혀서 일도 못 하고, 공부도 못 하고, 친구도 못 만나고…… 그런 삶이 뭐가 좋다고 아픈 척하겠어? 아파, 정말로 아파. 나 어릴 때 큰 수술한 거 알잖아! 성공 가능성 거의 없는데도 수술해서 간신히 살아남은 거 알잖아! 그런데 어떻게 그런 말을 해? 나는 뭐 이렇게 살고 싶어서 이렇게 사는 줄 알아? 아파! 나도 이렇게 사는 거 싫다고!"

태인의 눈에서 눈물이 흘렀다. 하지만 희원은 태인을 싸늘하게 응시하며 말했다.

"난 네가 그렇게 살고 싶어서 그렇게 사는 걸로 보인다."

"너…… 너 어떻게…….."

태인이 비틀거렸다. 흰 얼굴에서 핏기가 가시자, 시체처럼 창백해졌다. 금방이라도 쓰러질 것처럼 아파보였지만, 희원은 손을 뻗지 않았다.

"적당히 해. 어리광은 남한테 큰 피해를 안 줄 때까지만 허용되는 거야. 넌 지금 태령이 인생을 다 갉아먹고 있어."

"……."

"하여간 난 네가 싫으니까 앞으로 길에서 마주쳐도 아는 척하지 마라. 간다."

쓰러질 것 같은 태인을 놔두고 희원은 매정하게 걸음을 옮겼다. 길을 걷는 내내 단 한 번도 돌아보지 않는 희원을, 태인은 서글픈 눈으로 응시하다가 손을 뻗었다. 하지만 손은 닿지 않았다.

＊　　＊　　＊

태령은 긴장한 눈으로 우준을 쳐다봤다.

왜 부른 걸까? 혹시 프랑스행이 취소됐다는 말을 하기 위해서일까? 역시 아까 너무 멍해져서 대답을 안 했던 걸까?

"한태령 씨."

"꼬, 꼭 가고 싶습니다!"

난데없이 주장하는 태령을, 우준은 깜짝 놀란 표정으로 쳐다봤다.

"네?"

의아한 듯 묻는 우준에게, 태령은 기어들어가는 목소리로 말했다.

"프랑스, 꼭…… 가고 싶다고요."

우준의 입가에 희미한 미소가 묻어 나왔다.

"압니다. 아까도 그렇게 대답했어요."

"아, 그, 그랬나요?"

"그래요."

"아아."

정말로 프랑스에 가게 됐다는 기쁨에 들떠, 창피하다는 생각은 들지 않았다. 헤벌쭉 웃는 태령을 우준은 물끄러미 바라보다가 고개를 돌렸다. 우준은 한 손으로 얼굴을 쓰다듬은 후, 표정을 정리하고 다시 태령을 쳐다봤다.

"3시에 미쉘 챤 기획 건으로 팀 회의를 할 겁니다. 태령 씨 기획이니까 발표 준비하세요. 비행기 표 사려면 여권이 필요하니 내일 가져오고요."

"네, 팀장님."

태령이 나간 후, 우준은 사장실로 향했다. 사장인 양석은 푹신한 소파에 몸을 파묻고 앉아 있었다. 우준이 맞은편 소파에 앉자, 양석이 입을 열었다.

"우준아."

"네, 사장님."

"너, 결혼 안 할래?"

"생각 없습니다."

"우리 마누라 친구 딸인데, 애가 진짜 괜찮더라고. 너, 자기 일 열심히 하는 여자가 좋다고 했잖아. 공기업 다니고 연봉도 상당한가 봐. 게다가 예뻐. 사진 봤는데 완전 연예인이야, 연예인."

"됐습니다."

"그러지 말고 한 번 만나 봐. 혹시 알아? 딱 네 스타일이라서 첫눈에 반할 수도 있는 거잖아. 그래서 잘 되면 나한테 양복 한 벌 해 줘야 된다?"

"그럴 일 없을 겁니다."

"그럴 일 없다니. 너도 벌써 서른둘이야. 이제 연애 시작해서 1, 2년 연애하다가 결혼 준비하고 그러면 서른다섯은 돼야 식을 올리고 그럴 텐데. 슬슬 생각해 봐야지."

"사장님. 전 절대로 결혼 안 합니다."

"절대로라니. 세상에 절대는 없는 거 알아? 너 그러다가 엄청 결혼하고 싶은 여자 만나면 어쩔래? 그럼 나한테 절대 결혼 안 하겠다고 한 말이 기억나서 민망해지겠지. 민망해서 결혼을 차일피일 미루게 될 거고."

"그런 걸로 민망하지도 않을뿐더러, 결혼할 일도 없습니다."

"뭐야? 연애만 실컷 하고 결혼은 안 하겠다. 그런 마인드였냐, 너?"

"하아. 사장님. 제발 제 결혼 문제에 대해서 신경 끄세요."

나이가 서른이 넘고부터 주위에서 종종 결혼 이야기를 꺼냈다. 남의 일에 관심 많은 한국인이라지만, 최근에는 정도가 심하다 싶을 정도로 결혼 이야기를 듣는다. 양석이나 우현이야 친한 사이고 가족이니 그렇다 쳐도, 거래처 사람들까지 결혼 이야기를 꺼낼 때는 한숨만 나왔다.

결혼.

한 사람과 평생 함께하겠다는 사회적 약속.

수많은 약속들이 그렇듯, 결혼이라는 이름의 사회적 약속 역시 완벽하게 지켜지지 않을 때가 많다. 서류에 도장을 찍고

공식적인 관계가 되더라도, 한 사람이 배신을 하면 그걸로 끝. 참으로 의미 없는 짓이다. 언제 부서질지 모르는 그런 약속에 얽매이고 싶지 않았다.

태령을 사랑하지만 그녀와 결혼하고 싶은 생각은 없다. 무언가를 책임져야 한다는 압박감은 사람을 변하게 만들고, 변화는 약속의 취소를 가져올 뿐이다. 그 끝에 증오만 남게 될 것이, 우준은 두려웠다.

그래서 우준은 단 한 번도 태령과의 결혼을 꿈꾸지 않았다. 태령의 주위에서 서성이는 이 마음이 태령에게 닿게 되더라도, 그녀와 결혼하는 일은 없을 것이다.

"왜 왔어?"

신경 끄라는 말에 토라졌는지, 양석이 불퉁거렸다.

"다음 주 수요일에 프랑스 갑니다."

"휴가 내게? 알아서 써."

"휴가가 아니라 인터뷰하러 갑니다."

"그러든가."

"저랑 한태령 씨, 두 사람이 갈 예정입니다. 수요일 비행기로 갔다가 토요일에 올 예정이고요."

태령과 함께 간다는 말에 양석이 허리를 곧추세웠다.

"한태령 씨랑 같이 간다고?"

"네. 문제 있습니까?"

"있지! 당연히 있지! 그걸 말이라고 해?"

“…….”

“왜 자꾸 태령 씨를 괴롭혀? 안 그래도 요새 들리는 소리가 있어.”

“들리는 소리요?”

“요새 팀장실로 태령 씨를 자주 부른다면서? 유정 대리 걱정이 심해.”

“…….”

“신입 좀 그만 괴롭혀. 말을 못해서 그렇지, 당하는 입장에선 얼마나 괴롭겠어?”

“대체 왜 괴롭힌다고 생각하시는 겁니까?”

“그걸 몰라서 물어?”

“네, 모르겠습니다. 신입에게는 최대한 잘해 주고 있는데요.”

“그래서 그렇게 많은 신입들이 그만 뒀나?”

“더 나은 직장을 찾아 떠난 거겠죠.”

말이 안 통한다는 걸 깨달은 양석은 크게 한숨을 쉬더니 고개를 절레절레 저었다.

“하여간 자네가 이미 결정했으니 프랑스행을 막을 수는 없겠지.”

“그렇겠죠.”

“괴롭히지 마. 신입 또 관두면 가만 안 둘 거야.”

“자르실 겁니까?”

“자르긴 왜 잘라! 우리 회사 돈줄인데. 검은 머리가 파뿌리 될 때까지 데리고 있을 거야!”

“그거 참 끔찍하네요.”

사장실에만 가면 영양가 없는 대화를 하느라 시간이 지체된다. 볼일이 끝나서 나가려는 우준을, 양석은 몇 번이나 붙잡아 놓고, 궁금하지도 않은 이야기들을 늘어놨다.

양석은 워낙 표정이 자주 변하는 사람이라 이야기를 듣고 있는 게 지루하진 않았다. 하지만 한 회사를 이끄는 사장이 직원에게 일할 틈도 주지 않고 수다나 떨어도 되는 건지 걱정이다. 다른 회사는 휴대폰 만질 시간도 주지 않고 일을 시킨다는데, 월급이 아깝지도 않은 걸까?

3시에 진행되는 회의에서 미쉘 챤 기획에 대해 간단하게 브리핑을 했다. 신입인 태령이 진행한다는 말에도 별로 놀라지 않던 팀원들은, 태령과 우준이 함께 프랑스에 간다는 말에 반응을 보였다.

양석에게 ‘들리는 소리가 있어.’라는 말을 들은 후라 그런지, 평소에는 염두에 두지 않았던 팀원들의 표정이 확실하게 들어왔다. 몇 명은 걱정 어린 눈으로, 몇 명은 안쓰럽다는 눈으로 태령을 쳐다봤고, 유정은 대놓고 우준에게 비난의 시선을 던졌다.

대체 왜?

우준은 팀원들의 반응을 도통 이해할 수가 없었다. 저들이 잘해 주라고 해서—물론 사심도 섞여 있지만— 잘해 주는 중인데, 뭐가 저리 걱정이고, 뭐가 저리 불만이란 말인가.

더 이상 뭘 어떻게 잘해 줘야 하는 건지 모르겠다. 데리고 나가서 옷이라도 사 줘야 하는 걸까?

태령의 업무 능력을 높여 주고 싶었다. 동생 뒤치다꺼리를 하느라 자기 삶을 누리지 못하는 와중에도, 발전을 위해 노력하는 태령이다. 노력의 끝에 무언가 있다는 것을, 태령에게 알려 주고 싶었다.

'아니. 이건 그냥 비겁한 변명일 뿐. 사실은 내 욕심을 채우기 위한 거겠지.'

프랑스를 보여 주고 싶다. 저 먼 나라를 구경하는 즐거움을 알려 주고 싶다.

그런 욕심 때문에 굳이 데리고 가지 않아도 되는 태령을 데리고 가는 것이다.

'난 공과 사를 구분 못 하는 형편없는 남자였군.'

자기 자신에게 자괴감을 느끼는 한편, 팀원들이 이런 욕심을 눈치채지 못해서 다행이란 생각이 들었다.

약간 긴장한 상태로 이번 기획의 취지와 방향을 설명하던 태령은 시선을 느꼈다. 우준의 시선이었다.

발표하는 사람을 향해 시선을 보내는 것은 당연한 일이다.

팀원들 모두가 태령을 보고 있었다. 그러나 우준의 시선은 팀원들의 것과 조금 달랐다. 자칫 잘못하면 물릴 것 같은, 강렬한 눈빛.

'왜 저렇게 쳐다보시지?'

우준의 시선을 신경 쓰느라 말이 꼬였다. 팀원 몇 명이 작게 웃어서 분위기가 부드러워졌다. 하지만 우준의 눈빛은 조금도 달라지지 않았다.

'무서워.'

최근 함께 저녁을 먹고 술을 마시면서, 우준에 대한 두려움이 조금은 가신 줄 알았는데 아니었다. 우준은 여전히 무섭다. 특히 저런 눈빛을 하고 있을 때면.

짙은 눈썹 아래에 자리 잡은 눈은 깊고 진했다. 고요한 눈동자가 태령을 숨 막히게 했다.

"이상입니다."

준비한 것을 끝까지 발표한 태령은 자리에 앉자마자 심호흡을 했다. 우준의 시선을 신경 쓴 순간부터, 자신이 무슨 이야기를 떠들어댔는지 잘 기억이 나지 않았다.

태령의 발표가 끝나자 팀원들이 이번 기획에 대해 제각각 의견을 내기 시작했다. 자유로운 분위기에서 회의가 진행되었다.

이것을 넣었으면 좋겠다, 사진은 이런 식으로 들어갔으면 좋겠다…….

추가할 사항과 뺄 사항을 정리한 후에는, 잡지의 어느 자리에 넣을지가 문제가 됐다. 다음 달 잡지에는 이미 들어갈 것이 정해져 있어서, 미쉘 챤의 인터뷰를 실으려면 페이지를 추가하거나 다른 것을 빼야만 했다.

"뺄 게 없는데…… 전부 이번 달에 꼭 들어가야 하는 거예요. 가을 특집으로 구성한 거라, 이번 달에 안 넣으면 못 써요."

"독자 인터뷰 같은 경우는 이미 감사 차원에서 선물을 보낸 데다가 다음 호에 들어갈 거라고 통보해서, 빼면 반응이 좀 있을 것 같습니다."

"페이지 늘리면 앞으로도 쭉 그 정도 내용물을 기대하게 될 텐데, 이 기획 자체가 매달 들어가긴 힘들 것 같아서 문제네요. 더 이상 특집 인터뷰할 사람이 없어졌을 때, 대체할 거리를 찾아야 하는 것도 골치 아프고요."

조용히 듣고 있던 우준이 입을 열었다.

"골치 아프다…… 머리 좀 쓰는 게 여러분들한테는 그렇게 어렵습니까?"

낮은 음성만큼이나 분위기도 가라앉았다. 팀원들은 얼어붙은 표정으로 우준을 쳐다봤다. 우준은 그런 팀원들을 향해 차가운 시선을 던지며, 높낮이 없는 목소리로 말했다.

"매번 새로운 기획을 내서 새롭게 꾸며도 팔리기 힘든 세상인데, 그렇게들 머리 쓰기를 싫어해서 어떻게 잡지를 꾸려나가려고 하는 겁니까? 기획 하나 내면 그걸로 몇 년씩 우려먹을 생각들을 하고 있습니까?"

아무도 대답하지 않았다.

"독자들은 돈을 내고 잡지를 사봅니다. 어떤 내용이 담겨 있을지 기대를 하죠. 그들의 기대에 부응할 생각보다, 어떻게 해야 머리 안 쓰고 편하게 월급 받을 수 있을지만 생각하는 것 같군요. 하나가 끝나면 새로운 하나를 위해 고민하면 되는 겁니다. 그걸 하는 게 그렇게 싫습니까?"

크게 소리를 지르는 것도 아닌데, 으슬으슬 떨릴 만큼 무서웠다. 우준의 입술에서 나오는 한 마디, 한 마디가 폐부를 찔렀다.

태령은 입술을 살짝 깨물고, 깨질 것처럼 불안한 순간을 견뎠다. 곁눈질로 보니, 다른 팀원들도 태령과 비슷한 상황이었다. 우준과 오랫동안 일한 유정마저도 하얗게 질린 얼굴이었다.

"특집은 두 달에 한 번씩 넣읍시다. 소책자를 만들어서 따로 배본하고요. 소책자에 실릴 광고는 내가 알아보겠습니다. 회의 끝냅시다."

우준이 차갑게 말하고 회의실에서 나갔다. 남겨진 2 잡지 팀 팀원들은 숨도 못 쉬고 앉아 있다가, 문이 닫히자마자 크게 한숨을 내쉬었다.

"무서워 죽겠네."

유정이 한 손으로 팔락팔락 부채질을 하며 중얼거렸다.

"그냥 소리를 질렀으면 좋겠다니까요."

"그러게 말이야. 남들은 잘도 소리 지르는데 미친개는 왜 소리도 안 지르는 거야? 목소리 낮추는 연습이라도 하나?”

“그러니까요. 소책자 만드는 게 쉬운 일도 아니고…… 제작비는 어떻게 한대요.”

“팀장님이 광고 알아본다고 하셨으니까 그걸로 때우겠지. 광고 몇 개나 들어가려나?”

“분량 맞추려면 앞뒤로 두 개씩 들어가야 할 것 같은데.”

“인터뷰 길게 실리면 좀 지루할 것 같지 않아? 과연 반응이 좋을까?”

괜한 기획을 내서 팀원들에게 고생만 시키는 것 같아 마음이 무거웠다. 태령이야말로 팀원들이 자신에게 화라도 내주었으면 했지만, 태령을 탓하는 사람은 아무도 없었다.

“그나저나 태령 씨도 안 됐어. 팀장님이랑 프랑스를 가다니…….”

유정의 말에 팀원들의 시선이 태령에게로 모아졌다.

“괜찮겠어?”

팀원 한 명이 진심 어린 걱정을 담아 물었다. 태령은 애써 웃으며 고개를 끄덕였다.

“네, 괜찮아요. 해외에 가 볼 수 있어서 엄청 좋은데요.”

“그렇게 좋아할 일이 아니야. 요새 팀장님이 태령 씨 자주 부르고 그러는 것 같은데…… 뭔가 있어.”

“뭔가…… 있을까요?”

“있어, 분명. 저번에 사장님이랑 얘기해 봤는데, 사장님도 걱정이 크더라.”

“사장님까지요?”

“응. 조심해, 태령 씨.”

“힘내, 태령 씨.”

“프랑스행, 화이팅이야.”

모두의 격려를 받으며 회의실에서 나왔다. 사무실에 돌아왔더니 휴대폰에 문자가 와 있었다. 아무 생각 없이 문자를 확인한 태령은, 보낸 사람 이름을 보고 움직임을 멈췄다.

[내사랑]

준민이다.

손가락 끝이 차게 식었다. 휴대폰이 더러운 물건이라도 되는 듯한 기분이 들었다. 던져버리고 싶은 충동을 간신히 억누르고 문자를 확인했다.

[바빠? 오늘 저녁에 시간 있어? 잠깐 만나자. 같이 저녁도 먹고.]

아무 일 없었다는 듯한 문자.

‘왜?’

화가 치밀었다. 애틋함이라든가, 그리움 같은 것은 어젯밤 전부 사라졌다. 남은 것은 준민에 대한 분노와 원망뿐. 그런 준민에게서 온 문자가 달가울 리 없었다.

‘이 기분이 미련 같은 건 아니겠지?’

미련이 남아 더 화가 나고, 미련이 남아 더 원망스러운 거라고 생각하고 싶지 않았다. 그냥 싫은 거다. 날 배신한 그 남자가. 날 배신한 오랜 친구가.

태령은 준민의 번호를 스팸 번호로 등록한 후, 문자와 연락처를 삭제했다. 그러자 뭔가 후련해졌다.

오랫동안 쌓인 추억 때문에 그리움과 슬픔도 마냥 길 줄 알았다. 예상과 달리 단 며칠 만에 마음이 정리가 됐다. 준민과의 추억이 떠오르지 않는다.

'네 덕분이야, 이준민.'

어젯밤 태령의 침대 옆에서 나누던 준민과 태인의 대화.

'네 덕에 난 더 이상 아프지 않아. 약간 남았던 정도 떨어졌거든. 고마워해야 하는 걸까?'

피식 웃으며 휴대폰을 내려놓고 돌아선 태령은, 바로 뒤에 바짝 붙어 서 있는 미혜를 보고는 깜짝 놀라 뒷걸음질을 쳤다.

"정 팀장님?"

미혜는 굉장히 기분 나쁜 표정이었는데, 곧 그 이유를 알 수 있었다.

"프랑스 간다면서? 팀장님이랑 같이."

"네, 그게……."

"커피 한 잔 하자."

미혜는 억지로 태령의 팔을 잡아끌었다. 도와 줄 사람을 찾았지만, 유정은 담배를 피우라 나갔는지 자리에 없었고, 다른 팀원들은 관계하고 싶지 않다는 듯 시선을 피하고 있었다. 태령은 어쩔 수 없이 미혜에게 끌려 나가는 수밖에 없었다.

커피숍에 앉자마자 쏟아지는 비난은 대단했다. 미혜는 가감 없이 화를 냈고, '우준에게 손을 대면 죽는다?'라는 유치한 발언까지 서슴지 않았다.

태령은 우준에게 손댈 마음이 전혀 없었기에, 제3자가 된 기분으로 미혜를 감상했다.

사회적 지위가 무엇이든, 나이가 얼마이든, 사랑이 걸리면 사람이 이렇게 될 수도 있구나, 라는 생각이 들어 흥미로웠다. 긴장하지 않은 태령의 시선이 불쾌했는지, 미혜는 또다시 태령을 몰아쳤다. 결국 태령은 마음에도 없는 사과를 중얼거렸다.

"그나저나 그 새끼는 연락 없어?"

태령에게 화를 내던 미혜가 갑자기 주제를 변경했다.

"그 새끼요?"

"그…… 태령 씨 전 남자 친구. 썩을 놈."

"아아. 오늘 연락이 왔었어요."

"그럴 줄 알았어."

"정말요? 전 몰랐는데……."

의아한 표정으로 고개를 갸웃거리는 태령을, 미혜는 물끄러미 응시했다. 자그마한 얼굴, 아몬드 모양의 눈, 흑진주처럼 반짝거리는 눈동자.

태령은 자신의 매력을 몰라도 너무 몰랐다. 하지만 태령에게 그 매력에 대해 말해 줄 생각은 없었다. 태령이 자신의 매력을 자각해서 꾸미고 다니기라도 하면 큰일이다.

"그래서…… 뭐래?"

"문자가 왔는데요. 오늘 만나자더라고요."

"만나자고? 완전 미친놈이구만!"

"그러게 말이에요. 아무 일도 없었다는 듯이 말하더라고요. 지가 나한테 무슨 짓을 했는지 잊어버린 것처럼."

"그게 뻔뻔한 놈들 특성이야. 자기 좋을 것만 기억하거든. 그래서, 답장은 했고?"

"아뇨. 스팸 번호 등록하고 문자도 삭제했어요."

"잘했어, 잘했어. 그놈이 뭐라고 하든 절대 흔들리지 마. 아마 집 앞에 찾아오기도 하고, 회사로 찾아올지도 몰라. 뭔 짓을 해도 눈길도 주지 마. 알겠지?"

"네, 그럴게요."

"……뭘 그렇게 봐?"

"감사해서요."

"뭐, 뭐가 감사해?"

"팀장님 일도 아닌데 그렇게 화내 주시고 그러니까…… 되게 좋아요."

순진한 표정으로 말하는 태령은 도통 미워할 수 없는 여자였다. 미혜는 인상을 찌푸리며 고개를 돌렸다.

"착한 척은."

빈정 상하라고 한 말인데도 태령은 배시시 웃기만 했다.

"야, 너 태령 씨한테 무슨 짓 하는 거야?"

뒤늦게 온 유정이 태령의 옆에 앉으며 쏘아붙였다.

"괴롭혔다, 왜?"

"태령 씨 건드리지 말랬지?"

"손은 안 댔거든?"

"하여간 너도 가지가지 한다. 미친개가 너한테 마음 줄 리도 없고, 태령 씨랑 미친개 사이에 무슨 일이 일어날 리도 없는데 왜 사서 고생이야?"

"나한테 마음 줄 일 없다는 법이라도 있어? 지성이면 감천이 랬어. 아무리 미친개여도 인간은 인간이니, 언젠가는 흔들리 겠지."

"흔들어서 뭐 어쩌려고? 감이라도 떨어질 것 같냐?"

"좋잖아. 그 무뚝뚝한 얼굴이 날 볼 때마다 헤실헤실 할걸 생각하면."

"참도 그러겠다. 미친개는 사랑을 해도 미친개야. 그 애정을 한 몸에 받아서 더욱더 갈굼이나 안 당하면 다행이지. 오늘도 회의할 때 장난 아니었다니까."

"또 짖든?"

"말도 마. 머리 좀 쓰란다. 매번 새로운 걸 연구하지도 않고 안주만 한다면서."

"필다는 컨셉을 자주 바꾸는 편이잖아. 그런데도 그래?"

"그렇다니까. 더 이상 뭘 어떻게 바꾸라는 건지 모르겠어."

미혜를 보고 있자면 우준을 진짜로 사랑하는 건지, 싫어하는 건지 모르겠다. 유정과 함께인 미혜는 우준에 대한 욕을 거침없이 해댔다.

사무실로 돌아가는 길에 유정이 물었다.

"태령 씨, 저녁에 뭐 해?"

준민에게 온 문자가 떠올랐지만 곧 그 생각을 지웠다.

"할 일 없어요."

"그래? 그럼 같이 백화점 갈래?"

"백화점이요?"

"응. 프랑스 가려면 이것저것 사야 하잖아. 같이 가자."

유정은 뭔가 꾸미는 듯한 미소를 지었지만, 태령은 눈치채지 못했다.

퇴근 시간이 되자마자 유정이 태령을 재촉했다. 다희가 끼어들었다.

"두 사람, 어디 가요?"

"응, 백화점."

"어? 나도 같이 가요."

동행이 늘었다. 쇼핑을 하기 전에는 배가 두둑해야 한다는 다희의 주장에, 백화점 식당가에서 저녁을 먹었다. 대화의 주제는 '프랑스'였다. 유정은 프랑스에 두 번 가봤고, 다희는 나중에 결혼을 하면 허니문을 프랑스로 가고 싶어서 아껴 두는 중이라고 했다.

“해외는 처음?”

다희가 신기하다는 듯 물었다.

“네, 그래서 완전 떨려요.”

“그러겠네. 나도 처음 해외여행 갈 때는 며칠 동안 잠도 제대로 못 잤다니까. 그래서 막상 여행 갔을 땐 첫날에 완전 기절. 제대로 돌아다니지도 못했었어. 태령 씨는 잠 푹 자고 가.”

“그나저나 안 됐네. 첫 해외여행이 미친개랑 함께라니.”

“그러게 말이에요. 좋은 기억으로 남아야 할 텐데…….”

“놀 시간도 없이 일만 시키는 거 아니에요?”

“태령 씨, 어떻게든 놀 시간을 만들어. 미친개만 따라다니다 보면 두 번 다시 해외여행 가고 싶지 않아질 거야.”

일만 하더라도 해외에 나간다는 사실만으로 기뻤지만, 두 사람의 진심 어린 걱정에는 고개를 끄덕일 수밖에 없었다.

“캐리어는 있어?”

“없어요.”

“3박 일정인 데다가 노트북도 가져가야 할 테니, 캐리어는 준비하는 게 좋을 거야. 백화점 비싸니까, 구경만 하고 인터넷으로 사.”

“절대 치마 가지고 가지 마. 입을 일도 없고, 짐만 돼. 될 수 있으면 편한 옷.”

“그래도 미쉘 찬 만날 때는 정장을 입어줘야겠지? 세련된 정장 한 벌쯤은 마련해야 될 텐데.”

“캐주얼 정장이면 되지 않을까요? 원피스나 투피스 타입으로.”

“원피스로 하자. 태령 씨는 몸매 좋아서 원피스 입으면 진짜 잘 어울릴 거야.”

남들이 보면 다희와 유정이 여행을 떠난다고 생각할 만큼, 두 사람은 들떠 있었다. 신이 난 두 사람에게, 백화점에서 옷을 살 만한 여유가 없다는 말을 꺼낼 수가 없었다.

둘에게 이끌려 어느 여성 브랜드 코너로 갔다. 발랄한 분위기의 오피스룩이 진열된 곳이었다.

“이거!”

다희가 연회색 원피스를 집어 들었다. 몸의 라인이 드러나는 원피스였다.

“아냐. 너무 수수해. 난 이게 나을 것 같아.”

유정이 집어든 원피스를 보고, 태령은 입을 쩍 벌렸다. 허벅지에 옆트임이 있는, 새빨간 원피스. 태령으로서는 입어 볼 생각을 단 한 번도 해 보지 않은 원피스였다.

“좀 야한 것 같은데…….”

태령이 말려 달라고 다희를 쳐다봤지만 아무 도움이 되지 않았다.

“야하긴! 이 정도가 딱 좋아. 와, 태령 씨 이거 입으면 진짜 예쁘겠다. 다리도 길어서…….”

다희는 황홀한 표정이었다.

"입어 봐."

유정이 안겨주는 원피스를 들고, 울며 겨자 먹기로 피팅룸에 들어갔다. 피팅룸 밖에서 직원이

"손님들, 보는 눈이 정확하시네요. 그 옷 지금 20프로 할인 중이에요."

라고 말하는 소리가 들려왔다. 이러다가 정말 이 옷을 사게 생겼다.

피팅룸 안에 비치는 자신의 모습은, 이런 화려한 원피스가 어울리지 않을 만큼 초라했다. 칙칙한 피부색, 뒤로 질끈 묶은 헤어스타일. 입고 나가 봐야 비웃음만 당할 것 같지만, 들뜬 두 사람을 실망시킬 수도 없었다.

'입은 걸 보고 더 실망하는 거 아냐?'

미심쩍은 기분으로 옷을 갈아입었다. 원피스를 입은 건, 초등학교 저학년 때 이후로 처음이다. 어색하고 불안했다.

큰 키 때문에, 안 그래도 짧은 치마가 더욱 짧아졌다. 걸을 때마다 허벅지 위로 말려 올라갈 듯 불안했다. 너무 달라붙어서 몸의 라인이 고스란히 드러났다. 팬티 선이 보일까 봐 걱정이다.

"태령 씨, 멀었어?"

기다리다 지친 유정이 물었다. 태령은 울상을 하고 피팅룸의 문을 열었다.

반짝반짝 빛나는 눈으로 기다리던 유정과 다희는, 태령을 보고 엄지를 척 내밀었다.

"멋져."

"굉장해."

"딱 좋아."

"바로 그거다."

"태령 씨를 위한 옷이야."

"그걸 사야 돼."

두 사람은 광기 서린 눈으로 태령을 닦달했다. 싫다고 하면 잡아먹을 것 같은 눈빛이었다. 태령은 애써 미소를 지으며 직원을 돌아봤다.

"저…… 이게 얼마죠?"

"20프로 할인하서서 298500원입니다, 손님."

직원이 어마어마한 가격을 제시했다. 태령이 한 달에 쓰는 용돈을 넘어서는 가격이다.

유정이 다가와 태령의 팔에 손을 얹었다.

"우리 같은 월급쟁이가 사기에 비싼 옷이긴 해. 하지만 태령 씨. 일 년에 한 번쯤은 자기 자신만을 위해 투자할 줄도 알아야 돼. 그런 기쁨도 없으면, 인생이 너무 황량하잖아."

태령은 작게 한숨을 쉬었다.

그럴까? 나를 위해 이렇게 큰돈을 사용해도 되는 걸까?

태인을 위해 허리띠를 졸라매고 살았다. 돈을 벌기 시작한

지 거의 10년이 되어가지만, 단 한 번도 자신을 위해 이렇게 많은 돈을 써본 적이 없다.

유정과 다희의 응원에 힘입어, 태령은 '에라, 모르겠다.'는 심정으로 카드를 긁었다. 3개월 할부.

긁자마자 후회할 줄 알았는데, 의외로 기분이 괜찮았다. 손에 든 쇼핑백이 태령의 마음을 즐겁게 어루만졌다.

"어때? 기분 괜찮지?"

다희가 물었다.

"네, 의외로 괜찮네요."

"나도 처음에 명품백 지를 때, 자고 일어나면 후회할 줄 알았는데 의외로 기분 좋더라고. 와, 나도 돈을 벌긴 버는구나, 그런 생각도 들고."

"그러네요."

"자, 그럼 이번엔 화장을 하러 가 볼까?"

유정이 쉴 틈 없이 몰아붙였다.

유정에게 끌려간 곳은 1층에 있는 명품 브랜드 화장품 매장이었다. 유정은 직원을 불러 화장을 한번 받아보고 싶다고 말했다. 직원은 귀찮은 기색 없이 생글생글 웃으며 높은 의자를 가지고 왔다.

가벼운 클렌징, 로션과 크림. 메이크업 베이스, 그 다음에는 파운데이션. 외우기 힘든 절차를, 직원은 능숙하게 밟아나가며 차근차근 설명했다.

"피부 톤이 좀 어두우신데, 마사지를 받아보시면 좋을 것 같아요. 꾸준히 하면 피부 톤이 많이 맑아지거든요. 그래도 얼굴이 작으셔서 화장하면 정말 예쁘실 것 같네요. 코도 높으시고."

"그쵸? 얘 진짜 모델 같다니까요."

유정의 칭찬에 태령은 몸 둘 바를 몰랐다. 외모로 칭찬을 받는 일은 거의 없었다. 민망하다.

직원은 태령의 눈썹도 정리해 주었고, 기초에서 색조까지 꼼꼼하게 화장을 해 줬다.

직원이 하라는 대로 눈을 감고, 뜨고 하면서, 태령은 화장을 한 자신의 얼굴이 궁금해졌다.

전부 끝날 때까지 30분가량의 시간이 걸렸다.

"다 됐습니다."

"이것 봐, 예쁠 줄 알았다니까."

"와…… 와아……! 이건 정말…… 와…… 상상 이상인데요?"

"그치? 이러고 다니면 정말 번호 많이 따이겠다."

"와, 정말요. 와…….."

"태령 씨 전 남자 친구가 지금 태령 씨 보면 땅을 치고 후회하겠어."

"태령 씨 동생보다 훨씬 예쁜데?"

직원이 거울을 가지고 오는 동안, 유정과 다희는 화끈거릴 정도로 감탄을 했다. 태령은 눈 둘 곳을 몰라 허둥대다가, 직원이 거울을 가지고 오자마자 얼른 받아 들었다.

생각보다 진하지 않은 화장이었다. 그러나 확실히 달라졌다. 콧등에 퍼져 있던 잡티가 가려져 깨끗한 피부가 되었고, 눈매는 또렷해졌다. 코도 더 높아 보였고, 립스틱을 바른 입술은 반질반질 빛났다.

"어때? 마음에 들어?"

유정이 달려들 듯 물었다. 태령은 옅은 미소를 지으며 고개를 끄덕였다.

"네, 이래서 화장, 화장 하나 봐요."

"이유 없이 화장하는 게 아니라니까. 집에서 화장 안 한 내 얼굴 보면 참 답이 없어 보이는데, 화장 끝내고 나면 썩 괜찮아 보인단 말이지. 자신감도 생기고."

"손님은 굳이 파운데이션까지 하진 않아도 될 것 같아요. 기초만 확실히 마무리한 후에, 메이크업 베이스 정도만 발라줘도 피부 톤이 확 살아날 거예요."

점원이 거들었다.

태령은 화장품을 사지 않았지만, 유정과 다희가 태령이 바른 것과 같은 색상의 립스틱을 구매했다. 매장을 나온 후, 유정이 태령에게 립스틱을 내밀었다.

"이거, 태령 씨한테 주는 뇌물이야."

"뇌물……이요?"

"응. 프랑스에서 미친개가 무슨 짓을 하든, 회사를 그만두지 말라는 뇌물."

“에이, 대리님. 아니에요. 괜찮아요. 회사 안 그만둘 거예요.”

“받아둬. 태령 씨한테 뭐 하나 해 주고 싶어서 해 주는 거니까.”

“뭐야, 대리님. 저는요? 저도 미친개한테 그렇게 물렸는데도 회사 안 그만두고 버텼잖아요.”

다희가 칭얼거렸다.

“그래서 다희 씨는 내가 밥 자주 사주잖아. 다희 씨 밥 사주는 데 든 돈이 이 립스틱보다 더 많을걸?”

“치이.”

“얼른 받아, 태령 씨. 이 색상, 태령 씨랑 정말 잘 어울린다.”

태령이 차마 손을 내밀지 못하자, 다희가 억지로 태령의 손을 들어 올렸다.

“받아, 받아. 대리님이 마음 쓰실 때 받아 둬.”

이럴 땐 뭐라고 해야 하는 걸까?

생각지도 못한 사람들이 챙겨주고 위로를 준다. 눈가가 뜨겁다.

다희는 할 일이 있다며 먼저 돌아갔다. 유정과 함께 윈도우 쇼핑을 하고 있는데, 유정이 갑자기 걸음을 멈췄다. 유정의 시선은 앞쪽에 있는 남자의 등을 향하고 있었다.

“팀장님 아냐?”

훤칠한 키, 넓은 등, 단정한 헤어스타일과 꼿꼿한 자세. 눈에 익은 뒷모습이었다.

"그러게요."

"못 본 걸로 하자."

퇴근 후의 시간을 방해받기 싫은 유정이 얼른 돌아서려 했지만, 우준이 더 빨랐다. 우준은 뒤에 그들이 있는 줄 알았다는 듯이 뒤를 돌아봤다. 태령과 우준의 눈이 마주쳤고, 우준의 눈이 잠깐 커졌다가 다시 원래의 크기로 돌아왔다.

"안녕하세요, 팀장님."

태령이 꾸벅 인사했다. 유정은 하얗게 질린 얼굴로 어색하게 웃었다.

"팀장님, 백화점엔 웬일이세요?"

"신발을 좀 보러 왔습니다. 쇼핑 중입니까?"

"네, 뭐…… 태령 씨가 프랑스에 가서 입을 옷 좀 샀어요."

"굳이 새 옷을 준비할 필요는 없는데요."

"팀장님은 여자 마음을 너무 모르서. 원래 해외 나가면 예쁜 옷을 입고 돌아다니고 싶은 법이거든요? 게다가 미팅할 사람도 세계적인 디자이너인데, 아무 옷이나 입고 만날 수는 없잖아요."

"옷이 사람을 만드는 게 아닙니다. 한태령 씨는 뭘 입어도……."

거기까지 말한 우준이 '아차'하는 표정으로 입을 다물었다. 하지만 유정은 우준의 뒷말을 똑똑히 들었다. 유정의 얼굴에 경악이 떠올랐다가 사라졌다.

유정은 입을 꽉 다물고 있는 우준과 멍하니 서 있는 태령을 한 번씩 번갈아 쳐다봤다. 우준이 살짝 미간을 좁혔다.

"그럼 가 보겠습니다."

"팀장님!"

우준이 돌아서려고 하는데 유정이 얼른 불러 세웠다.

"우리 커피 마시려고 하는데…… 팀장님도 같이 가요."

태령은 우준과 모르는 척하려던 유정이 갑자기 적극적으로 나서는 게 이상했지만 내색하지 않았다. 유정은 생글생글 웃으며 우준의 대답을 기다렸다. 우준은 그런 유정을 미심쩍다는 듯 살펴보다가 말했다.

"그래요."

커피숍에 들어가 주문을 하고 자리를 잡았다. 유정은 맞은편에 앉은 우준을 빤히 쳐다봤다. 우준은 유정의 시선이 불편한지 오만상을 찌푸리고 있었다. 다른 때라면 우준의 심기를 건드리지 않기 위해 얼른 시선을 돌릴 테지만, 지금은 상황이 달랐다.

'설마……'

있을 리 없는 일이다. 하지만 무시할 수 없었다.

아까 우준은 분명 '한태령 씨는 뭘 입어도 예쁩니다.' 따위의 말을 하려고 했다. 우준 자신도 의식하지 못한 사이에 나온 말을, 우준은 다급히 삼켰었다.

'겉치레로 하는 말은 아니었어.'

예의상 하는 말이라면 말끝을 흐릴 이유가 없었다. 게다가 우준은 예의상 남을 칭찬하는 일이 없는 사람이다.

'그래도 설마…… 미친개인데…….'

미친개, 혹은 로봇이라는 별명이 이름보다 잘 어울리는 사람. 그런 우준이 한 여자를 좋아한다는 것이 상상이 되질 않는다. 심지어 그것이 짝사랑이라면 더더욱 그렇다.

'미친개가 여자를 좋아해? 말도 안 되지. 진짜 말도 안 돼.'

미혜는 짜증 나기는 해도 겉보기에는 상당히 예쁘고 매력적인 타입이다. 그런 미혜가 전면으로 달려들어도 눈썹 한 번 꿈틀하지 않았던 우준이었다.

'하지만 태령 씨가 예쁘다잖아! 뭘 입어도 예뻐 보인다잖아! 그건 역시 사랑 아냐? 아니, 그냥…… 놀리려고 한 말인가? 안심시켰다가 뒤통수치려고? 하긴…… 미친개라면 가능한 일이지.'

그렇게 결론을 내리려는데, 우준이 말했다.

"한태령 씨, 화장했군요."

"네. 아까 화장품 가게에서 해 줬어요."

"그렇습니까?"

"이상……한가요?"

"아뇨. 보기 좋습니다."

"앞으로는 매일 하고 다닐까 봐요. 이렇게 잘 할 수는 없어도."

“굳이 안 해도 괜찮을 것 같은데요.”

사랑이다.

그 순간 유정은 확신했다.

사랑이다. 일 이외에는 관심도 없는 인간인데 태령이 화장했다는 사실만큼은 기가 막히게 알아챘다. 심지어 안 해도 괜찮단다. 저게 사랑이 아니면 뭐라 할 수 있겠는가.

‘이럴 수가! 팀장님이 태령 씨를 사랑하다니!’

괴롭힘이나 뒤통수치려는 수작 따위가 아니었다. 우준은 태령이 뭘 입어도 예뻐 보일 만큼, 화장을 안 해도 괜찮을 만큼 태령을 사랑하고 있는 것이다.

그렇게 결론짓고 나니 태령이 말도 못 하게 안쓰러웠다.

쓰레기 같은 놈과 헤어지고 나자마자 미친개에게 물릴 상황에 처하다니. 팔자가 참 기구하다.

‘그러고 보니…… 팀장님이 유독 태령 씨를 자주 부르는 게 이유가 있었던 거구나. 이야…… 팀장님도 그런 인간적인 감정이 있긴 하네. 이야…… 태령 씨, 진짜 불쌍하다.’

우준의 사랑을 한 몸에 받는다는 건 어떤 기분일까? 모르긴 몰라도, 썩 행복하진 않을 것이다. 결벽증에 완벽주의자인 인간과는 어울리기 힘든 법이니까.

진동 벨이 울리자 태령이 그것을 들고 일어나 카운터로 향했다. 태령의 움직임을 따라, 우준의 눈동자도 움직였다. 우준의 시선은 집요할 정도로 태령을 향하고 있었다.

‘오늘 회의실에서도 그랬지. 그냥 발표하는 사람을 쳐다보는 거라고 생각했는데…… 그러기엔 너무 강렬하긴 했어.’

태령을 바라보는 시간을, 단 한순간도 낭비하고 싶지 않다는 듯 행동하는 우준의 모습이 그저 놀랍기만 했다. 태령바라기처럼 태령을 따라가는 시선. 어쩌면 우준이 일에 완벽한 것만큼이나 사랑도 완벽하게 해낼지도 모른다는 생각이 들었다.

달콤하고 부드러우면서도 열정적이게.

‘에이, 설마. 미친개가 달콤하다니…… 그럴 일은 절대 없지. 세상이 뒤집어지지 않는 이상, 그런 일은 없을 거야.’

태령이 머그컵 세 개가 놓인 쟁반을 들고 돌아오자, 우준이 일어나 그것을 받아 들었다.

“감사합니다.”

태령의 인사에, 우준은 지금껏 쳐다본 적 없다는 듯 흘끗 시선을 던졌다가 머그컵을 쳐다봤다.

‘설마…… 팀장님, 눈 마주치는 게 부끄러워서 저러는 건 아니겠지?’

미친개가 부끄러움이라니. 상상하는 것만으로도 손발이 오글거린다. 몸을 부르르 떠는 유정을 본 태령이 물었다.

“대리님, 괜찮으세요?”

“어? 아…… 어어. 괜찮아.”

태령은 우준의 마음을 조금도 모르는 것처럼 보였다.

‘어떤 게 태령 씨를 위하는 걸까? 팀장님의 사랑을 밀어 주

는 거? 아니면 말려 주는 거?'

태령이 쓰레기 같은 전 남자 친구를 잊고 새로운 사랑을 하면 좋겠지만, 우준의 사랑을 받는다는 게 과연 좋은 일일지 모르겠다. 유정의 상상 속에서, 사랑에 빠진 우준은 여전히 차가운 눈빛과 서늘한 목소리를 내고 있었다.

'내가 사랑하는 사람이 미친개처럼 행동하면, 진짜 살 맛 안 날 거야. 하지만…… 하지만 만에 하나라도 팀장님이 썩 괜찮은 애인이 될 수 있다면? 그럼 팀장님이야말로 완벽한 애인이잖아. 능력도 있고, 책임감도 있고.'

유정의 시선이 떨어지질 않자, 참다못한 우준이 입을 열었다.

"최 대리. 나한테 뭐 할 말 있습니까?"

유정은 가방을 집어 들고 벌떡 일어났다.

"저, 볼일이 있다는 걸 깜빡했네요! 먼저 가 볼게요. 팀장님, 태령 씨 꼭 집까지 데려다 주세요. 알겠죠?"

태령과 우준이 황당하다는 듯 쳐다봤지만, 유정은 바삐 걸음을 옮겼다. 커피숍을 돌아가는 중에 커다란 창문으로 안을 들여다봤다.

태령은 창밖으로 보이는 유정의 움직임을 쫓고 있었지만, 우준은 그새 태령을 바라보고 있었다.

태령을 향한 그 시선이, 제3자인 유정조차 얼굴이 붉어질 정도로 열정적이었기 때문에 유정은 결심했다.

‘그래, 좋은 쪽으로 생각하자. 팀장님 정도면, 뭐, 나쁘지 않잖아.’

태령은 볼에 바람을 넣어 부풀리고, 앞에 놓인 머그컵을 물끄러미 응시했다.

‘대리님, 대체 무슨 생각이시지?’

“불편합니까?”

우준의 말에 정신을 차렸다.

“네? 아뇨. 좋아요.”

“좋다고요?”

“네. 좋은데요.”

“그래요.”

“저…… 오늘 원피스를 샀는데, 옷이 좀 야한 것 같아요. 이런 거 입고 미쉘 챤 디자이너님을 만나도 괜찮을까요?”

“얼마나 야한데요?”

“음…… 몸에 좀 달라붙고, 짧고, 허벅지도 드러나고.”

“직접 골랐습니까?”

“아뇨. 대리님이랑 다희 씨가…….”

“그래요. 최 대리는 보는 눈이 있으니 잘 골랐을 겁니다.”

유정은 우준에게 신뢰받고 있었다. 우준을 미친개, 미친개 하는 유정이지만, 막상 신뢰받고 있다는 것을 알면 좋아할 것이다. 내일 말해 줘야겠다.

“힐은 있습니까?”

“힐……이요?”

“원피스를 입으려면 힐이 필요하죠. 태령 씨는 운동화만 신고 다니는 것 같은데…….”

“아……! 맞다…….”

“사러 갈래요?”

“팀장님이랑 같이요?”

“싫습니까?”

“아, 아뇨. 싫은 건 아닌데…… 팀장님, 귀찮지 않으세요?”

“안 귀찮습니다. 가죠.”

우준은 행동력이 있었다. 남은 커피를 후루룩 마시고 일어나는 우준의 뒤를 따라, 태령도 얼른 일어났다.

‘팀장님이랑 쇼핑이라니…….’

성운 출판사에 들어온 후, 놀랄 일만 여러 개다. 프랑스행도 그렇고, 팀장과 함께 쇼핑이라는 것도 그렇고.

3개월 할부로 긁은 카드 값이 떠올랐지만, 이제 와서 싫다고 할 수 없었다. 싫다고 하기엔 우준이 너무 의욕적이었다.

‘여자 구두를 좋아하시나?’

남들이 들으면 우준을 변태라고 매도할 만한 생각을 하며, 우준과 함께 여성 구두 코너로 향했다.

세련된 외모의 점원이 가져다주는 구두는 예쁘기는 하지만 굽이 너무 높았다.

"낮은 굽으로 부탁합니다."

태령이 힐을 신고 걷는 것을 본 우준이, 점원에게 말했다. 점원은 3cm 굽의 구두를 가지고 와 태령에게 신겨 주며 말했다.

"남자 친구 분이 되게 멋지시네요."

"네? 아뇨, 남자 친구 아니에요. 회사 팀장님이세요."

태령은 서둘러 변명하자 점원이 미안한 듯 웃었다.

"아, 그러세요. 죄송합니다."

"아뇨, 괜찮아요."

"이 구두는 어떠세요? 발은 편하세요?"

"네, 편하고 좋네요."

"신상품이에요. 이번 달에 나와서 신고 다니는 분들도 별로 없을 거예요."

신상품이면 비쌀 것이다. 아까 신었던 구두는 할인가를 적용했는데도 20만원이 넘었다.

"마음에 듭니까?"

구석에 조용히 서 있던 우준이 물었다.

"네, 마음에 들긴 하는데……."

"그래요. 그럼 그걸로 하죠."

"아, 저……."

"계산하겠습니다."

우준이 지갑을 꺼냈다. 태령은 당연하다는 듯 카드를 꺼내 계산하는 우준을, 멍하니 쳐다봤다.

‘오늘 무슨 날인가? 대리님도 그렇고, 팀장님도 그렇고……
왜 자꾸 나한테 뭘 사 주시는 거지?’

쇼핑백을 받아 들고 백화점을 나올 때까지 태령은 정신을
차리지 못했다. 서늘한 바람이 볼을 스쳤을 때에야, 태령은 걸
음을 멈추고 우준을 불렀다.

“팀장님.”

“네.”

밤하늘을 배경으로 하고 서 있는 우준은, 평소보다 더 커 보
였다.

“저…… 이런 건 받을 수 없습니다.”

“받으세요.”

“하지만…… 너무 비싸요. 거의 30만원인데…… 아, 계좌 번
호 알려주시면 제가…….”

“그냥 받으세요.”

“아니에요. 받을 수 없어요. 어떻게 이렇게 비싼 걸…….”

“부담스럽습니까?”

“네, 부담스럽습니다.”

태령의 단호한 대답에 우준이 작게 한숨을 쉬더니 태령에게
다가왔다. 가까이에 선 우준이 태령을 내려다보며 말했다.

“사장님이 신입에게 잘해 주라고 하더군요. 그래서 사주는
겁니다.”

“네? 하지만…….”

"부담스러워하지 마세요."

"하지만…… 이런 식으로 잘해 주라고 한 건 아닐 텐데요."

"그래요? 그럼 어떤 식으로 잘해 줘야 하죠?"

숨결이 겹쳤다. 가까이에서 본 우준의 눈동자는 은밀하고 부드러웠다. 밤하늘보다 까만 눈동자는 마치 흑진주처럼 묘한 빛을 발했다. 그 눈동자 안에는 애오라지 태령만이 비치고 있었다.

'심장이…….'

뛴다.

당혹스러울 정도로 거칠게, 심장이 뛰기 시작했다. 이 소리가 퍼져, 거리의 자동차 엔진 소리를 넘어 우준의 귀에 닿을까 걱정이 될 정도로. 그렇게 크게 뛰기 시작했다.

'어떡하지?'

시선을 돌리면 그만이었다. 저 깊고 아름다운 눈동자만 보지 않으면, 심장은 알아서 제 속도를 되찾을 터였다. 그러나 눈을 뗄 수가 없었다. 아름다운 예술 작품을 마주하면 눈을 뗄 수 없듯, 태령의 눈동자 역시 우준의 눈동자에 사로잡혀 움직일 생각을 하지 않았다.

내뱉는 숨이 신경 쓰였다. 너무 거칠지는 않을까, 너무 세지는 않을까, 소리가 크진 않을까.

영원처럼 길게 늘어진 시간 틈에 갇혀, 태령은 꼼짝도 하지 못하고 우준을 올려다봤다.

“내가 어떤 식으로 잘해 줘야, 태령 씨 마음에 들까요?”

아무 의미 없는 질문일 텐데, 태령의 귀에는 감미롭게 들렸다. 낮고 부드럽고, 어루만지듯 달콤한 목소리.

가만히 있다가는 이대로 휘말릴 것 같았다. 작은 조각배가 거친 풍랑에 하염없이 휘둘리다가 가라앉듯, 그렇게 우준의 눈동자에 사로잡혀 가라앉을 것만 같았다.

태령은 저도 모르게 뒷걸음질을 쳤고, 그걸 본 우준은 곤란하다는 듯 미간을 좁혔다.

“아, 이런. 미안합니다.”

태령이 싫어서 뒤로 물러섰다고 착각했는지, 우준이 자신도 한 걸음 뒤로 물러섰다. 아니에요. 괜찮아요. 가까이 있어도 돼요. 그렇게 말할 뻔한 자신을 꾸짖으며, 태령은 애써 웃었다.

“저…… 지금도 충분히 잘해 주고 계세요.”

“다른 사람들의 반응은 그렇지가 않더군요.”

“아뇨, 정말 잘해 주시는데…… 항상 팀장님 덕분에 힘을 얻어요. 제 실력도 인정해 주시고, 마음이 괴로울 땐 위로해 주시고. 정말로요. 이렇게 비싼 거 사 주시는 것보다, 팀장님이 해 주시는 그런 것들이 훨씬 더 값지고 좋습니다.”

“그렇다면 다행이지만…….”

“그러니까 이건 정말 제 돈으로 사고 싶어요.”

“아닙니다. 그건 그냥 갖도록 하세요.”

“그래도 너무 비싼 건데…….”

"사 주는 사람 민망하게, 계속 거절하지 마세요."

"민망하세요?"

"네. 나도 사람입니다. 민망함 정도는 느껴요."

본인이 사람이라는 것을 주장하는 우준의 말버릇이 웃겼다. 태령이 배시시 웃자, 우준의 얼굴에도 옅은 미소가 떠올랐다.

태령은 괜찮다고 했지만, 우준은 끝까지 데려다 주겠다고 했다. 데려다 주지 않으면 유정이 어떤 잔소리를 할지 모른다는 게 이유였다.

'왠지…… 데이트 같아…….'

바보 같지만 그런 생각을 하고 말았다. 커피를 마시고, 쇼핑을 하고, 선물을 받고, 함께 택시를 타고 귀가. 준민과 사이가 좋았을 때 자주 했던 것들이다.

'하지만 이건 데이트가 아냐. 정신 차려.'

우준은 그저 팀장으로서 신입을 챙겨 주려고 하는 것일 뿐이다. 아까 심장이 뛰었다는 이유로, 너무 앞서 나가려 하는 자신이 바보 같았다.

'애인이랑 헤어진 지 얼마 되지도 않아서 딴 사람이랑 연애 생각이라니…… 나도 참 가볍다.'

태령은 쓴웃음을 지으며 차창으로 고개를 돌렸다. 얼마 지나지 않아 익숙한 거리가 나왔고, 택시가 멈췄다. 지불하려는 우준을 한사코 말린 후, 태령이 계산했다. 비싼 구두도 받았는데 택시비까지 지불하게 할 수는 없었다.

별 대화는 없었지만 불편하진 않았다. 우준도 같은 마음인
지 궁금했다.

‘내가 팀장이라면 신입들 일일이 신경 쓰기 힘들 것 같은
데…….’

그런 생각을 하며 걷다가 집 앞에 서 있는 실루엣을 보고 걸
음을 멈췄다. 태령의 속도에 맞춰 걷던 우준도 걸음을 멈추고,
태령을 돌아봤다.

“한태령.”

태령이 우준에게 사정을 설명하기도 전에, 집 앞의 실루엣
이 소리를 냈다. 준민이었다.

준민은 빠른 걸음으로 태령에게 다가왔다.

“늦었네.”

태령의 옆에 서 있는 우준은 보이지도 않는다는 듯, 준민이
말했다.

“기다렸어. 아까 문자 보냈는데 못 봤어?”

“왜 이래?”

“뭐가? 같이 저녁 먹자고 했잖아. 연락 없어서 집 앞에 와서
너 퇴근하는 거 기다렸어.”

“그러니까 대체 왜 이러는 거냐고.”

“왜 이러긴…… 요새 서로 바빠서 같이 저녁 먹을 틈도 없었
고…….”

준민보다 우준이 더 신경 쓰였다. 우준은 어떤 생각을 하며

이 광경을 지켜보고 있을까? 옛 연인 관리도 제대로 못 하는 여자라고 생각할까? 아니면 사람 보는 눈 없는 여자라고 생각할까? 아마 둘 다일 것이다.

"너랑 저녁 먹을 이유 없어."

그러면서도 한편으론 우준이 함께라 다행이란 생각이 들었다. 우준이 옆에 있다는 생각 때문인지, 목소리가 떨리지 않았다. 필요 이상으로 흥분하지도 않았다.

"네가 진짜로 뭔가 오해하는 것 같은데…… 나 진짜로 태인이랑 아무 사이 아니야. 너에 대한 마음도 진심이고. 그래, 처음엔 태인이 좋아했는데…… 너랑 사귀는 동안 네가 더 좋아졌어. 희원이가 그때 한 말도 그냥…… 옛날 내 마음 가지고 그런 거고…… 그런 거 있잖아. 남자는 원래 가끔 마음이 흔들리기도 하고, 그러는 거. 그러니까……."

"남자는, 이라는 말은 옳지 않군요."

가만히 서 있던 우준이 준민의 말을 끊었다. 준민은 그제야 우준의 존재를 눈치챈 듯, 깜짝 놀란 표정으로 우준을 올려다봤다.

"모든 남자가 흔들리는 건 아닙니다. 한 여자만 바라보는 남자도 있죠."

"당신, 뭡니까?"

"한태령 씨 회사 팀장입니다."

"아, 전에 봤던……."

“죄 없는 남자들까지 끌어들여서, 자신의 잘못을 일반화시키는 행동은 두고 봐 줄 수가 없군요. 창피하지 않습니까?”

“이봐요. 댁이랑은 상관없는 일이니까 신경 끄시죠.”

“왜 상관이 없습니까? 지금 태령 씨의 동행인은 난데.”

우준의 말을 오해했는지, 준민이 눈을 부릅뜨고 태령을 노려봤다.

“뭐야, 한태령. 너…… 벌써 딴 남자 만나냐?”

빈정거리는 말투에 오기가 생겼다.

“그럼 어쩔 건데?”

“야, 뭐야…… 나랑 헤어진 지 얼마나 됐다고 벌써 딴 남자를 만나?”

“우리 헤어진 사이라는 걸 알긴 아는구나. 다행이네.”

“야, 한태령. 너 진짜 심한 거 아냐? 우리 사이가 보통 사이였어? 근데 벌써 딴 남자를 만나? 너 진짜 가볍다. 진짜 가벼워.”

태령은 준민의 원맨쇼에 할 말을 잃었다. 지금 저게 나한테 할 소린가?

“이봐요, 그쪽이 왜 얘랑 사귀는지 모르겠는데…… 얘 나랑 끝낸 지 일주일도 안 된 사이예요. 이렇게 가벼운데도 얘랑 만나고 싶어요?”

실컷 태령을 매도하더니, 우준에게 태령을 비방하기 시작했다. 태령은 화가 난다기보다는 창피했다. 이런 놈을 남자 친구

라고 사귀었었다니. 우준의 눈에 자신이 몹시 한심하게 비춰
질 것 같았다.

"저, 팀장님……."

먼저 가라고 말하려 했는데, 우준이 태령의 어깨에 손을 얹
으며 말했다.

"딱 적당합니다."

"……뭐, 뭐요?"

"태령 씨가 가벼운지 무거운지는 모르겠지만, 나한테는 이
정도가 딱 적당하다고요."

"이보세요. 그 팔 안 치워요?"

"태령 씨, 불쾌합니까?"

어깨에 닿은 따스하고도 단단한 손길 때문에 굳어 버린 태
령에게, 우준이 부드러운 목소리로 물었다. 태령은 바보처럼
입술도 움직이지 못하고, 고개만 절레절레 저었다.

"태령 씨는 괜찮다는군요. 그쪽은 나한테 이래라 저래라 할
권한이 없는 것 같습니다만."

"야, 한태령!"

준민이 분을 이기지 못하고 언성을 높였다. 태령은 멍하니
준민을 쳐다봤다.

저건 뭐지? 쟤는 왜 저렇게 소리를 지르는 거지? 그리고 팀
장님 손은…… 왜 이다지도 따뜻한 거지?

질척거리는 옛 연인이 직장 상사 앞에서 버릇없이 굴고 있

는데, 태령의 머릿속은 온통 어깨에 올라간 손으로 꽉 차 있었
다. 온신경이 어깨로 집중되어, 다른 생각을 할 수 없었다.

"그만 가시죠, 이준민 씨."

우준이 말했다.

"남의 이름 함부로 부르지 마."

"그럼 그만 가시죠, 쓰레기."

"뭐!"

쓰레기라고 불린 준민이 결국 우준의 멱살을 잡았다. 우준
은 표정 변화 없이 준민을 내려다 봤고, 그 냉랭한 시선은 준
민을 긴장하게 만들었다.

"전에 희원 씨가 그러던데요. 태령 씨의 전 애인, 쓰레기라
고."

"그, 그 자식이……."

어둠 속에서도 보일 만큼, 준민의 얼굴이 붉어졌다.

"게다가 그쪽이 태령 씨한테 한 짓을 아는 회사 사람들도 그
쪽을 그렇게 부릅니다. 쓰레기라고."

"너, 회사 사람들한테도……."

"말했어. 네가 한 행동, 하나도 더하지 않고 빼지도 않고 말
했어. 그랬더니 너한테 쓰레기라더라."

가까스로 정신을 차린 태령이 쏘아붙였다. 준민은 믿을 수
없다는 듯 태령을 응시했다.

"너, 쓰레기 맞아. 너랑 나랑 헤어진 것도 맞고. 우리 그냥

가볍게 싸운 게 아니야. 넌 날 배신했고, 난 널 경멸해. 네가 우리 집 앞에서 석고대죄를 해도, 내 마음이 변하는 일은 없을 거야. 그러니까 가. 다시는 찾아오지도 말고, 연락하지도 마.”

“한태령……..”

“내 이름, 너야말로 함부로 부르지 마. 기분 나쁘다.”

“야, 너…….”

준민이 우준의 멱살을 잡았던 손을 놓고 태령을 향해서 섰다. 태령은 그런 준민을 물끄러미 응시했다.

마음은 놀랍도록 고요했다. 그건 아마도, 어깨에 놓인 따뜻한 손 덕분일 것이다. 우준의 커다란 손은, 어떤 상황에서도 놓지 않겠다는 듯 태령을 지탱해 주고 있었다.

“너…… 진심이냐? 두 번 다시 날 못 보게 돼도 괜찮다는 거야?”

“응. 그게 내가 바라는 바야.”

준민의 얼굴이 일그러졌다. 잘생긴 얼굴에 떠오른 표정은 분노도, 경멸도 아니었다. 슬픔이었다.

‘슬퍼? 네가 왜? 날 배신한 건 넌데?’

울 것 같은 얼굴로 돌아서는 준민을, 태령은 이해할 수 없었다. 준민은 태령을 사랑한 적 없다. 4년간 믿었던 준민의 마음은 항상 태인을 향해 있었다. 그런데 왜 이제 와서 저런 표정을 짓는단 말인가.

준민의 모습이 멀어지다가 어둠 속으로 사라졌다.

다행이다. 우준이 함께라서 정말 다행이다. 만약 어깨 위에 엎어진 그의 손이 아니었더라면, 준민의 마지막 표정에 조금은 흔들렸을지도 모르겠다. 준민도 후회하고 있는 거라고 제 멋대로 판단하여, 준민을 용서했을지도 모르겠다.

"……감사합니다."

죄송하다는 말보다는 고맙다는 말을 더 좋아하는 우준에게, 감사 인사를 했다. 우준은 대답하지 않았지만 태령의 어깨를 꽉 잡아 알겠다는 뜻을 전했다.

"팀장님한테 이런 모습을 보여드려서…… 정말 창피해요. 너무 한심하죠? 저런 걸 애인이라고 사귀었었다니."

"남자 보는 눈이 없군요."

우준은 빈말로라도 '아니.'라고 해 주지 않았다. 차라리 속이 시원했다.

"그러게 말이에요. 아무리 열심히 공부를 하면 뭐해요. 내 곁에 둘 사람 한 명, 제대로 판단하지 못하는데."

"그런 건 교과서에 나와 있지 않죠."

"팀장님은 이런 식으로 배신 당해본 적 있으세요?"

"없습니다."

우준이 딱 잘라 말했다.

"그럴 것 같았어요. 팀장님은 왠지 사람 보는 눈이 있을 것 같아요."

"그래요. 그러니까 태령 씨를 믿고 일을 맡겼죠."

아아. 이 사람은 어쩜 이렇게 듣고 싶은 말들만 골라서 해 줄까. 태령은 고개를 옆으로 돌려, 우준의 얼굴을 올려다봤다. 태령의 시선을 느낀 우준이 천천히 고개를 돌렸다.

우준의 눈동자가 아주 가까운 곳에 있었다.

또다.

또 심장이 뛴다.

아까보다 훨씬 조용한 거리였다. 이 고요함 가운데 울려 퍼질 심장 박동 소리가 걱정이 되었다. 옛 남자도 정리하지 못해 질척거리는 꼴을 보여줬는데, 다른 남자에게 심장이 뛰는 여자로 비치고 싶지 않았다.

당황스러워서야, 그런 마음이 있는 게 아니야, 사실 팀장님이 잘생기긴 했잖아, 잘난 연예인을 보면 가슴이 설레는, 그런 기분일 뿐이야.

그렇게 설명해도 결국은 변명밖에 되지 않는다는 것을 안다. 지금 이 심장은 눈앞의 남자에게 반응하고 있는 것이다.

"모든 성격엔 장단점이 있죠. 모두를 좋게 여기고 의심하지 않는 한태령 씨의 성격이 나쁜 거라고 생각하진 않습니다."

눈을 맞춘 채로, 우준이 말했다. 하지만 우준의 눈동자에 사로잡힌 태령은 우준이 무슨 말을 하는지 알아들을 수 없었다. 저 도톰하고 넓은, 그래서 몹시도 매력적인 입술이 뭐라고 말하는 걸까?

"한태령 씨?"

멍한 시선이 의아한 듯, 우준이 걱정스레 태령을 불렀다.

"……네?"

"괜찮습니까?"

"아, 네…… 네, 괜찮습니다."

태령은 가까스로 정신을 차리고 우준에게서 시선을 떼었다.

'미쳤어, 한태령. 너 진짜 미쳤어!'

혐오스러웠다.

'한태령 너, 친절하게 해 주는 남자면 다 좋아하는, 그런 헤픈 여자였니? 그래서야 이준민한테 가볍다는 소리를 들어도 할 말이 없잖아!'

자기 자신을 호되게 질책하며, 뛰는 심장을 간신히 진정시켰다. 우준은 시시각각 표정이 변하는 태령을, 기이하다는 듯 지켜보고 있었다.

"저, 죄송합니다."

태령은 허리를 깊이 숙여 사과했다.

"저 때문에 괜히 저랑 사귀는 걸로 오해를 받으시고…… 앞으로는 이런 일이 없도록 주의하겠습니다."

"흐음."

"기분…… 많이 안 좋으시죠?"

조심스레 우준을 올려다봤다. 우준은 예의 무표정으로 태령을 내려다보다가 말했다.

"아니요. 안 나쁩니다."

“아…….”

“난 괜찮은데요.”

“네에…….”

역시 우준은 친절하다. 회사에서 미친개네, 어쩌네 떠들어 대지만 그건 우준의 일면일 뿐, 사실은 다정하고 속이 깊은 사람이다. 일에 있어서는 정확하고 냉정하지만, 업무 이외의 일에서는 한없이 넓은 아량을 베풀어주는 사람.

감격하는 태령을 물끄러미 응시하던 우준이, 문득 생각났다는 듯 불렀다.

“한태령 씨.”

“네?”

“이왕 이렇게 오해를 받은 거, 해 보지 않겠습니까?”

“네? 뭘…… 뭘요?”

“연애.”

*　　　*　　　*

집으로 돌아온 우준은 무너지듯 침대에 누웠다. 아무도 없어야 하는 집인데, 옆에서 무언가 꿈틀거렸다. 소스라치게 놀라 일어난 우준의 눈에, 이불을 끌어안고 뒤척거리는 우현이 보였다. 우준은 신경질적으로, 우현이 베고 있는 베개를 끄집어냈다.

"으어어어……."

잠을 방해받은 우현이 괴상한 신음을 흘렸다.

"여기서 뭘 하는 거지?"

"널 기다리다가 잠이 들었지."

우현은 뻔뻔하게 베개를 빼앗으며 답했다.

"제발 형 집에서 자."

"여기가 편해. 집은 애들이 하도 시끄러워서……."

"형수님은 오죽하겠어?"

"나냐, 형수냐?"

"바보 같은 질문하지 마. 애도 아니고."

우준이 면박을 줬지만 우현은 끝까지 뻔뻔하게 굴며, 우준의 멱살까지 잡고 물었다.

"어서 대답해. 나냐, 형수냐!"

"둘 다 아니야."

"흐음."

우현이 우준의 얼굴을 가만히 뜯어봤다.

"뭘 그렇게 봐?"

"너…… 기분 좋아 보인다?"

얼굴에 드러나는 걸까?

우준은 얼른 표정을 갈무리했지만, 우현의 눈을 속일 수는 없었다.

"뭐야? 좋은 일 있었냐? 드디어 마음에 안 드는 놈을 해치운 거야?"

"그런 거 아냐. 비켜."

입술이 닿을 듯 밀어붙이는 우현의 얼굴을 떼어 내고, 다시 침대에 누웠다. 우현은 미심쩍은 표정으로 우준을 내려다보다 가 우준의 옆에 누웠다.

"뭔데? 누굴 해치운 건데?"

"해치운 적 없어."

아니, 어쩌면 해치웠다는 말이 맞을지도 모르겠다.

이별로 인한 상처가 벌어진 틈으로 파고들어갔다. 그런 비겁한 짓을 할 생각은 없었다. 조용히 기다리며 그녀의 곁에서 걸어가고 싶을 뿐이었다. 하지만 결국은 해치우듯 고백하고 말았다. 오랫동안 가슴에 품고 있었다고 하기엔, 터무니없을 정도로 멋없는 고백이었다. 얼마나 한심했을까.

상황이 그렇게 나쁘지만 않았더라면, 그녀의 어깨에 손을 얹는 일은 없었을 것이다. 그녀가 그 손을 뿌리치지 않자, 덧없는 용기가 생겼고 욕심이 싹텄다. 싹을 틔운 욕심은 걷잡을 수 없이 커져서, 충동적으로 고백을 하게 만들었다.

태령은 자기 귀를 의심하듯 우준을 올려다봤고, 우준은 다시 한 번 똑똑히 말했다.

"우리 해 볼까요, 연애."

태령은 소리 내서 대답하진 않았지만, 고개를 끄덕이긴 했다. 넋이 나간 것 같은 그녀를 집 앞까지 데려다 주고, 그녀가 들어가는 것을 확인한 후에야 돌아섰다.

멍청하고 속없는 남자라고 생각하겠지. 비겁한 남자라고 경멸하겠지.

하지만 상관없다. 이렇게라도 그녀의 곁에서 함께 걷고 싶은 것이 우준의 욕심이었다.

태령이 아직 전 애인에 대한 미련을 떨쳐내지 못했더라도 상관없었다. 그녀의 마음을 가득 채운 것이 우준이 아니어도 괜찮았다.

그저 그녀의 곁에 있는 것만으로도, 그저 그녀를 지켜 주는 것만으로도, 우준은 충분히 만족스러웠다.

눈을 감자, 그녀의 놀란 얼굴이 떠올랐다. 선이 고운 얼굴, 조화로운 이목구비, 반짝거리는 눈동자.

그녀는 들었을까? 주체하지 못하고 뛰는 심장 소리를.

그녀는 알아챘을까? 오래도록 품어온 진한 마음을.

뭐든 빠르게 성취해야만 직성이 풀리는 우준이었지만, 이번만큼은 조급하게 굴고 싶지 않았다.

그녀의 곁에서 천천히 걸어가자. 그녀의 속도에 맞춰 느릿하게 걸어보자. 그러면 언젠가 그녀의 눈에, 곁에서 같은 속도로 걷고 있는 한 남자가 들어가게 되겠지.

*   *   *

태령은 욕실 거울에 비친 자신의 얼굴을 멀뚱멀뚱 응시했다. 옅은 색조 화장을 한 얼굴은 역시 낯설다. 하지만 중요한 것은, 저 낯선 얼굴이 아니다.

'뭐였지? 무슨 일이 벌어진 거지?'

무언가 일어났다. 그런데 무엇이 일어난 건지 모르겠다.

'분명 사귀자는 말을 들었어. 그러니까…… 연애를 해 보자는 말. 아니, 아니야. 내가 잘못 들은 거겠지. 잘못 들은 걸 거야.'

우준이 태령에게 연애를 해 보자고 할 이유가 없었다. 우준에게는 오랫동안 짝사랑해 온 상대가 있었다. 그게 태령일 리는 없다. 만난 지 얼마 되지도 않은 사이 아닌가.

게다가……

'그 멋진 분이 나랑 연애를 하고 싶을 리가 없잖아!'

젊은 나이에 성공해서 승승장구하는 남자, 심지어 외모와 체격도 완벽한 남자. 그런 연예인 같은 남자가 태령을 원할 리가 없다. 그렇게 멋진 남자에게는 좀 더 능력 있고, 시크하고, 매력적인 여자가 어울린다. 예를 들자면 미혜 같은.

그런데 태령은 어떤가.

질척거리는 전 남자 친구 관리도 제대로 못 하고, 이리저리 휘둘릴 뿐이다. 싫어도 싫다는 소리 못 하는 우유부단한 성격에, 학벌도 안 좋고 외모도 평범하다. 빚더미에 올라앉은 집 때문에 허리가 휘는 삶을 살고 있다.

우준처럼 완벽함을 추구하는 남자가 원할 법한 여자가 아니었다.

'분명…… 다른 말을 한 걸 거야. 그러니까…… 그래, 연구! 연구를 해 보자는 말을 잘못 들은 거겠지.'

하지만 회원처럼 연구실에서 일하는 것도 아닌데, 무슨 연구를 한단 말인가.

'무슨 연구긴! 아마…… 음…… 그러니까…… 그래, 잡지를 더 새롭고 알차게 꾸미기 위한 연구! 생명공학만 연구를 하는 게 아니잖아! 출판사도 항상 잡지를 잘 팔기 위해 연구를 해야지!'

거울 속의 여자는 한심할 정도로 얼굴을 붉히고 있었다. 연구가 아니라 '연애'라는 것을 안다는 듯이, 어떤 말로 포장하려 해도 그 말이 '연애'였다는 것을 확신한다는 듯이.

'하지만 정말로…… 팀장님이 나 같은 거한테 관심이 있을 리가 없잖아…….'

바보 같은 기대를 하고 싶지 않았다. 있을 리 없는 상상을 하다가, 그게 무너지는 순간 상처를 받게 되는 건 싫었다. 이제 그런 바보 같은 짓은 피하고 싶다. 한 번으로 족하다.

'그래도…….'

그의 등을 떠올린다. 그 누가 밀어도 넘어지지 않을 듯 견고해 보였던 넓은 등.

'팀장님은 누굴 배신하거나 하진 않을 거야. 그래, 그럴 거

야. 내가 남자 보는 눈은 없지만…… 그래도 팀장님은 그럴 것
같지 않아.’

그렇다면 질문은 다시 처음으로 되돌아간다.

‘대체 그런 완벽한 사람이 왜 나랑 연애를 하려는 건데?’

사귀는 사이면 일을 시킬 때 더 편하니까? 사귀면 딴 짓 하
나 안 하나 감시할 수 있으니까?

그 무엇도 이유가 되지 않았다.

‘그럼 정말로…… 정말로 나한테 마음이 있으신 거야? 하지
만…… 좋아한다는 말은 듣지 못했는데…… 아, 그런 건가? 요
샌 굳이 사랑하지 않더라도 연애만 하는 경우가 있으니까……
팀장님 입장에선 같은 회사 직원이랑 연애를 하면 따로 만나
서 데이트를 할 필요도 없고…… 그래서 날 선택하신 건가?’

필사적으로 쥐어짜낸 후 나온 답은 상당히 그럴 듯했다. 우
준이 좋다며 덤벼드는 미혜를 놔 두고 태령을 선택한 것이 의
아하긴 했지만, 아주 없을 일도 아니다. 미혜처럼 오랫동안 같
이 일해 온 사람보다는 이제 막 회사에 들어온 태령이 편했을
수도 있다.

‘그래, 그런 건가 보네.’

태령은 결론지었다. 그러지 않으면 괜한 기대를 하게 될 것
같았다. 괜한 기대는 깊은 상처를 남길 뿐이다.

“언니, 화장실을 만들어?”

노크 소리와 함께 태인의 짜증 어린 목소리가 들려왔다.

"아아, 미안. 씻는 중."

"얼른 좀 나와. 한참 기다렸는데."

"응, 금방 나갈게."

태령은 서둘러 화장을 지우고 욕실에서 나왔다. 태인은 욕실 앞에서 팔짱을 끼고 서 있었다.

"안 잤어?"

"응, 언니 들어오는 소리에 깼어."

"미안."

"언니, 힘들게 일하고 오는 건 아는데…… 들어올 때 조금만 조용히 해 줘. 요새 만날 깨."

"응, 그럴게."

"무슨 일 있어?"

"아니, 별일 없는데."

"그래? 근데 되게 기분 좋아 보이네. 준민이가 이벤트 같은 거라도 해 줬어?"

"웬 이벤트?"

"내일이 사귄 지 5년 되는 날이잖아."

"그런가?"

생각도 못 하고 있었다. 사귄 지 몇 년, 사랑에 빠진 지 몇 년. 그런 것은 세어보지 않은 지 오래 됐다.

"뭐야, 그런 것도 잊고 지내는 거야? 준민이가 서운하겠다."

"그럴 일 없어. 걔랑 나랑 헤어졌거든."

태령의 단호한 말에, 태인은 몹시 놀란 듯 눈을 크게 떴다. 꾸며낸 표정이 아니었다.

'아, 태인이는 정말 몰랐나 보네.'

망연히 생각하고 있는데, 태인이 달려들 듯 물었다.

"왜? 왜 헤어졌는데? 무슨 일 있었어?"

"뭐, 별일 아니야."

태인까지 끌어들이고 싶지 않았다. 태인을 끌어들이면 분명 부모님도 개입하게 될 것이다. 가족들이 모일 때마다, 준민의 이름이 나오게 되는 것은 상상만으로도 끔찍했다.

"뭐야아? 나한테도 말 못할 일이야?"

태인이 칭얼거리며 엉켜 붙었다.

"그냥, 뭐…… 원래 남녀 관계라는 게, 가족한테도 말하기 힘들 때 있잖아. 그냥 안 맞아서 헤어졌어."

"하지만…… 준민이가 언니를 많이 좋아하는 거 아니었어? 준민이 정도면 괜찮잖아. 잘 생겼고, 대학도 좋은 데 다니고."

"그래?"

"응. 너무 아깝다. 언니 같은 여자가 준민이 정도 되는 남자 만나기 힘들어. 언니, 학벌도 없고 지금 다니는 직장도 뭐, 언제까지 다니게 될지도 모르고, 모아둔 돈도 없잖아. 준민이 정도면 언니한테는 과분한 거지."

학벌이 없는 것도, 모아 둔 돈이 없는 것도 너 때문이라고 말하고 싶었다. 하지만 태령은 그러는 대신 빙그레 웃으며 말했다.

"그럼 네가 사귀지 그래?"

"어?"

"학벌도 없고, 모아 둔 돈도 없고, 직장도 없는 너한테 준민이 정도면 과분한 남자니까, 네가 사귀지 그래?"

"어, 언니. 무슨 말이 그래? 언니, 지금 그거 나한테 한 소리 맞아? 왜 그래? 취했어?"

태인이 발그레 달아오른 얼굴로 물었다. 태령은 그런 태인을 낯선 사람 바라보듯 응시하다가 말했다.

"그래, 취했어. 오늘은 그만 얘기하자. 들어갈게."

"언니!"

태인이 빽 소리를 질렀다. 방음이 잘 되는 집이 아니니, 안방에 계신 부모님에게도 들렸을 것이다. 계속 이렇게 다투는 소리가 들리면, 분명 나와 보겠지. 그리고 태인의 편을 들겠지.

〈다음 권에 계속〉